As estranhas e belas mágoas de ava lavender

LESLYE WALTON

As estranhas e belas mágoas de ava lavender

Tradução:

Rafael Gustavo Spigel

Novo Conceito

1ª Impressão — 2014

Produção Editorial:
Equipe Novo Conceito
Impressão e Acabamento Prol 071014

Este livro segue as regras da Nova Ortografia da Língua Portuguesa.

Dados Internacionais de Catalogação na Publicação (CIP)
(Câmara Brasileira do Livro, SP, Brasil)

Walton, Leslye
As estranhas e belas mágoas de Ava Lavender / Leslye Walton; tradução Rafael Gustavo Spigel. -- Ribeirão Preto, SP: Novo Conceito Editora, 2014.

Título original: The strange and beautiful sorrows of Ava Lavender.
ISBN 978-85-8163-594-1

1. Ficção norte-americana I. Título.

14-08703 CDD-813

Índices para catálogo sistemático:
1. Ficção : Literatura norte-americana 813

Novo Conceito

Rua Dr. Hugo Fortes, 1885 — Parque Industrial Lagoinha
14095-260 — Ribeirão Preto — SP
www.grupoeditorialnovoconceito.com.br

Para Anna,
minha parceira no crime e companheira sobrevivente, que voa com suas próprias asas.

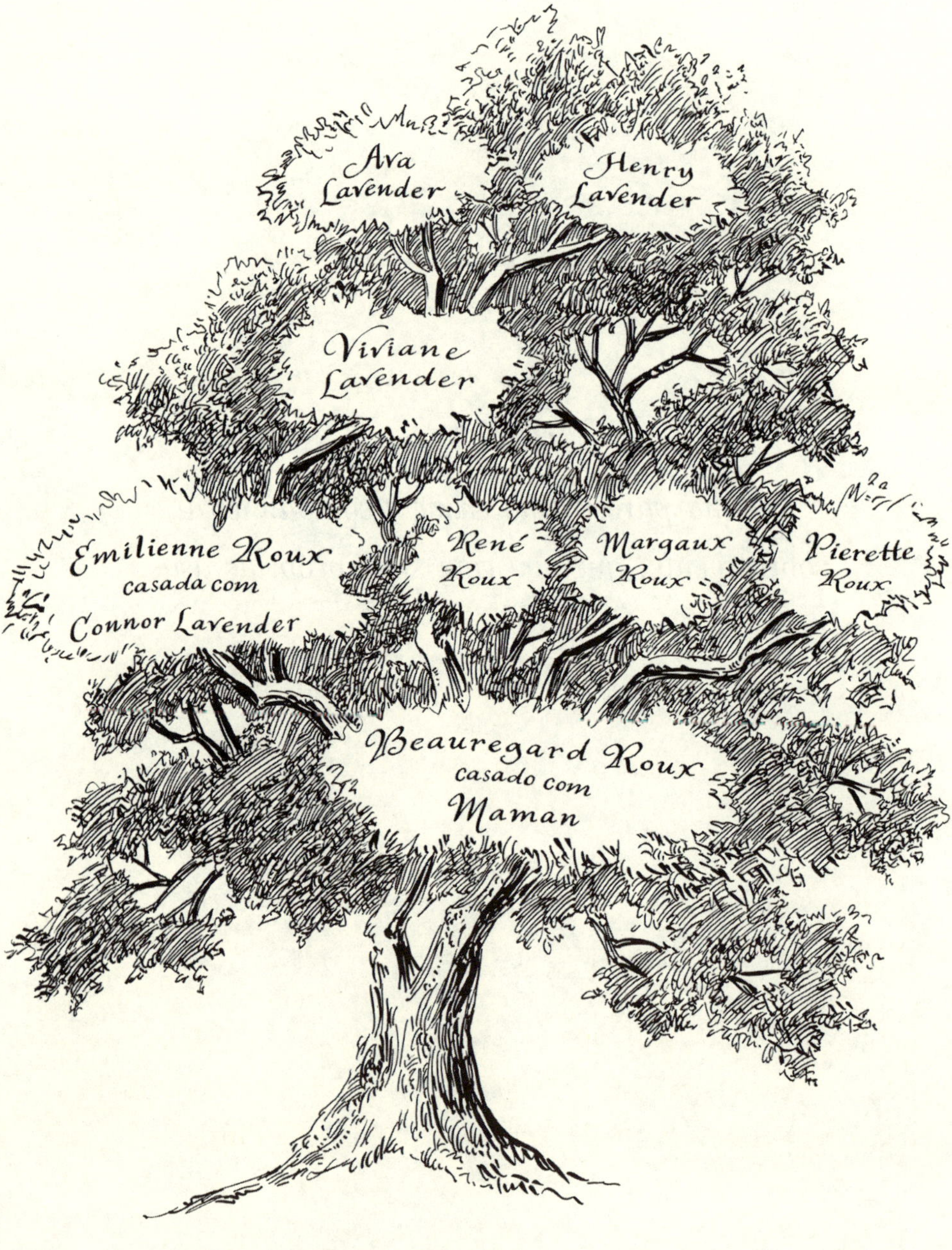
Ava Lavender
Henry Lavender
Viviane Lavender
Emilienne Roux casada com Connor Lavender
René Roux
Margaux Roux
Pierette Roux
Beauregard Roux casado com Maman

Prólogo

Para muitos, eu era um mito encarnado, a personificação de uma lenda magnífica, um conto de fadas. Alguns me consideravam um monstro, uma mutação. Para meu infortúnio, certa vez fui confundida com um anjo. Para minha mãe, eu era tudo. Para meu pai, absolutamente nada. Para minha avó, eu era um lembrete diário de amores havia muito tempo perdidos. Mas eu sabia a verdade — no fundo, sempre soube.

Eu era apenas uma menina.

Nasci Ava Wilhelmina Lavender em uma extraordinária noite clara de Seattle em 1º de março de 1944. Meu nascimento foi mais tarde lembrado pelo efeito que teve nos pássaros da rua onde eu morava, auspiciosamente denominada Pinnacle Lane, a alameda do pináculo, que ficava, justamente, no alto de uma colina. Durante o dia, conforme minha jovem mãe começava a experimentar as dores do parto, os corvos juntaram montículos de minúsculos caroços de cereja nos bicos e os atiraram nas janelas da casa. Pardais empoleiraram-se nas cabeças das mulheres e roubaram fios soltos de cabelo para tecer seus ninhos. À noite, pássaros noturnos reuniram-se nos gramados para comer ruidosamente, e os gritos de suas presas lembravam muito os de minha mãe durante o árduo trabalho de parto. Pouco antes de entrar em um profundo estado de semiconsciência — alívio concedido por uma enfermeira e por uma seringa fria —, minha mãe abriu os olhos e viu penas gigantes caindo do teto, suas bordas sedosas roçando-lhe o rosto.

Assim que eu nasci, as enfermeiras tiraram-me da sala de parto para explorar algo que mais tarde foi descrito em um relatório médico anônimo apenas como *uma leve anormalidade física*. Não demorou muito para os religiosos reunirem-se sob a luz das janelas do hospital, carregando velas e entoando hinos de louvor e medo. Tudo porque, quando nasci, abri os olhos e, em seguida, desdobrei o par de asas matizadas que me envolviam como um casulo de plumas.

É mais ou menos o que se conta.

De onde as asas vinham, nenhum médico jamais soube explicar. Meu irmão gêmeo (pois havia um irmão gêmeo, Henry) certamente nascera sem elas. Até então, não havia nenhum registro de um ser humano que tivesse algum dia nascido com partes animais — aviário ou de outros tipos. Para muitas pessoas da área médica, o caso de Ava Lavender tornou-se a primeira demonstração das falhas da ciência. Quando as multidões religiosas, com suas orações entusiasmadas e velas tremeluzentes, reuniram-se abaixo da janela do quarto de hospital de minha mãe, pela primeira vez os médicos olharam para os devotos com ciúmes em vez de pena ou desdém.

— Imagine só, acreditar que essa criança é divina — disse um jovem residente para outro.

Essa foi uma reflexão que ele expressou apenas uma vez. Depois, esfregou os olhos cansados e voltou-se para seus livros médicos antes de retornar a minha mãe e afirmar o que todos os outros especialistas já haviam concluído: não havia nada que eles pudessem fazer. Pelo menos, não no aspecto médico.

— Nunca vi algo parecido com isso — ele disse, balançando a cabeça para mostrar à minha família que também se compadecia (uma prática que controlaria apenas com o tempo).

Todos os meus sistemas — muscular, esquelético e circulatório — eram irrevogavelmente dependentes de minhas asas. A opção de removê-las foi rapidamente descartada. Eu perderia muito sangue e poderia acabar paralisada. Ou morta. Parecia que não havia como separar a menina das asas. Um não poderia sobreviver sem o outro.

Mais tarde, o jovem residente desejou ser ousado o bastante para entrevistar a família. Mas o que ele perguntaria? *Há histórico de seres alados na família?* No final, acabou fazendo sua ronda entre outros pacientes com doenças que não evocavam questões tão complexas. Mas vamos imaginar que ele tivesse sido ousado. O que poderia ter acontecido se tivesse se virado para a jovem e reservada mãe com lábios anormalmente vermelhos, ou para a severa, mas bela, avó com sotaque estranho e feito a ambas as duas perguntas que assombrariam cada passo de minha vida alada:

De onde eu vim?

E, ainda mais importante: *O que o mundo faria com uma garota assim?*

Talvez minha mãe ou minha avó tivessem tido uma resposta.

E talvez a minha vida tivesse sido bem diferente. Para o bem do residente, provavelmente foi melhor ele ter se convencido de que não havia o que fazer e deixado por isso mesmo. Afinal, o que ele poderia ter feito? Prever o futuro, eu viria a aprender mais tarde, não significa nada se nada pode ser feito para evitá-lo. O que apenas prova que minha história é muito mais complicada do que apenas a história do meu nascimento — ou até mesmo a história da minha vida. Na verdade, minha história, como a de todo mundo, começa com o passado e com uma árvore genealógica.

O que se passa a seguir é a história de minha juventude como a vivi. O que começou com um simples projeto pessoal de pesquisa sobre mim quando jovem — num fim de semana em 1974 que passei na Seattle Central Library compilando informações sobre meu nascimento — conduziu-me por um caminho que me levou de uma costa a outra. Viajei por continentes, idiomas e pelo tempo tentando compreender tudo o que sou e tudo o que me fez ser como sou.

Serei a primeira a admitir que certos fatos podem ter sido omitidos, há muito tempo esquecidos ao longo dos anos, por mim mesma ou por outras partes envolvidas. Minhas pesquisas foram dispersas, espalhadas, desleixadas, depois recolhidas, embaralhadas e reorganizadas repetidas vezes. Não podem ser consideradas um documento holístico; tampouco são imparciais.

O que se passa a seguir é a história da minha juventude como a recordo. É a verdade como a conheço. Das histórias e dos mitos que cercavam minha família e minha vida — alguns deles cuidadosamente espalhados por você, talvez —, devo dizer que, no final, descobri que todos são estranha e até mesmo maravilhosamente verdadeiros.

A. Lavender

Capítulo 1

Minha avó por parte de mãe, Emilienne Adou Solange Roux, apaixonou-se três vezes antes da véspera de seu aniversário de dezenove anos.

Nascida em 1º de março de 1904, minha *grand-mère* foi a primeira de quatro filhos, todos nascidos no primeiro dia do terceiro mês do ano. Depois dela vieram René, em 1905, Margaux, em 1906, e, por fim, Pierette, em 1907. Como cada filho nascera sob o signo de peixes, seria fácil supor que a família Roux era cheia de indivíduos bastante sensíveis e notavelmente imprudentes.

O pai deles, Beauregard Roux, era um famoso frenologista cujas maiores contribuições para seu campo de estudo, dizia-se, foram os cachos de cabelos quase loiros sobre a cabeça e os pelos da mesma coloração nas costas das mãos, além da forma como seu francês era tingido com um leve sotaque bretão. Gordo e enorme, Beauregard Roux conseguia facilmente carregar todos os quatro filhos pendurados em um braço e a cabra da família contraída sob o outro.

Minha bisavó era exatamente o oposto de seu marido. Enquanto Beauregard era grande, grandioso, imenso até, sua esposa era pequena, fraca e sempre caminhava com os ombros caídos. A pele dela era cor de oliva onde a dele era rosada; os cabelos, escuros, os dele, claros, e, enquanto todas as cabeças se viravam quando Beauregard Roux entrava em um lugar, sua esposa era mais conhecida pela capacidade de não ser capaz de chamar nenhuma atenção.

Nas noites em que faziam amor, seus vizinhos não conseguiam dormir com os gemidos que Beauregard emitia ao chegar ao clímax. Sua esposa, no entanto, dificilmente emitia algum ruído. Raramente emitia um. Aliás, o médico da pequena vila de Trouville-sur-Mer que fizera o parto de sua primeira filha (minha avó) passara o tempo todo desviando-se de seus deveres só para se certificar de que a futura mãe não havia sucumbido durante o procedimento. O silêncio no quarto era tão perturbador que, quando chegou a hora do nascimento do filho seguinte (meu bisavô René), o médico se recusou em cima da hora, obrigando Beauregard a calçar as meias e correr apressado os dezessete quilômetros até a cidade de Honfleur para encontrar a parteira mais próxima.

Não há resquícios da história de minha bisavó antes de seu casamento com Beauregard Roux. Sua única prova de existência encontra-se nos rostos de suas duas filhas mais velhas, Emilienne e Margaux, ambas com cabelos escuros, pele cor de oliva e olhos verde-claros. René, o único menino, lembrava o pai. Pierette, a mais nova, tinha os abundantes cachos loiros de Beauregard. Nenhuma das crianças jamais soube o primeiro nome da mãe, e todas acreditavam que fosse *Maman* até que era tarde demais para sequer considerarem que pudesse ser outra coisa.

Tendo ou não algo a ver com o tamanho de Beauregard Roux, o fato é que, no despertar de 1912, a pequena vila francesa mostrou-se muito *petit* para ele. Ele sonhava com lugares cheios de automóveis e prédios tão altos a ponto de bloquearem a luz do sol; tudo o que Trouville-sur-Mer tinha para oferecer era um mercado de peixes e a clínica de frenologia do próprio Beauregard, que se mantinha graças às mulheres da vizinhança. No primeiro dia de março daquele ano — que era o oitavo aniversário de Emilienne, a filha mais velha, o sétimo de René, o sexto de Margaux e o quinto de Pierette —, Beauregard começou a falar sobre um lugar que ele chamava de Manhatine.

— Em Manhatine, sempre que você precisa tomar um banho ou lavar o rosto, basta virar a torneira e pronto! — dizia ele para os vizinhos enquanto bombeava água do poço do lado de fora de sua casa. — E não é apenas água, *mes camarades*, mas água *quente*. Dá pra imaginar? É como ser agraciado por um pequeno milagre todas as manhãs bem ali, em sua própria banheira!

E então ele ria alegremente, fazendo-os suspeitar de que ele fosse, talvez, um pouco mais instável do que eles poderiam desejar de alguém tão grande.

Para espanto das mulheres em Trouville-sur-Mer — e dos homens, pois não havia outro sujeito sobre quem gostassem mais de conversar —, Beauregard vendeu sua clínica de frenologia depois de apenas um mês. Adquiriu seis passagens de terceira classe a bordo da viagem inaugural do SS *France* — uma para cada membro de sua família, com exceção da cabra, é claro. Ensinou os filhos a contar até dez em inglês e, com seu entusiasmo, certa vez lhes dissera que as ruas na América eram diferentes de tudo o que tinham visto até então — não eram cobertas de sujeira como as de Trouville-sur-Mer, mas pavimentadas com paralelepípedos de bronze.

— Ouro — minha jovem avó, Emilienne, interrompeu. Se a América fosse de fato o lugar impressionante que seu pai pensava ser, então certamente as ruas seriam feitas de algo melhor do que bronze.

— Não seja tola — Beauregard a repreendeu delicadamente. — Até mesmo os americanos sabem que não vale a pena pavimentar as ruas com ouro.

O SS *France*, como descobri em minha pesquisa, era uma maravilha da engenharia francesa. Duas vezes maior do que qualquer embarcação da frota mercante francesa, o navio estabeleceria um novo padrão de velocidade, luxo, serviço e cozinha para a French Line. Sua viagem inaugural partiu do agitado porto de Le Havre, a quarenta e dois quilômetros de Trouville-sur-Mer.

A Le Havre de 1912 era uma cidade claramente marcada pelas distinções de classes. Abraçado a leste pelas vilas de Montivilliers, Harfleur e Gonfreville-l'Orcher, o Rio Sena separava Le Havre de Honfleur. No final do século dezenove, quando as vilas vizinhas de Sanvic e Bléville foram incorporadas, uma cidade elevada desenvolveu-se acima da antiga, mais baixa, com as duas partes sendo ligadas por uma complexa rede de oitenta e nove degraus e um teleférico. As mansões de ricos comerciantes e proprietários de navios, cujas fortunas foram criadas com o vasto porto de Le Havre no início do século dezenove, ocupavam a parte superior da encosta. No centro da cidade ficavam a prefeitura, a subprefeitura, o fórum, o Le Havre Athletic Club e as casas de banho turco. Havia museus e cassinos e uma série de hotéis luxuosos e caros. Foi essa Le Havre que deu origem ao movimento Impressionista; foi ela que inspirou Claude Monet a pintar *Impressão, Nascer do Sol*.

Enquanto isso, os subúrbios e antigos bairros de Le Havre, onde as famílias da classe trabalhadora viviam, e os quarteirões planos próximos ao porto, onde os marujos, estivadores e operários trabalhavam, ficavam abandonados. Ali perduravam os efeitos de empregos cansativos e duvidosos, sistemas de esgoto precários e condições de vida insalubres. Ali os cemitérios eram dominados pelos mortos na epidemia de cólera de 1832. Ali foi onde a devastação encontrou suas vítimas. Ali ficavam os boêmios, o bairro da luz vermelha, o cabaré com o mestre de cerimônias efeminado, no qual um homem poderia pagar um drinque e ter um pouco de diversão sem ter que tirar o chapéu. E, enquanto na parte superior de Le Havre os ricos faziam um brinde a muitos outros anos felizes e bem-sucedidos, os que viviam nas favelas apodreciam em um caos tóxico e malcheiroso de insalubridade, fezes, promiscuidade e mortalidade infantil.

Para as crianças Roux, o deque onde o navio estava ancorado era uma harmonia de paisagens, cheiros e sons atraentes, uma mistura perturbadora do exótico com o mundano: o ar oceânico, o gosto forte de grãos de café combinado com o sabor ácido de sangue de peixe, pilhas de frutas exóticas e sacos de estopa cheios de algodão descarregados dos navios cargueiros ao redor, gatos e cachorros de rua coçando as costelas sarnentas e malas e baús pesados marcados com endereços americanos.

Entre a multidão de jornalistas, um fotógrafo documentava a viagem inaugural do navio com sua imponente câmera de fole. Enquanto os passageiros de primeira classe seguiam até as cabines privadas, a família Roux esperava com o restante da terceira classe para terem as cabeças inspecionadas à procura de piolhos. Beauregard ergueu Emilienne em seus altos ombros. Do alto, os animados espectadores pareciam um mar de chapéus-palheta com abas largas. Uma fotografia impressa no jornal parisiense *Le Figaro* mostrava a grande embarcação nesse momento — de relance, um leitor conseguiria apenas distinguir o contorno sombrio de uma menina misteriosamente equilibrada acima da multidão.

Embarcando apenas uma semana após o inacreditável naufrágio do "Navio Insubmergível da Grã-Bretanha", o *Titanic*, os passageiros a bordo do SS *France* estavam muito conscientes das águas frias abaixo enquanto se despediam com acenos solenes da multidão no píer distante. Somente Beauregard Roux correu até o outro lado do navio, querendo ser o primeiro a cumprimentar a terra das oportunidades, das ruas de bronze e dos encanamentos internos.

As cabines da família Roux continham dois minúsculos beliches construídos nas paredes e uma pia no centro. Se Beauregard inspirasse muito profundamente, poderia sugar todo o ar do quarto. *Maman* reclamava que as oscilações incessantes do navio davam-lhe palpitações. As crianças, no entanto, amaram a minúscula cabine, mesmo quando o ronco de Beauregard as deixava com pouco oxigênio algumas noites.

O SS *France* revelou um mundo que eles nunca haviam imaginado. Eles passavam as noites à espera do som de um violino solitário ou de um conjunto de gaitas de fole que anunciassem o começo da festa improvisada da noite na terceira classe. Mais tarde ainda, esperavam com muita ansiedade pelos sons dos vizinhos fazendo sua própria festa. As crianças passavam horas ouvindo os barulhos repercutindo pelas paredes, horas abafando suas risadas desenfreadas com travesseiros rasgados. Passavam os dias explorando os deques inferiores e tentando entrar sorrateiramente nas seções de primeira classe da embarcação, que eram estritamente interditadas aos passageiros de terceira classe.

Quando o solo americano pôde ser visto do navio, os passageiros soltaram um suspiro coletivo de alívio com tanta força que provocou uma mudança de direção nos ventos, o que acrescentou mais um dia à viagem, mas ninguém se importou. Eles tinham conseguido — acabando de vez com o medo de que o destino fatal do *Titanic* fosse um prenúncio de seu próprio fim infeliz.

Quando o SS *France* aproximou-se do dique em Manhattan ocidental, minha avó vislumbrou pela primeira vez os Estados Unidos. Emilienne, que não fazia ideia de que *La liberte éclairant le monde* — a Estátua da Liberdade — era tão francesa quanto ela mesma, pensou: "Bem, se essa é a América, então ela é, de fato, muito feia".

Rapidamente declarados livre de piolhos, os Roux partiram para dar início a uma nova vida de prosperidade e alegria — coisas que só a América poderia oferecer. Quando a Alemanha declarou guerra à França, eles já estavam, enfim, instalados em um apartamento imundo de dois dormitórios em Manhatine. À noite, Emilienne e Margaux dormiam em uma cama, Beauregard e *Maman* em outra, René ficava debaixo da mesa da cozinha e a pequenina Pierette, em uma gaveta da cômoda.

Não demorou muito para Beauregard descobrir que seria difícil vender seu peixe como um habilidoso frenologista — principalmente porque a moda da frenologia na América tinha morrido com a Era Vitoriana. De que maneira um imigrante francês, com um sotaque forte e enrolado e sem outras habilidades além daquela de analisar crânios, esperava sustentar sua família?

"Já é bem difícil para os irlandeses do porto receberem um salário decente", meu bisavô disse a si mesmo. "E eles falam inglês perfeitamente. Ou, pelo menos, é o que alegam."

Os talentos de Beauregard eram inúteis para seus vizinhos, pois eles já conheciam seus próprios futuros sinistros.

Sendo assim, ele partiu para as ruas de Yorkville e Carnegie Hill, onde muitos notáveis imigrantes alemães viviam em propriedades rurais e suntuosas residências urbanas. Carregando mapas frenológicos enrolados, compassos de metal e uma cabeça frenológica de cerâmica, Beauregard foi logo convidado para as salas de estar dessas vilas para passar as pontas dos dedos e as palmas nos crânios das *Frauen und Fräulein* da casa, confirmando que seu destino era servir as mulheres, independentemente do país em que estivesse.

Nem mesmo o glorioso ritmo acelerado de Nova York contribuiu para dissuadir Beauregard da crença de que ali era o lugar mais esplêndido do mundo. *Maman*, todavia, achava a amada Manhatine do marido mais desagradável. O prédio em que eles moravam era pequeno e apertado, e o odor inconfundível de urina de gato permanecia, apesar de ela lavar várias vezes o chão e as paredes com sabão de lixívia. As ruas eram um monte de matadouros e fábricas escravizantes, além de não serem pavimentadas com bronze, mas cheias de lixo e pilhas de esterco de cavalo à espera de pés desatentos. Ela achava a língua inglesa irritante e feia e as mulheres americanas, descaradas, marchando pelas ruas com seus vestidos e cintas brancas e exigindo o ridículo direito de votar. Para *Maman*, a América dificilmente era a terra das oportunidades. Em vez disso, parecia ser o lugar onde as crianças eram trazidas para morrer. *Maman* assistia horrorizada quando seus vizinhos perdiam os filhos, um após o outro. Eles morriam com a palidez e a febre da tuberculose, a tosse da coqueluche. Morriam por causa de crises leves de gripe, por causa de um simples encontro com uma xícara de leite azedo. Morriam porque nasciam com pouco peso, em geral levando junto as mães. Morriam com estômagos vazios, olhos vazios, tanto de sonhos quanto de expressão.

Maman preparava as refeições da família com carne de segunda e cenouras passadas porque era isso que eles (mal) podiam comprar. Ela inspecionava os filhos todas as vezes que eles voltavam para casa — investigava atrás dos joelhos e dos cotovelos, entre os dedos dos pés, atrás das orelhas e debaixo da língua em busca de sinais de varíola ou de carrapatos.

Beauregard quase não compartilhava as preocupações da esposa. À noite, quando o casal se deitava na cama, os filhos adormecidos do outro lado do cômodo, apertados sob a mesa da cozinha e encolhidos em uma cômoda, *Maman* tentava persuadir o marido a deixarem a cidade, pois assim eles poderiam criar os filhos no ar puro francês de sua antiga casa.

— Ah, *mon coeur,* meu coração, você se preocupa demais — ele respondia despreocupadamente antes de rolar para o lado e cair em um sono profundo enquanto *Maman* passava a noite em claro, preocupada.

Então, em uma noite qualquer da primavera de 1915, o espalhafatosamente belo Beauregard Roux não voltou para casa, para a esposa e os quatro filhos. Tampouco chegou na noite seguinte ou apareceu depois de um mês. Um ano mais tarde, a única lembrança real de Beauregard Roux era René, que tinha mania de carregar o sofá pelo apartamento equilibrando-o nos antebraços.

Diziam os rumores que Beauregard deixara a família para ficar com uma alemã abençoada com a infertilidade e com um formato convexo na parte de trás da cabeça, algo que, como todo bom frenologista sabia, significava que Beauregard havia encontrado uma mulher delicada que provavelmente lhe ofereceria carícias ruidosas em qualquer noite que ele desejasse. Era um conto de fadas tão criativo que até *Maman* acreditou nele. Essa crença, mais tarde, levou ao desenvolvimento de um pequeno buraco na câmara cardíaca superior, o que seus médicos erroneamente atribuíram à sua dieta e ascendência desconhecida.

Na verdade, todavia, o desaparecimento de Beauregard Roux foi um caso de identidade trocada. Beauregard, com toda a sua beleza desigual, também era a imagem e semelhança de outro homem que fora pego dormindo com a esposa de um açougueiro local. Para infelicidade de Beauregard, os capangas do açougueiro o encontraram primeiro. A descoberta de seu corpo esquartejado, encontrado boiando em pedaços inchados e inidentificáveis ao longo do Rio Hudson, foi brevemente mencionada em uma nota minúscula no *The New York Times*. Essa infeliz confusão tinha suas próprias ironias: Beauregard Roux amava sua esposa imensamente; achava seu jeito calmo revigorante e nunca se afastou dela uma única vez durante o tempo em que ficaram casados.

Ao perceber que seu marido tinha desaparecido permanentemente, *Maman* foi para a cama e passou os três meses seguintes enrolada em lençóis que ainda preservavam o cheiro ardente do marido. As crianças foram cuidadas pela vizinha, uma anã chamada senhora Barnaby Callahoo, a quem chamavam de *Notre Petit Poulet*, Nossa Pequena Galinha, devido ao hábito que a pequena mulher tinha de estalar a língua no céu da boca. A senhora Barnaby Callahoo gostava bastante daquele apelido.

Depois de algum tempo, *Maman* levantou-se da cama e conseguiu arrumar um emprego como contadora na lavanderia do final da rua. Com o tempo, ela juntou dinheiro suficiente para servir carne de cavalo da mais baixa qualidade três vezes por semana para a família. E ela também tirou Pierette da cômoda.

O tempo todo, ficava mais e mais claro que *Maman* estava lentamente preparando seu próprio desaparecimento. Emilienne foi a primeira a perceber isso quando, em uma esquina bem movimentada, esticou o braço para segurar na mão da mãe e seus dedos passaram direto, como se tivessem atravessado uma camada de vapor.

Em 1917, Emilienne tinha treze anos de idade e morava com os três irmãos e *Maman* em um quarteirão repleto de edifícios de apartamentos. Cada prédio tinha seus próprios problemas de saneamento, lotação e escadarias ressecadas. Os filhos da família Roux estavam tão acostumados com as vozes dos vizinhos que atravessavam as paredes finas que, com o tempo, cada um deles conseguia falar vários idiomas — os quatro falavam francês e inglês, Emilienne falava italiano, René, holandês e alemão, e Margaux, espanhol. A mais nova, Pierette, falava apenas o que mais tarde descobriu-se ser grego quando, em seu sétimo aniversário, ela declarou em francês perfeito: "*Mon dieu! Où est mon gâteau?*", que significa "Meu Deus, onde está meu bolo?". Isso levantou em todos a suspeita de que ela tinha muitos outros truques escondidos na manga.

Foi naquele quarteirão que minha avó encontrou o primeiro amor de sua vida. O nome dele era Levi Blythe, um garoto nanico com cabelos pretos e sapatos mal ajustados. Uma gangue de meninos do quarteirão ao lado constantemente chamava Levi de bicha antes de atirar pedras em sua testa. Ele foi o primeiro menino que Emilienne viu chorar, com exceção de seu irmão, René, que tinha uma surpreendentemente baixa tolerância para a dor.

Após uma surra particularmente pavorosa, um acontecimento que a maioria das crianças do bairro testemunhara, Emilienne e Margaux seguiram Levi Blythe até um beco, onde o viram sangrar até ele se virar para elas e gritar: — Caiam fora!

E elas o fizeram. Momentaneamente.

Emilienne subiu os degraus até o apartamento da família, seguida de perto, como sempre, por Margaux. Rasgou um pedaço triangular do lençol da cama que dividia com a irmã, pegou uma garrafa de iodo na gaveta da mãe e correu de volta até onde Levi estava sentado, encostado na parede do beco. Após observá-lo se retrair com o ardor do iodo sobre os cortes, Emilienne deixou que ele tocasse seu traseiro descoberto. Foi uma concessão que ela explicou mais tarde para Margaux, dizendo com um suspiro: — O amor é capaz de nos deixar tão bobos.

Emilienne nunca mais viu Levi Blythe depois daquele dia — nem ela, nem ninguém mais. Muitos acreditavam que os acontecimentos sórdidos que regularmente ocorriam no apartamento da mãe dele tinham, enfim, pesado para o lado dela, e que, talvez, Levi e suas duas irmãs estivessem sob a tutela do estado. Todavia, ninguém tinha certeza disso — naqueles dias, muitas pessoas desapareciam por razões menos importantes; era difícil rastrear todo mundo.

Minha avó levou três anos para se esquecer do pobre Levi Blythe. Aos dezesseis, ela se apaixonou desesperadamente por um menino que conhecia apenas como Dublin, um apelido derivado do local de seu nascimento. Dublin ensinara-lhe a fumar cigarros e lhe dissera certa vez que ela era linda.

— Linda — ele disse com uma risada. — Mas estranha, como toda a sua família. — E então ele a beijou (era seu primeiro beijo) antes de sair correndo com Carmelita Hermosa, que era tão adorável quanto seu nome deixava subentendido. E bastante desleal também.

Em 1922, quando Emilienne tinha dezoito anos, a família Roux passou por uma série de transformações que confirmaram que eles eram, de fato, um pouco estranhos. Pierette, que realmente tinha muitos truques escondidos nas mangas, agora tinha quinze anos e se apaixonara por um homem mais velho que gostava de observar pássaros. Após fracassar em todas as tentativas de fazer o ornitologista perceber seu interesse — incluindo um acontecimento bem desastroso em que ela apareceu na sacada do apartamento dele vestindo nada além de algumas penas grudadas em um lugar bastante indiscreto —, Pierette deu o passo extremo de se tornar um canário.

O observador de pássaros nunca notou a tentativa drástica de Pierette de ganhar seu carinho e acabou se mudando para a Louisiana, atraído por sua vasta população de *Pelecaus occidentalis* — o que serve apenas para mostrar que alguns sacrifícios não valem a pena. Inclusive — ou talvez principalmente — aqueles feitos por amor. A família, aos poucos, acostumou-se com as animadas canções matutinas de Pierette e com as minúsculas penas amarelas que se juntavam nos cantos dos quartos e grudavam nas roupas.

René, o único menino na família Roux, tinha superado a boa aparência do pai já aos quatorze anos. Aos dezessete, era considerado um deus entre os mortais. Com expressões simples como *Você poderia, por favor?* e *Você gostaria*, René fazia os rostos das meninas enrubescerem com histeria. Na rua, mulheres normalmente respeitáveis topavam com as paredes quando René Roux passava, distraídas pelo modo como o sol se movia através dos pelos dos dedos dele. Esse era, por si só, um fenômeno assustador, mas René achava-o ainda mais perturbador porque, diferentemente de Levi Blythe, ele, de fato, *gostava* mais dos meninos da rua do que das meninas, compartilhando seu traseiro descoberto com alguns deles, embora certamente não enquanto uma de suas irmãs estivesse por perto.

Com exceção de Pierette, Emilienne era considerada a Roux mais estranha de todos. Havia rumores de que ela possuía certos dons sobrenaturais: a capacidade de ler mentes, atravessar paredes e mover objetos usando apenas o poder do pensamento. Mas minha avó não tinha poderes; ela não era vidente nem telepata. Colocado de uma forma simples, Emilienne era meramente mais sensível ao mundo exterior do que as outras pessoas. Como tal, era capaz de compreender algumas coisas que as outras pessoas não conseguiam. Enquanto para alguns uma colher caída poderia indicar a necessidade de pegar uma nova, para Emilienne isso significava que sua mãe deveria colocar a chaleira no fogo para preparar o chá, pois alguém estava a caminho. O pio de uma coruja era um presságio de infelicidade iminente; um ruído peculiar ouvido três vezes à noite significava a proximidade da morte; receber um buquê era complicado, já que dependia do tipo de flor: as violetas azuis significavam *Sempre serei verdadeiro*, mas um cravo significava *Desculpe, não posso ficar com você*. E, embora esse dom tenha se provado útil às vezes, ele também poderia tornar as coisas um tanto quanto confusas para a jovem Emilienne. Ela se esforçava para distinguir entre os sinais que recebia do universo e aqueles que conjurava em sua mente.

Ela utilizava o cravo exatamente por isso: quando pressionava as teclas do instrumento, sua voz complexa abafava tudo o mais à volta. Emilienne tocava versões noturnas de sonetos italianos de amor, ao que alguns, mais tarde, atribuíram um aumento na população da vizinhança. Muitas crianças estavam sendo concebidas sob as músicas de amor de Emilienne Roux, acompanhada pelas vozes harmoniosas de seus irmãos — o tenor suave de René, o chilrear agudo de Pierette e o contralto inquietante de Margaux. Margaux não era estranha, mas também não era linda como os outros, e isso a fazia ser estranha à sua própria maneira. E *Maman* continuava a ficar mais e mais transparente, tanto que seus filhos conseguiam atravessá-la para colocar a garrafa de leite no congelador, em geral sem pensar muito a respeito.

Mais ou menos nessa época, um homem chamado de Satin por seus amigos e de Monsieur Lush por todos os outros foi visto festejando pelas ruas da Baixa Manhattan usando uma jaqueta forrada de seda e uma cara água de colônia. Diziam que ele viera de algum lugar do norte — Quebec ou Montreal —, pois seu francês era impecável, embora apresentasse um sotaque estranho. Diziam, também, que Manhattan era uma parada frequente em uma jornada periódica que ele fazia de meses em meses. A razão de suas visitas não era evidente, mas era fácil supor que não era nada boa, a julgar pelo tipo grosseiro de homens que lhe faziam companhia e pelo modo como sua perna esquerda retinia no cantil que usava pendurado na calça.

No dia em que Emilienne conheceu Satin Lush, ela estava usando um chapéu cloche no qual recentemente havia pintado papoulas vermelhas. Seus cabelos estavam enrolados e despontavam levemente sob o chapéu, curvando-se na altura do queixo, e havia um rasgo em sua meia-calça. Era maio, e densos rastros da chuva da primavera escorriam pelas janelas da cafeteria onde Emilienne passara o dia servindo café preto e pães doces grudentos para irlandeses sem sonhos. O cheiro de açúcar caramelizado e o orgulho velado persistiam em suas roupas. Enquanto ela esperava a chuva amenizar, os sinos da Saint Peter repicaram cinco vezes e a água caiu ainda mais forte no toldo sobre sua cabeça.

Ela pensava na ternura de tais momentos, admirava a chuva e o céu nublado como alguém admira o quadro de um artista promissor, cuja celebridade parece pressagiada pelos rodopios das marcas de seu pincel. Foi enquanto ela estava em meio a tais pensamentos que Satin Lush saiu da cafeteria e o tinido em sua perna interrompeu o ritmo da chuva que caía sobre o toldo. Emilienne ficou imediatamente paralisada diante do aro verde-claro em um dos olhos dele, diante da forma como aquilo conflitava deliciosamente com o azul-cerúleo do outro. Descobriu que não importava perder o momento anterior, pois este era tão adorável quanto.

Enquanto seguiam pelo bairro, Satin segurando um guarda-chuva sobre as cabeças de ambos e a aba do chapéu cloche de Emilienne roçando constantemente sua orelha direita, os apaixonados nem percebiam que o tempo piorava. Não percebiam que as nuvens acumularam-se e a chuva caíra numa torrente tal que os ratos da cidade praticamente tiveram que virar as baratas de cabeça para baixo, subir nelas e flutuar pelas ruas em minúsculas jangadas de artrópodes.

Naquela noite, Emilienne apresentou Satin para a família como seu *noivo*, e ele passou a noite elogiando as meias-luas de suas unhas. Satin rapidamente tornou-se benquisto no apartamento dos Roux. Era frequente Emilienne, ao voltar do trabalho, encontrar *Maman* e Satin conversando com afinco, uma procissão rápida de vívido francês vertendo dos lábios de ambos. E, quando René desapareceu por três dias, foi Satin quem soube onde encontrá-lo. Os dois retornaram, René com um dos dentes da frente lascado e Satin sem o lóbulo da orelha direita. Quando perguntados, a resposta foi um vago *Você devia ter visto o outro cara* e uma troca de olhares comum entre os homens quando um tem um segredo que o outro está disposto a esconder.

O mais estranho durante esse tempo, no entanto, foi a notável transformação da desajeitada Margaux. Após meses de negação forçada, a família Roux não conseguia mais esconder o fato de que Margaux, aos dezesseis anos de idade, estava grávida.

Aquela foi uma época particularmente confusa para Emilienne. Até então, cada uma das duas irmãs tinha se apegado a seu papel predestinado — Emilienne era bela e misteriosa. Um pouquinho estranha às vezes, sim. Mas Margaux? Margaux era apenas uma sombra opaca da obra de arte que era Emilienne. Houve um tempo em que era Emilienne quem ficava guardando segredos e Margaux quem sofria para descobrir a razão por detrás do sorriso diabólico e da adorável sobrancelha arqueada da irmã. Agora, entretanto, era Emilienne quem sofria. E como ela sofria! Principalmente quando, para todos da família, não era mais ela, mas Margaux — devido à tez apaixonada, às bochechas rosadas, à piscadela efervescente em seus olhos —, a bela da família.

Margaux nunca disse o nome do pai da criança. Uma vez, em um momento de fraqueza — após uma pergunta particularmente irritante feita por sua irmã —, ela passou um dedo sobre a própria sobrancelha arqueada adorável e disse "O amor é capaz de nos deixar tão bobos", o que causou um calafrio em Emilienne. Esta deixou o quarto para buscar um suéter, e essa foi a última vez que alguém perguntou a Margaux sobre o pai de seu filho. Em vez disso, seus irmãos brincavam de "É esse o mau caráter?" enquanto assistiam a homens passando pela rua.

No dia em que a criança nasceu, Emilienne, com Pierette empoleirada nos ombros, estava voltando para casa de alguma missão de que ninguém se lembrava mais. O que todos se lembravam era do chapéu cloche de Emilienne — aquele pintado com papoulas vermelhas — sendo levado pelo vento na rua e recuperado por um exuberante garoto de dez anos. Emilienne retirou uma moeda de um centavo da bolsa para recompensá-

-lo. Enquanto colocava a moeda brilhante na mão estendida da criança, olhou para o rosto sujo dela e percebeu que cada um de seus olhos era de uma cor: um, verde, o outro, azul. Impulsivamente, Emilienne perguntou à criança quem era seu pai, ao que o menino respondeu com um gesto de desdém antes de sair correndo com a moeda.

Seguindo seu percurso pela rua, Emilienne prestou mais atenção aos garotos em seu caminho e se deparou com outra criança de olhos diferentes, outra criança que não sabia quem era seu pai. No quarteirão seguinte, topou com outra criança. E outra. Indo de quarteirão em quarteirão, em doze deles, Emilienne contou dezessete crianças daquelas.

Quando voltaram para o apartamento da família, Pierette chilreava e gorjeava tanto que Emilienne teve que abafar a pobre irmã-pássaro no bolso de sua jaqueta. Apressada para entrar no apartamento, Emilienne esbarrou na senhora Barnaby Callahoo, que, após ter sido ajudada a se levantar, anunciou que Margaux tinha dado à luz.

— É um menino de cabelos pretos — Notre Petit Poulet disse, com os minúsculos dedos vibrando de emoção. — Mas olhos azuis! Um é azul e o outro? O outro é verde!

Emilienne entrou no apartamento e encontrou Satin Lush, o homem que ela jamais voltaria a chamar de *noivo*, sentado no peitoril de uma janela aberta, fumando um cigarro. Ele encolheu os ombros quando a viu.

— Você sabe como são essas coisas — disse.

Enojada, Emilienne avançou na direção dele e, com um empurrão furioso, atirou-o para fora da janela enquanto gritava:

— Dezoito crianças!

Satin Lush ricocheteou no pavimento, levantou-se e fugiu. Nunca mais foi visto novamente.

Se foi a chegada do filho de Margaux ou a traição de Satin Lush o que levou à queda da família Roux, isso permanece sem resposta. Mas bastaram algumas horas para que a jovem Margaux fosse encontrada no banheiro coletivo do saguão. Ela tinha arrancado o próprio coração usando uma faca de prata e colocado o órgão com cuidado no chão, ao lado da banheira. Abaixo do volume vermelho cheio de nervos e sangue, havia um recado endereçado a Emilienne:

Mon coeur entier pendant ma vie entière.
Todo o meu coração para toda a minha vida.

A criança morreu logo em seguida. Margaux foi mãe por aproximadamente seis horas. A data era 1° de março de 1923.

O amor, como a maioria das pessoas sabe, segue uma cronologia própria, apesar de nossas intenções ou planos bem ensaiados. Logo após o falecimento da irmã, René se apaixonou por um homem casado, mais velho. William Peyton chorou no dia em que conheceu René Roux. Foi em um abraço bem comprometedor que a esposa de William pegara René e seu marido na cama onde ela própria fora virada de costas noite após noite por duas décadas. Apressado em fugir da desagradável cena, René correu para a rua, esquecendo-se de levar as roupas com ele.

Enquanto corria pelos quarteirões cheios de lojas em direção ao apartamento da família, foi seguido por uma multidão crescente de mulheres (e alguns homens), todos histéricos com a visão das nádegas expostas de René Roux. O frenesi rapidamente elevou-se a um tumulto completo que durou quatro dias e meio. Várias lojas de alimentos judaicos foram incendiadas e três pessoas foram pisoteadas até a morte, inclusive a minúscula senhora Barnaby Callahoo. *Bonsoir, Notre Petit Poulet.*

Assim que o pânico, enfim, diminuiu, o amante de René enviou uma mensagem para o apartamento dos Roux, implorando-lhes que o encontrassem naquela noite nas docas ao longo do Rio Hudson. Na manhã seguinte, quando a família Roux — o que havia sobrado dela — acordou, encontrou o corpo de René na soleira da porta, um lenço cobrindo o local onde William Peyton havia atirado em seu belo rosto.

Capítulo 2

NA METADE DOS ANOS 1920, havia um pequeno e irrelevante bairro na florescente cidade de Seattle, Washington. O bairro, que ficava a cerca de quatrocentos e oitenta quilômetros da Manhatine de Beauregard Roux, foi mais tarde ofuscado pelos boêmios de Fremont nos anos 1960 e principalmente lembrado pela casa que ficava na colina, no final da Pinnacle Lane. Era lembrada porque eu vivi naquela casa.

A pintura da casa, da cor de violetas azuladas, era desbotada. Tinha uma varanda revestida de branco e uma torre com a cúpula em forma de cebola. Os quartos do segundo piso tinham gigantes janelas salientes. No topo da casa havia um terraço cuja varanda ficava de frente para a baía de Salmon.

O capitão de um navio português construíra a casa no final do século dezenove, e seu charme de casa de bonecas fora inspirado pela relíquia de infância favorita de sua irmã mais nova. Fátima Inês das Dores ainda era uma criança quando, após o falecimento dos pais, fora enviada a Seattle para morar com o irmão.

Por muitos anos, os vizinhos podiam se lembrar de seu minúsculo rosto naquele dia em que ela chegara — os lábios rachados e as sobrancelhas grossas e escuras escondidas pelo capuz de sua capa. Lembravam-se com nojo do modo como o rosto de seu irmão ruborizara-se de desejo e de como os dedos dele queimaram quando ele a ajudou a descer do vagão.

Durante os meses em que o irmão estava no mar, Fátima Inês vivia menos como uma criança e mais como uma mulher à espera do marido ou do amante. Nunca saiu da casa e se recusava a frequentar a escola com outras crianças de sua idade. Passava os dias no terraço da casa com as pombas que mantinha como animais de estimação. Envolta em sua capa verde com capuz, ela observava o mar da varanda até ser levada para dentro pela empregada de pele escura, que era responsável por suas refeições e por prepará-la para dormir.

Na primavera, quando o capitão voltou para casa de longas viagens no mar, levara presentes esmerados para a irmã: uma marionete italiana esculpida a mão, com botas de couro e uma espada de metal; um jogo de dominó feito de marfim e ébano; um tabuleiro de *cribbage* esculpido em um dente de morsa barganhado dos esquimós; e, como sempre, um ramalhete de flores roxas.

Durante sua estada, as flores roxas perfumaram o ar com seu aroma inebriante, e a casa, dizia-se, pulsava com um misterioso matiz dourado à noite. Anos mais tarde, mesmo quando o capitão do navio e sua irmã não mais moravam na casa no final da Pinnacle Lane, o aroma dos lilases ainda emanava ondas de blasfêmia pelo bairro.

Durante aqueles meses de primavera, os bancos da igreja ficaram excepcionalmente cheios.

O bairro todo foi construído com a pequena Fátima Inês em mente. O Capitão das Dores foi o benfeitor por detrás do correio, por onde enviava encomendas de outros portos para sua irmã mais nova. E ele ajudou a fundar a escola de ensino fundamental, mesmo após Fátima se recusar a frequentá-la.

Após um incidente muito peculiar envolvendo o padre da paróquia católica mais próxima, Fátima Inês também foi o motivo pelo qual eles ergueram a igreja luterana. Atendendo ao pedido da irmã, o Capitão das Dores tinha providenciado a visita de um padre para oferecer-lhe a Primeira Comunhão. Encomendou a uma costureira local o vestido — uma bata branca comprida com botões minúsculos nas costas e um véu enfeitado com pérolas. Mandou encherem a casa de rosas brancas para a ocasião, e as pétalas das flores prenderam-se na cauda de renda quando ela caminhava.

Quando o padre pôs a hóstia sobre a ponta língua da jovem Fátima Inês, no entanto, a hóstia sagrada explodiu em chamas.

Pelo menos é o que diz a lenda...

O padre recusou-se a voltar algum dia à casa do final da Pinnacle Lane. Alguns meses depois, a nova igreja luterana estava realizando seu primeiro culto.

O único pedido do capitão, caso a vizinhança quisesse que o patrocínio continuasse, foi uma celebração pública anual do aniversário de Fátima no solstício de verão.

Ninguém sabia o que esperar no primeiro ano. E então as carruagens verde-esmeralda, fúcsia e tangerina adornadas com ouro apareceram no caminho de lama que levava até a Pinnacle Lane. Dirigidas por anões usando cartolas azuis de cetim e puxadas por pôneis de pele manchada, as carruagens não tinham janela, com exceção da última. E foi através dessas janelas que os vizinhos reunidos vislumbraram o mestre de cerimônias e os gêmeos contorcionistas da Nova Escócia. As impossíveis posições demonstradas por todos eles acabaram sendo a parte mais comentada de toda a celebração, mesmo após a chegada dos elefantes.

As comemorações foram ficando mais indulgentes e extravagantes com o passar dos anos: houve acrobatas enviados da China na comemoração do décimo aniversário de Fátima; uma cigana com as mãos enrugadas e uma bola de cristal quando ela fez onze anos; tigres brancos que engoliam avidamente tigelas gigantes de creme quando ela fez doze anos. O solstício de verão logo se tornou um feriado que era esperado com tanta empolgação quanto o Natal ou o 4 de Julho, com os participantes vindo de quilômetros de distância para dançar ao redor da fogueira com margaridas brancas entremeadas nos cabelos.

Fátima nunca participou do evento. De vez em quando alguém — embriagado pelas ilusões e pelo hidromel — insistia em dizer ter visto seu vulto encapuzado empoleirado no telhado com seus pássaros, observando as festividades abaixo com interesse.

Mas isso era bem improvável.

Então, em uma primavera, o capitão não retornou do mar. O solstício de verão foi celebrado com tanto fervor quanto nos anos anteriores, mas não houve tigres brancos nem médiuns ciganos, tampouco as demonstrações de destreza sexual dos gêmeos da Nova Escócia.

E ninguém via Fátima Inês havia meses.

O dia em que ela foi finalmente retirada da casa seria lembrado mais tarde como um dia em que as sombras pareciam ter ficado mais escuras, como se algo a mais se prolongasse naqueles espaços assombrados. Vizinhos curiosos saíram até a rua e observaram Fátima Inês, que usava apenas um vestido branco esfarrapado coberto com excremento e penas de pássaro, sendo retirada da casa no final da Pinnacle Lane.

A jovem, cujo aniversário eles haviam celebrado por nove anos, não tinha envelhecido um dia desde sua chegada, desde aquele primeiro dia, quando os dedos do capitão do navio queimaram ao tocá-la.

As pombas de que Fátima Inês tinha cuidado como animais de estimação libertaram-se de suas gaiolas no telhado e cruzaram com os corvos locais. A monstruosa prole deles — feia, com as metades destroçadas de cada uma das aves — castigou a vizinhança com seus gritos assombrados e inteligência arrogante.

O que aconteceu com a criança ninguém jamais soube. Muitos acreditavam que ela foi levada para o Hospital de Loucos em Steilacoom.

— Bem, o que mais poderiam ter feito com ela? — os vizinhos perguntavam-se uns aos outros.

O solstício de verão continuou sendo comemorado no pequeno bairro de Seattle ao longo dos anos. A casa teve poucos moradores depois — uma família de ciganos morou lá em um outono, em 1910, e a casa foi brevemente usada para reuniões de Quakers local. De modo geral, todavia, continuou vazia até o dia em que meu avô, Connor Lavender, virou o rosto para o céu de Seattle.

Após a morte de seus irmãos, Emilienne desistiu de seu chique chapéu cloche. Ela deixou o cabelo crescer de qualquer jeito e o prendeu num apertado coque "redondesco" na nuca — uma tentativa fracassada de ocultar sua beleza o máximo possível. Usava um pouco de pó de arroz nas bochechas para esconder as marcas deixadas por tantas lágrimas. *Maman,* com o pobre coração ainda mais frágil pela perda de seus filhos, logo desapareceu por completo, deixando para trás apenas uma pequena pilha de cinzas azuis entre os lençóis de sua cama. Emilienne guardou-as em uma lata vazia de pastilhas para tosse.

Então, em um dia quente de agosto de 1924, enquanto esperava na fila da farmácia local para comprar seu pó facial, Emilienne notou um homem atrás de si, apoiando-se pesadamente sobre uma bengala de madeira escura.

O nome dele era Connor Lavender. Ele tinha trinta e um anos de idade e havia contraído um grave caso de poliomielite aos sete anos. Ficou de cama por mais de oito meses e, apesar do número de compressas de camomila que sua mãe aplicava em seu pequeno corpo, a doença incapacitou-lhe a perna esquerda, forçando-o a depender de uma bengala para caminhar. Independentemente de ter sido uma bênção ou uma maldição, o fato é que aquela doença o dispensou do serviço militar obrigatório, e Connor Lavender nunca serviu seu país na Primeira Grande Guerra. Em vez disso, apoiou-se em sua bengala e serviu os clientes na padaria da esquina onde trabalhava. Sua condição foi a verdadeira razão pela qual minha avó casou-se com ele.

Emilienne olhou para a perna atrofiada de Connor Lavender e sua bengala de mogno e concluiu que, por conta disso, tal homem teria problemas para deixar qualquer lugar ou qualquer pessoa. Enquanto o suor acumulava-se atrás dos joelhos e debaixo dos braços, ela resolveu passar a sua vida com Connor Lavender. Se ele concordasse em levá-la para longe de Manhattan, ela estaria disposta a lhe dar um filho em troca. Ela fecharia os olhos enquanto fizessem amor para não ter que olhar para a perna disforme.

Meus avós se casaram três meses depois. Emilienne usou o vestido de casamento de *Maman*. Logo após a cerimônia, olhou de relance no espelho e não viu seu próprio reflexo, mas sim um vaso vazio e alto.

Imaginou que uma união sem amor fosse a melhor opção para ambos. Bom para Connor, já que, até conhecer a infeliz senhorita Emilienne Roux, considerara-se condenado a uma vida de celibato perpétuo, com porções de sopa únicas e um leito de morte de solteiro; e bom para Emilienne, pois, se o passado havia lhe ensinado algo, era que, contanto que ela não amasse alguém, as chances de essa pessoa morrer ou desaparecer seriam pequenas. Quando foram considerados marido e mulher, Emilienne prometeu silenciosamente que seria boa para seu marido, contanto que ele não lhe pedisse o coração.

Ela não tinha mais um para oferecer.

Cumprindo sua promessa, exatamente quatro meses após casar-se com Emilienne Roux, Connor Lavender apanhou sua esposa, reuniu seus poucos pertences — inclusive um temperamental canário de estimação que Emilienne recusou-se a deixar para trás — e embarcou em um trem com destino ao grande estado de Montana. Mas, quando chegou a hora de dar *adieu* ao trem, a esposa de Connor deu uma olhada nas bolas de feno rolando e nas monótonas planícies e simplesmente disse "Não" antes de voltar para o abafado e apertado trailer que eles tinham chamado de casa durante os últimos muitos dias.

— Não? — Connor repetiu, seguindo-a enquanto ela abria caminho entre os demais passageiros, cujas esposas, ele notou em silêncio, não tinham se recusado a deixar o trem. — Como assim, não?

— Não. Não vou viver aqui.

E com isso começou uma conversa que se repetiria por centenas de quilômetros enquanto Emilienne rejeitava Billings, Coeur d'Alene, Spokane e todas as cidades no meio. Connor Lavender estava tão irritado que não falou com ela desde que saíram da estação de trem em Ellensburg, uma cidade que certa vez fora completamente arrasada pelo fogo. Emilienne deu outra olhada para fora e disse:

— Por que eles foram reconstruir isso?

Acredito que, quando o trem chegou a Seattle, minha avó sabia que não tinha alternativa: era aqui ou prosseguir sozinha. Então, quando eles chegaram à estação King Street, Emilienne silenciosamente juntou suas coisas e, enfim, deixou o trem.

Em sua busca por um lar, meus avós olharam primeiro um galpão em Wallingford, com telhado baixo e vigas expostas, mas descobriram que era caro demais, mesmo com a infestação de guaxinins que havia no porão. Depois, viram uma antiga propriedade vitoriana em Alki Point, mas Connor, preocupado, achou que o farol próximo poderia atrapalhar o sono deles à noite.

Foi uma casa de pedra em estilo Tudor, com um telhado íngreme e um alicerce decadente, o que os levou a um pequeno bairro no centro de Seattle. A casa ficava de frente para uma escola, onde, algum dia, Connor imaginava, seus filhos iriam estudar, onde suas minúsculas impressões digitais de guache colorido estariam entre aquelas que já cobriam as janelas. Connor olhou para o céu no exato momento em que uma leve chuva começou a cair. Era desconcertante: a chuva de Seattle parecia tão diferente. As embaçadas gotas de chuva agarraram-se a todas as partes dele, encharcando os cílios, e infiltraram-se nas narinas. E foi enquanto pensava nisso que Connor viu pela primeira vez a casa na colina.

Ela ficava solitária em uma colina no final da rua principal do bairro, Pinnacle Lane, onde os paralelepípedos davam lugar a uma estrada de lama e pedregulhos. Era pintada de um violeta azulado desbotado. Tinha uma varanda revestida de branco e uma torre com a cúpula em forma de cebola. Os quartos do segundo andar tinham janelas salientes gigantes. No topo da casa havia um terraço cuja varanda ficava de frente para a baía de Salmon. A cerejeira na lateral estava florescendo; flores cor-de-rosa, as pontas acastanhadas e deformadas, espalhadas pela varanda.

Havia apenas duas outras casas na vizinhança. Uma pertencia a um homem chamado Amos Fields e a outra abrigava os vestidos pretos da viúva Marigold Pie. Azaleias necessitadas de poda e arbustos impediam a visão das casas.

O pequeno bairro anexo mal chegava a ser um ponto de parada para viajantes a caminho de Ballard, uma cidade mais conhecida. Do lado direito da Pinnacle Lane ficavam o correio, a farmácia e uma escola de ensino fundamental feita de tijolos; do lado esquerdo ficava a igreja luterana, com suas paredes austeras e bancos duros de madeira. Havia também um estabelecimento abandonado que um dia vendera bolos de casamento e onde os famintos fregueses em breve encontrariam pães frescos e doces caseiros com a marca de Connor Lavender.

Mudar-se era um acontecimento tranquilo para os Lavender, já que a única posse que tinham na terra de que verdadeiramente precisavam era a bengala de Connor. Havia também uma lata de pastilhas para tosse cheia de cinzas azuis e uma caixa de sapato contendo os restos de um minúsculo pássaro amarelo. Pierette, que nunca fora emocionalmente estável mesmo na forma humana, não sobrevivera ao cansativo passeio de trem através dos campos. Ambos foram enterrados no canteiro vazio atrás da nova casa, marcado apenas por uma grande pedra do rio.

Emilienne caminhava pela casa, seus passos oscilando sob a circunferência do dilatado ventre. Não pensara que fosse possível engravidar tão rápido, afinal apenas estivera com o marido uma vez antes de deixar Manhattan, e, com o espaço limitado e as opções de banho disponíveis no trem, nenhum deles tinha iniciado nada enquanto estavam a bordo.

Foi só quando chegaram a Minnesota que Emilienne começou a considerar a possibilidade de estar grávida. Na metade do caminho até Dakota do Norte, ela conseguiu traduzir em palavras o que sentia a respeito disso. Palavras como *decepcionada, furiosa* e *aprisionada*. Quando finalmente contou a Connor, em algum lugar entre Coeur d'Alene e Spokane, escolheu palavras diferentes daquelas que tinha em mente. E chorou de alegria.

Emilienne passou a mão sobre a beira da pia de ferro fundido antes de se deslocar até a sala de jantar, com os gabinetes embutidos e portas de cristal cor de chumbo. Ouviu o rangido dos assoalhos de madeira enquanto caminhou da sala de jantar até o *hall*, do corredor até a escadaria. Em um canto da sala estava o cravo que Connor trouxera de Manhattan; Emilienne planejava deixar o instrumento intacto. Queria observá-lo acumular poeira, as teclas amarelando com o tempo. Mas o teimoso instrumento recusou-se terminantemente e, em vez disso, manteve o brilho lustroso e as teclas sempre notavelmente afinadas.

Os vizinhos julgavam Emilienne da forma que a maioria das pessoas julga quando é confrontada com o estranho. É claro, isso era um pouquinho mais complexo do que uma aversão diante da visão de uma verruga inconveniente ou de um dedo seriamente ferido. Tudo o que dizia respeito a Emilienne Lavender era estranho. Para ela, apontar para a lua era um convite ou para um desastre ou para uma vassoura cair. E, quando a viúva Marigold Pie começou secretamente a sofrer de um surto de insônia, foi Emilienne quem bateu à sua porta na manhã seguinte com uma guirlanda de peônias e a insistência de que usá-la garantiria um sono tranquilo naquela noite. Logo os silenciosos sussurros de *bruxa* começaram a seguir Emilienne aonde quer que ela fosse. E interagir com a bruxa do bairro, bem, isso seria um convite para um desastre muito mais perigoso do que qualquer coisa que a lua pudesse trazer. Então os vizinhos dela fizeram apenas uma coisa que parecia adequada — eles evitaram Emilienne Lavender por completo.

Felizmente, não acharam que Connor tinha alguma culpa — a estranha esposa dele mal ficava na padaria, e o pequeno estabelecimento começou a prosperar. O sucesso de Connor poderia ser atribuído a uma série de coisas. A localização certamente fazia parte disso — nenhum paroquiano de passagem conseguia deixar de fazer uma parada na padaria a caminho de casa, principalmente naqueles domingos quando o pastor Trace Graves entregava à congregação a Eucaristia. Sendo o Corpo de Cristo ou não, o fato é que um pedaço cortado de pão velho mal satisfazia após uma manhã de cantos religiosos luteranos, mas, no mínimo, tornava os recém-assados pães caseiros e de centeio dispostos na vitrine da padaria como pedras preciosas ainda mais encantadores.

Muitos preferiam não admitir isso, mas Emilienne certamente tinha um papel no sucesso da padaria, pelo menos nos bastidores. Ela tinha um gosto impecável e um olho para designs atraentes, tecidos e cores agradáveis (é claro que tinha, era francesa). Usou seus talentos naturais ao escolher o amarelo amanteigado para as paredes da padaria e o branco para as cortinas de renda das janelas. Organizou as mesas e as cadeiras de ferro forjado sobre o piso preto e branco, onde os fregueses sentavam-se para apreciar uma rosquinha da manhã e os aromas de canela e baunilha que pairavam no ar. E, embora todos esses ingredientes ajudassem a formar a receita de sucesso da padaria, o estabelecimento de Connor prosperava bastante porque Connor era um padeiro excepcional.

Ele tinha aprendido com o pai, que levava o filho aleijado sob o braço e lhe ensinava tudo o que era preciso sobre a alimentação das pessoas de Nova York: como fazer biscoitos pretos e brancos, pão de ló e bombas de creme recheadas com rum e manjar. Quando Connor casou-se com Emilienne Roux e se mudou para Seattle, levou consigo aquelas mesmas receitas e as serviu com desenvoltura para as pessoas da Pinnacle Lane, que afirmaram nunca antes terem saboreado tais sobremesas clássicas.

Então, naturalmente, Connor ocupava a maior parte de seu tempo na padaria, o que para Emilienne significava passar as horas na grande casa, levando seu agitado ventre de um cômodo para o outro à espera do retorno do marido. À espera de a noite cair. À espera de o tempo passar. E, conforme os meses foram se sucedendo, Emilienne viu as folhas amareladas da cerejeira no jardim apodrecerem sob a chuva do outono. Viu as mães levarem os filhos para a escola, viu seu próprio corpo mudar — transformando-se diariamente em algo estranho e abstrato, algo que não lhe pertencia mais.

A gravidez se mostrou uma época muito solitária para Emilienne, apesar de ela nunca estar sozinha: não estava no dia em que se casou com Connor Lavender nem quando se recusou a sair da segurança do apertado vagão de trem ou quando burburinhos de *bruxa* surgiram na vizinhança e atravessavam as janelas abertas de sua casa. *Eles* estavam sempre ali. Ele, com sua ânsia por falar, apesar de o rosto ter sido deformado, e ela, com uma caverna no lugar onde o coração um dia bateu, às vezes com aquela criança no colo — aquela criança fantasmagórica com olhos desiguais. E havia, ainda, o canário.

Foi só quando sonhou acordada que estava de volta àquele prédio decadente na Manhatine de Beauregard — quando as notas altas da risada animada de Pierette ainda ecoavam pelos corredores, quando a beleza de René ainda rivalizava com a dela, antes de Margaux tê-la traído — que Emilienne conseguiu tentar compreendê-los. Mas ela raramente conseguia pensar em sua antiga vida e em toda a dor que existia ali. Ela havia se mudado para o outro lado do país para se livrar disso — como eles ousavam continuar a segui-la! Seus hóspedes indesejáveis — pois eram indesejáveis! — proporcionaram-lhe um pouco de conforto. Ela se recusou a decifrar os gestos frenéticos que seus irmãos mortos faziam e nunca parou por tempo suficiente para compreender as palavras silenciosas que fluíam de seus lábios. Por mais desesperadamente que eles tentassem, ela estava determinada a não lhes dar ouvidos.

Durante suas explorações diárias, Emilienne descobriu relíquias de Fátima Inês das Dores ainda espalhadas por uma série de cômodos da grande casa: os presentes que seu irmão trouxera de suas viagens ao estrangeiro. Havia a marionete, as peças de xadrez, as bolinhas de gude e centenas de bonecas de porcelana. Bonecas com olhos que piscavam, com braços e pernas articulados; bonecas com gorros, vestidas com saris, envolvidas em quimonos estampados com dragões e com minúsculos leques presos às suas minúsculas mãos. Havia bonecos caubóis montados em bonecos cavalos-pintados selados; bonecas do Rajastão enviadas da Índia, matrioskas russas, bonecas feitas de papel-manilha. Havia uma girafa do tamanho de um pequeno cão pastor e um cavalo de balanço cuja base rangia de tão velha. Ninguém tinha tido a coragem de tirá-los da casa. Seus olhos imóveis, olhos vigilantes, poderiam muito bem ter sido a razão pela qual tão poucas pessoas tenham desejado ocupar a casa.

Se Fátima Inês, como um fantasma ou em outra forma, ainda permanecia na casa, Emilienne seria quem podia dizer. Afinal, ela era a mulher com quem as flores pareciam conversar, cujos três irmãos falecidos seguiam silenciosamente pela casa em vez de passarem para a vida após a morte. Mas Emilienne sabia que não devia acreditar que a casa era assombrada pelo espírito inquieto da menina.

Em um dia particularmente frustrante, quando palavras muito piores do que *bruxa* entraram pela janela e René insistiu em tentar falar com ela, Emilienne levou os antigos brinquedos para fora pela porta da frente e os esmagou um por um, até que a varanda ficasse coberta por minúsculas partículas de vidro colorido, tecido e porcelana.

Das cinzas às cinzas, do pó ao pó.

Emilienne fez tudo o que prometera a si mesma que faria como esposa, embora dificilmente pudesse ser confundida com alguma das outras esposas do bairro — mulheres que, antes do casamento, tinham passado os anos do ensino médio praticando caligrafia ao assinar seus primeiros nomes com os últimos de seus futuros maridos. Esposas que passavam os dias limpando e indo ao supermercado para comprar guloseimas atraentes para jantares *tête-à-tête*. Esposas que esperavam seus maridos na porta de casa com os lábios recém-pintados e uma conversa tão cuidadosamente preparada quanto a refeição. Esposas que não começaram suas vidas de casadas como vasos vazios.

Para seu crédito, Emilienne mantinha a casa limpa e alimentava o marido à noite com carne assada e batatas vermelhas; dava bastante atenção às pregas nas calças dele e tomava todo o cuidado com sua bengala, polindo-a toda noite para que o mogno brilhasse com um tom avermelhado. Mas nem Emilienne nem Connor pararam alguma vez para ponderar sobre os milagres que o amor poderia trazer à vida deles. Connor, porque não sabia que tais coisas existiam; Emilienne, porque sabia.

E então minha mãe nasceu.

Ela veio ao mundo como uma larva vermelha, berrante e exigente, a cabeça cheia de cabelos pretos — todos os fios lisos, com exceção de uma argolinha perfeita na parte de trás da cabeça — e os olhos azuis pueris que mais tarde escureceriam até um tom de castanho tão profundo que, às vezes, pareciam ter engolido toda a íris. Chamaram-na Viviane.

Quando a levaram para casa, Emilienne carregou-a pela casa e fez careta para o marido quando ele anunciou cada cômodo com o entusiasmo e o encanto de um animador de circo. *E à sua esquerda, o que é isso?, você pergunta. Essa grande faixa de espaço acarpetado? Este é o corredor do segundo andar!* Ele apresentou Viviane à pia de ferro fundido da cozinha, aos gabinetes embutidos com portas de vidro cor de chumbo que se estendiam pela parede da sala de jantar e sobre o fogão. Observou o rosto de Viviane para ver se ela gostava do rangido dos assoalhos de madeira conforme ele pisava neles. Levaram-na para o quarto deles, onde ele apontou para o berço de vime em que ela dormiria e para a cadeira de balanço na qual Emilienne a balançaria todas as noites até o chão sob ela ficar com marcas de desgaste. Mostrou-lhe o jardim, onde uma pedra sólida de rio demarcava um pequeno túmulo, e a sala, onde havia um cravo sem uso, mas notavelmente afinado. Mostrou-lhe tudo, com exceção do terceiro piso, já que ninguém ia lá mesmo.

Havia vezes em que Emilienne achava possível amar o padeiro aleijado com mãos firmes e andar instável. Ela sentiria o coração relaxar e esticaria as pernas apertadamente enroladas, preparando-se para saltar no caminho de outro amor. Pensava *Desta vez poderia ser diferente. Desta vez poderia durar*. Talvez fosse um amor mais prolongado, mais profundo: uma entidade real e sólida que vivesse na casa, usasse o banheiro, comesse sua comida, desarrumasse as roupas de cama enquanto dormia. Um amor que a afagasse quando ela chorava, que dormisse com o peito pressionado contra suas costas. Mas então Emilienne pensava em Levi Blythe ou em Satin Lush, ou vislumbrava de relance as feições fantasmagóricas de seus irmãos no canto mais distante do quarto e enterrava seu coração sob punhados de sujeira novamente.

Connor, por sua vez, fazia o melhor que podia, considerando... – considerando que ele não tinha experiência para ajudá-lo a compreender a mulher com quem se casara. Connor Lavender era solteiro em todos os sentidos da palavra até o dia em que cruzou com Emilienne Roux. A única mulher nua que tinha visto antes de sua esposa fora em uma foto num bolo de figurinhas que encontrara certa vez escondido atrás do balcão da padaria de seu pai. A imagem era de uma morena rechonchuda, as costas curvadas de maneira certamente desconfortável. Era dos seios da mulher que Connor se lembrava mais, das aréolas do tamanho de pratos de sobremesa, dos mamilos eretos e pontudos. Em sua cabeça de adolescente, parecia que ela tinha pequenas xícaras de chá e pires equilibrados sobre cada seio.

Connor estava pensando exatamente nessa mulher quando fechou a padaria à noite. Limpou os balcões, endireitou as mesas e as cadeiras de ferro forjado e verificou o fermento que tinha deixado crescer para a manhã seguinte. Exatamente como qualquer outra noite. A única diferença nessa noite em particular — 22 de dezembro de 1925 — era que, enquanto ele estava trancando a porta da padaria, sentiu uma pontada no braço esquerdo.

A pontada foi tão breve que Connor mal a notou. Na verdade, o tempo em que passou pensando na dor no braço resultou em aproximadamente três segundos — tempo suficiente para apertar e desapertar os dedos antes que sua mente passasse para assuntos mais importantes. Sua filha pequena, por exemplo (Será que ela já tinha comido? Será que Emilienne já a havia colocado para dormir?), e sua esposa perpetuamente infeliz. Então, Connor se esqueceu do braço (e de tudo a ele associado) e se apressou para voltar para casa, onde banhou o bebê e se esforçou para suportar uma conversa estagnada com a esposa antes de ir para cama. Dormiu profundamente naquela noite e teve sonhos de padeiro, com farinha e claras de ovos, até a manhã seguinte, quando seu coração parou de bater. E, então, com decepção surpreendente e horror atordoante, tenho certeza de que Connor Lavender percebeu que estava morto.

Na manhã de 23 de dezembro, Emilienne acordou do tipo de sono pesado e profundo conhecido apenas por soldados, bêbados e mães de bebês recém-nascidos. Pensando a princípio que fora despertada pelo choro da filha, seus dedos imediatamente moveram-se para desamarrar os nós soltos na frente da camisola e as pernas escorregaram para o lado da cama. Mas, quando seus pés tocaram o chão frio, ela viu que a bebê ainda dormia em seu berço e descobriu que o que a arrancara de seu torpor fora o som do último suspiro escapando do corpo de seu marido.

Emilienne chamou a ambulância, sussurrando para o telefonista: *Mas não precisam vir correndo.*

Tirou do armário as mais elegantes roupas do marido — as mesmas que ele tinha vestido no casamento deles, apenas um ano antes — e as colocou na cama ao lado de seu corpo. Quando viu que a camisa social estava amassada, engomou-a e passou-a. Quando viu que o colete de veludo vermelho estava sem um dos grandes botões pretos, abaixou-se e o procurou no chão até encontrá-lo. Depois, preparou-se para vesti-lo. A calça foi especialmente difícil. Poliu a bengala dele pela última vez e alisou seu cabelo para trás com o gel de uma lata que ele guardava ao lado da pia do banheiro. E só então ela ficou satisfeita, pois significava que mantivera a promessa feita quando se casara com o pobre Connor Lavender — a promessa de que seria uma boa esposa para ele. Até o triste fim, e mesmo depois dele.

Colocou a mão na bochecha do marido. Estava fria e dura sob o toque, como se a pele tivesse sido envolta por uma pedra.

Com a eficiência de uma mulher inconformada, encontrou a chave da padaria e a pendurou em um cordão de couro ao redor do pescoço. Às quinze para as cinco, viúva havia nem mesmo uma hora, Emilienne cuidadosamente envolveu a filha em um espesso casulo de cobertores e a carregou pelos três quarteirões e meio até a padaria. Caminhou pelo estabelecimento no escuro, os sapatos rangendo contra o chão preto e branco de linóleo. Àquela altura, Viviane já estava pronta para ser alimentada. Emilienne levou-a ao peito, mas ambas ficaram perplexas quando notaram que não estava saindo leite. Repentinamente a única dona da padaria, Emilienne pensou em todas as bocas pelas quais agora era responsável. Se não conseguia nem mesmo alimentar a própria filha, como poderia alimentar outras pessoas?

Foi até a despensa e pegou um pacote gigante de açúcar. Com uma colher, pescou uma quantidade minúscula e a despejou em uma tigela de água quente, mergulhando o bico de borracha da chupeta de Viviane nela antes de levá-la de volta à boca da bebê. Em seguida, forrou uma caixa de papelão com um casaco, um cachecol e um suéter e aconchegou a criança dentro. Quando acendeu o forno, descartou quaisquer ideias que pudesse ter tido para massas de torta e outros doces. O que faria era pão. Pão substancialmente saudável, aquecido no forno, tostado por fora e macio por dentro.

Não demorou muito para a padaria ser preenchida com o aroma dos pães que cresciam: a massa fina do *pain au levain*; a massa grossa, dura, do *pain brié*; o *pain de campagne*, difícil de mastigar e perfeito para mergulhar em sopas e guisados grossos; e o *pain quotidien,* para sanduíches e torradas nas manhãs. Após dispor os novos produtos na vitrine e limpar as sujeiras acumuladas no vidro, minha avó abriu as portas da padaria para deixar o ar carregar o aroma de pão recém-assado para a rua. Então, voltou para dentro, limpou a farinha das mãos no avental e, com um temor tão violento e forte que deixou um amargo em sua língua, percebeu que ninguém jamais compraria algo dela.

Capítulo 3

A NOTÍCIA DA MORTE DE CONNOR LAVENDER espalhou-se pela vizinhança, rapidamente seguida por uma densa e confusa rede de fofocas, histórias exageradas e mentiras. Alguns diziam que ele morrera de aneurisma cerebral; outros insistiam que fora uma queda de um lance de escadas o que lhe tirara a vida. Almena Moss, que morava com a irmã, Odelia, em um dos quartos alugados no térreo do correio, alegou ter visto Emilienne comprar uma garrafa grande de veneno de rato na farmácia, o que só tornou os rumores ainda mais fantásticos. Entretanto, independentemente do que tivesse acontecido com Connor Lavender, havia algo com o que todos na vizinhança concordavam: ninguém jamais voltaria a colocar os pés dentro daquela padaria. Não com *ela* no comando.

Então a padaria permaneceu vazia e Emilienne aprendeu a viver com as sobras de pão que ninguém ia comprar — isto é, até uma tempestade no início de fevereiro levar Wilhelmina Dovewolf para a Pinnacle Lane.

Exatamente de onde Wilhelmina viera, poucas pessoas sabiam. Descendente direta de um famoso cacique de Seattle, Wilhelmina era membro da tribo Suquamish — uma linhagem óbvia nas salientes maçãs de seu rosto, na pele bronzeada e nos volumosos cabelos pretos presos em uma longa trança que lhe percorria as costas. Wilhelmina tinha vinte e dois anos — apenas cinco meses mais velha que Emilienne. Passara seus primeiros anos em um internato indiano, onde fora espancada várias vezes por falar em sua língua. Já adulta, carregava consigo o ar de alguém eternamente deslocado — não fazia bem parte dos brancos, mas também não se encaixava mais entre os membros de sua tribo. Em outras palavras, Wilhelmina era uma alma muito velha em um corpo jovem. As pessoas da Pinnacle Lane tinham por ela a mesma consideração que tinham por Emilienne, ou seja, não tinham consideração alguma.

O aroma dos pães de Emilienne atraiu Wilhelmina para dentro da padaria. Emilienne estava nos fundos, com os punhos mergulhados em uma massa branca — que logo se transformaria em outra fatia de pão deixada às moscas —, quando o sino acima da porta ecoou pelo estabelecimento. O som assustou tanto Emilienne quanto Viviane, que, antes contente na caixa de papelão, começou a chorar de medo. Emilienne rapidamente bateu as mãos para se livrar da farinha.

— Já vou — ela gritou, seguindo até a entrada da padaria. Viu apenas de relance as costas de Wilhelmina, cuja trança parecia um rabo balançando atrás dela conforme a jovem corria pela porta. Uma fatia de pão de centeio tinha sido tirada da vitrine da frente; em seu lugar, havia uma pequena cesta de cedro.

Ignorando o choro do bebê nos fundos da padaria, Emilienne apanhou a cesta com as mãos ainda sujas de farinha e observou sua primeira cliente desaparecer no final da Pinnacle Lane.

Demorou algumas semanas para Wilhelmina retornar. Até então, Emilienne vinha sobrevivendo apenas com pão havia três meses, e Viviane tinha começado a rolar e balbuciar da maneira incoerente que os bebês fazem. Quando Emilienne ouviu o sino da porta, apenas espreitou dos fundos da padaria e assistiu a Wilhelmina furtivamente pegar uma das fatias na vitrine e deixar outra cesta em seu lugar. Ela saiu correndo da padaria e Emilienne a seguiu.

A mulher parou sob a proteção de três bétulas que havia em frente à padaria. Mantendo-se a distância, Emilienne observou a mulher arrancar um pedaço da fatia de pão, colocá-lo na boca e, fechando os olhos, mastigá-lo e engoli-lo ponderadamente antes de embrulhar o restante em seu cachecol e enfiá-lo debaixo do braço.

Uma semana mais tarde, Emilienne estava pronta. Assim que avistou a longa trança balançando sobre o ombro de Wilhelmina enquanto descia a Pinnacle Lane, Emilienne embrulhou em um papel branco uma fatia de pão recém-assado, ainda quente do forno, amarrou o pacote com um barbante e o deixou sobre o balcão.

De seu esconderijo nos fundos da padaria, ela conseguiu ver Wilhelmina aproximar-se do pacote com cautela e farejá-lo, como se procurasse no ar o cheiro de perigo. Em seguida, franzindo as sobrancelhas, pegou uma minúscula bolsa e começou a remexer à procura do que Emilienne supôs ser um cordão de contas, o que serviu apenas para mostrar quão pouco Emilienne conhecia o mundo.

— Leve — Emilienne disse, surgindo dos fundos. — Estou dando para você.

— Não quero esmolas — Wilhelmina respondeu, rispidamente.

As bochechas de Emilienne arderam de constrangimento.

— Tudo bem — ela respondeu, endireitando o corpo o máximo possível e se erguendo alguns centímetros acima da indiana. — Custa vinte e cinco centavos — prosseguiu, estendendo a mão.

Wilhelmina empurrou a mão de Emilienne para o lado e abriu o pacote do pão. Cortou a fatia em pedaços e os enfiou dentro da boca.

— Tenho algo melhor — ela respondeu. — Vou lhe fazer uma proposta.

Emilienne cruzou os braços.

— Pode falar.

Wilhelmina deu outra mordida no pão.

— Dizem que você é a bruxa do bairro.

Emilienne ergueu as sobrancelhas.

Wilhelmina deu uma risadinha discreta.

— Olhe, não me leve a mal. Não sou do tipo que apela para insultos e costumo tirar minhas próprias conclusões sobre as coisas. Tenho meu próprio jeito de avaliar o que vejo.

Emilienne acenou com a cabeça. E Wilhelmina também. Por exemplo, Emilienne era capaz de afirmar que Wilhelmina tinha nascido em outubro pelo pingente de opala pendurado em seu pescoço. *Outubro*, Emilienne ruminou. *Libra. Equilibrada. Diplomática. Calma.*

Wilhelmina ergueu a cabeça, analisando Emilienne pensativamente.

— Tem algo em você... Não sei bem o que é... — Sua voz evanesceu. — Mas tenho certeza de uma coisa: você já viu muitas mortes. Estou certa, não estou?

Morte. Emilienne estremeceu. Disso ela já havia tido sua cota justa.

— Foi o que pensei. Não foi somente o marido, foi? — Wilhelmina suspirou quando Emilienne não respondeu. — A morte parece seguir alguns de nós, não é? Ela está me seguindo há anos. É fácil identificar alguém de seu tipo. Aquele tipo de mágoa que você não pode simplesmente lavar; que se agarra a você. E as pessoas podem ver isso. Elas podem *sentir* isso. E não há ninguém que goste da sensação da morte — principalmente em um lugar onde se come. O que você precisa é de um ritual de purificação.

Wilhelmina terminou o pão e retirou do bolso dois maços de ervas secas amarradas com um cordão de algodão vermelho.

— Queime-os enquanto caminha pelo estabelecimento. Preste atenção especial aos cantos e espaços atrás das portas.

Emilienne pegou os gravetos sujos de sálvia e hissopo da indiana. De forma relutante, deixou as ervas rolarem nas mãos antes de deixá-las cair sobre o balcão.

— E fazer isso vai fazer o quê exatamente?

— Limpar o ar. Livrar o local de quaisquer maldições, doenças, espíritos ruins. Queime essas ervas e as pessoas não pensarão mais na morte todas as vezes que passarem pela porta da padaria. Ou por você, aliás. — Wilhelmina hesitou. — Olhe, você me parece uma mulher esperta. Faça o que eu digo e garanto que os negócios vão mudar. — Ela apertou o cachecol em volta dos ombros e se virou para sair. — Depois você pode me arrumar um emprego.

Emilienne bufou.

— Você quer trabalhar aqui? Eu mal tenho dinheiro para comprar farinha. Não tenho condições financeiras de contratá-la.

Wilhelmina sorriu.

— Confie em mim, você precisará de ajuda.

Por curiosidade ou total desespero, Emilienne queimou os maços de ervas secas conforme as instruções de Wilhelmina —

certificando-se de que a fumaça em espiral tocasse cada canto, alcançasse cada porta de cada cômodo.

Logo na manhã seguinte, chegou e viu uma fila de clientes esperando diante da porta da padaria. A fila ia até a farmácia no final da rua, cerca de quatro estabelecimentos de distância.

A maioria afirmava que o aroma de fermento e de pão recém-assado que subia tinha invadido seus sonhos na noite anterior. Conforme os anos foram passando, os moradores da Pinnacle Lane descobriram que seu dia não era completo se suas refeições não incluíssem uma fatia de pão ou uma rosquinha da padaria de Emilienne. Havia Almena e Odelia Moss, que sempre se vestiam de modo igual e iam até a padaria pegar uma fatia de pão de canela toda segunda-feira à tarde. Havia Amos Fields, que preferia o pesado *pain brié*. Havia Ignatius Lux, que se tornaria diretor da escola local alguns anos mais tarde. Havia o Pastor Trace Graves e Marigold Pie, uma viúva de guerra luterana bastante devota. Havia os Flannery, os Zimmer, os Quakenbush. E havia também Beatrix Griffith.

Foi John, o marido de Beatrix, quem inicialmente estimulou a vizinhança a isolar a viúva Emilienne Lavender. Achava-a estranha e, como tal, indesejável. Foi John quem primeiro insinuara — ruidosa e frequentemente — que Emilienne Lavender era uma bruxa. Logo após os Lavender se mudarem para a Pinnacle Lane, ele informou sua esposa, Beatrix, de que eles não teriam nada para falar com *ela*. E John Griffith não era um homem que mudava de ideia.

Sem o conhecimento de seu formidável marido, Beatrix secretamente frequentava a padaria toda semana para comprar três fatias de pão caseiro. Quando a padaria começou a prosperar sob as mãos talentosas de Emilienne e de Wilhelmina, John Griffith zombou dos vizinhos:

— Daqui a pouco vocês todos estarão voando de vassoura por aí.

Mal sabia ele que, com seu café da manhã de torradas e ovos, também estava contribuindo para o sucesso de Emilienne.

Capítulo 4

A MATERNIDADE SE MOSTROU desconcertante para Emilienne. Com apenas vinte e três anos, ela já tinha perdido os pais, os três irmãos e um marido; era a única proprietária de uma padaria, agora bem-sucedida, e a única família de uma garotinha cuja exuberância cansativa parecia dobrar a cada dia.

Quando Viviane fez dois anos, Emilienne percebeu que tinha dado à luz uma criança diferente dela em todos os sentidos. Enquanto Emilienne era morena como *Maman*, com cabelos longos e pretos que mantinha presos num coque espesso, Viviane era pálida como o pai, com finos cabelos castanhos que moldavam seu rosto angélico. Para Emilienne, ver uma aranha fiando uma teia era um sinal de boa sorte; para Viviane, uma aranha era motivo de buscar um pote, preferencialmente um com buracos martelados na tampa. Não havia nada de Roux em Viviane até onde Emilienne podia ver.

De vez em quando, Wilhelmina Dovewolf intervinha para cuidar de minha mãe — normalmente quando ela estava doente. Era nas longas tranças de Wilhelmina que Viviane procurava conforto quando era acometida por gastroenterite ou tinha uma crise de bronquite. Viviane viria mais tarde a associar o cheiro amadeirado de folhas secas e incenso de Wilhelmina com uma sensação de segurança e proteção.

No final, Viviane praticamente se criou sozinha — as refeições eram os doces do dia anterior; os banhos e as horas de dormir eram raramente impostos. Sua infância foi passada entre os aromas e os sons da padaria. Eram seus dedos viscosos que cobriam os pãezinhos belgas com cerejas cobertas com calda de açúcar, suas mãos que aqueciam a massa das tortas. Quando começou a andar, conseguia facilmente bater uma fornada de profiteroles, ficando de pé sobre uma cadeira e calmamente preenchendo cada massa *choux* com creme. Com uma fungada no ar, Viviane Lavender conseguia detectar a mais tênue variação em qualquer receita — um talento que ela aperfeiçoaria nos anos seguintes. Sim, Viviane passava muitas horas na padaria. Sua mãe mal percebia que ela estava ali.

No verão anterior ao seu sétimo aniversário, Viviane encontrou um antigo vestido branco em um dos muitos guarda-roupas esquecidos da casa do final da Pinnacle Lane. Parecia um vestido de noiva de tamanho infantil. Emilienne supôs corretamente que o vestido um dia pertencera à jovem menina portuguesa para quem a casa fora construída. O vestido de Primeira Comunhão já estava amarelado àquela altura e tinha uma inexplicável marca de queimado na parte da frente. Durante o verão, Viviane recusou-se a vestir outras peças. O vestido foi submetido a muitas manchas e rasgos — uma mancha de geleia de framboesa na gola, um rasgo na costura.

Foi usando esse vestido que Viviane conheceu seu melhor amigo, Jack.

No dia em que se conheceram, Viviane subiu nos galhos de uma grande bétula em frente à padaria para observar um menino cavar um buraco no canteiro coberto de vegetação que era o gramado de seu pai. Era um buraco que o menino acreditava que o levaria finalmente até os vestígios do Rei Tutancâmon. Carregando pás e baldes, o menino se levantava cedo todas as manhãs para assumir o que era considerado um projeto sério, cheio de rotinas e horas de dedicação e, mais do que tudo, de crença. O dia dele começava com um exame do trabalho do dia anterior, uma caminhada solene ao redor do canteiro, a medição da profundidade do buraco. Baldes iam para a esquerda, pás, para a direita. Pedras eram separadas da terra; minhocas e outros insetos eram poupados e reunidos com ternura em um dos baldes reservados exclusivamente para tais coisas delicadas. No final do dia, após o pôr do sol, o menino tirava cada inseto do balde e os colocava sutilmente no chão batido da pilha de compostagem de sua mãe.

Daquele verão, o que Jack mais se lembrava era da sensação da terra fria sob as unhas dos dedos e do peso de uma potencial descoberta trazido em cada balde de terra. Viviane lembrava-se de como seus músculos doíam pelo fato de passar tantas horas empoleirada nos galhos da árvore. Recordava-se das manchas de terra marrom mais escuro nas maçãs do rosto de Jack e da careta que ele fazia enquanto erguia grandes pedras da parte mais profunda do buraco escavado. Lembrava-se dos cabelos dele, ensebados de suor, úmidos sobre a testa. E ela se lembrava, mais do que qualquer outra coisa, da pontada de dor em seu estômago que a forçou a saltar daquela árvore, rasgando a barra da saia do minúsculo vestido de noiva, e de caminhar até a beira daquele grande buraco.

O menino, de pé no fundo do buraco, olhou para cima na direção de Viviane, os olhos semicerrados contra a luz do sol.

— Quer saber o que estou fazendo?

— Sim — disse Viviane, tentando não derrubar mais terra para dentro do buraco.

— Certo. Mas você tem que esperar. Quer dizer, até eu acabar. Depois poderá ver com seus próprios olhos. — Ele recolheu algo da terra e segurou o objeto levemente nas mãos em concha antes de colocá-lo em um dos baldes próximos a seus pés. — Não se importa de esperar?

Viviane balançou a cabeça. Não, ela não se importava.

Ele sorriu, trazendo de volta aquela pontada no estômago dela, algo que ela só reconheceria mais tarde como as angústias do desejo.

Eu sempre quis conhecer minha mãe como ela era nessa época — selvagem, indisciplinada e incontrolável, sempre correndo com os cabelos esvoaçantes nas costas e a boca aberta num grito alegre. E imagino como teria sido sua vida se ela nunca tivesse conhecido Jack Griffith, o filho de Beatrix e John Griffith. Será que ela teria desenvolvido um talento para a culinária, como minha avó?

Uma vez me disseram que as coisas acontecem como devem acontecer: minha avó se apaixonou três vezes antes de completar dezenove anos. Minha mãe descobriu o amor com o vizinho quando tinha seis anos. E eu, eu nasci com asas, uma criatura desajeitada que não ousava esperar algo tão grandioso como o *amor*. É o nosso destino, a nossa sorte, que determina tais coisas, não é?

Talvez isso fosse apenas algo que eu dizia para mim mesma. Porque o que mais havia reservado para mim lá — uma aberração, uma intocável, uma estranha? O que eu podia dizer quando estava sozinha à noite e as sombras surgiam? De que outra forma eu poderia acalmar a batida do meu coração acelerado senão com as palavras: *esse* é meu *destino*? O que mais eu poderia fazer senão seguir cegamente seu curso?

Viviane e Jack foram inseparáveis pelo resto do verão e boa parte do ano letivo. Os meninos da vizinhança caçoavam de Jack sem dó nem piedade até descobrirem que Viviane Lavender conseguia cuspir mais longe e correr mais rápido do que qualquer um deles. Ela também inventava as melhores brincadeiras — foi uma ótima ideia de minha mãe, por exemplo, promover uma batalha no pátio da escola contra as crianças que desciam de ônibus a Phinney Ridge. Foi uma rivalidade que durou sete anos — até os Estados Unidos entrarem na Segunda Guerra Mundial. Os grupos foram então rapidamente reformulados como soldados norte-americanos *versus* japas, mas aquilo foi considerado pouco divertido, uma vez que os adultos já estavam entretidos em sua própria versão daquele jogo.

As meninas do bairro mal reconheciam a amizade entre Jack e Viviane Lavender. Viviane dificilmente era o tipo que as outras garotas buscavam em uma amiga. Ela nunca parecia fazer quaisquer das coisas que as outras faziam. Ela nunca organizou um chá imaginário e, na verdade, não saberia o que fazer em um chá em que não houvesse, de fato, nenhum chá. O interesse delas em Jack foi aumentando com o tempo. Àquela altura, elas dificilmente queriam tê-lo como *amigo,* e cada uma pensava que conseguiria facilmente afastá-lo de Viviane.

Capítulo 5

No que dizia respeito a Emilienne Lavender, John Griffith havia decidido muito tempo antes. E John Griffith não era o tipo de homem que mudava de ideia. Se alguém tivesse prestado mais atenção, teria percebido que os sentimentos de John Griffith em relação a Emilienne Lavender talvez se originassem de algo muito mais forte do que o ódio.

Era a forma como ele a via. Na agência do correio, no quintal da casa dela, pela janela da padaria, com as mãos afundadas na massa, com uma mancha de farinha nas bochechas e os cabelos presos em um coque espesso na nuca. Por dezessete anos, o desejo de John Griffith por Emilienne Lavender pulsava em suas veias, sangrava por suas gengivas. Era o vermelho que poluía o branco de seus olhos, o rosa que corava suas bochechas. Era o ciúme que ardia em sua garganta sempre que ele via o filho com Viviane, a filha de Emilienne.

John Griffith era um homem furioso e orgulhoso que acreditava merecer muito mais do que a vida havia lhe proporcionado. Trabalhava como motorista de caminhão de entrega para uma pequena lavanderia da Pioneer Square. A maior parte de seus ganhos escassos era gasta nos recantos regados a ópio da Chinatown de Seattle. Então, desde 1925, o ano em que os Lavender se mudaram para Pinnacle Lane, sua esposa, Beatrix, limpava casas em First Hill muito maiores que a sua própria. A rota prolongada de entrega de jornal de seu filho levava três horas para ser completada. Era apenas a combinação dos árduos trabalhos de Beatrix e Jack que mantinha a casa dos Griffith longe da linha da miséria.

— Você é uma decepção, Jack — John Griffith disse uma vez ao filho. — Sempre foi. — Na ocasião, John e Jack estavam sentados cada um em uma ponta da mesa da cozinha. Jack observava o pai liquidar outro pedaço de bolo de chocolate.

Mais tarde, Beatrix frequentemente pensaria nesse momento, mas nem seu filho nem seu marido sequer se lembrariam que ela também estava ali. Apenas alguns meses antes, mais de duzentos marinheiros norte-americanos haviam lançado os Estados Unidos na Segunda Guerra Mundial. Ir para a guerra significava muitas coisas, porém, para Beatrix Griffith, cujo filho tinha apenas dezessete anos e, felizmente, era muito jovem para ser recrutado, significava somente uma: racionamento de comida. Era complicado o bastante tentar manter a paz na mesa do jantar, principalmente com um marido que insistia em comer cortes nobres de carne enquanto os Griffith mal podiam arcar com os legumes que Beatrix cultivava em seu próprio jardim. Com o iminente desaparecimento dos ovos, do açúcar e da manteiga, encontrar maneiras de saciar John Griffith durante as refeições seria mais complicado do que nunca. A mulher teria que esconder dele o vale-alimentação que recebia do governo para garantir que ela e Jack tivessem o suficiente para comer. Era talvez por causa dessa culpa que Beatrix cedera ao marido naquela noite em particular: ele tinha pedido sua sobremesa favorita, e ela usara os últimos quatro ovos para prepará-la.

John Griffith raramente deixava alguém vê-lo comer, pois dizia que isso dava a impressão de que ele era fraco. (*Ou humano*, Beatrix pensara na época — não que ela ousasse afirmar isso; não que jamais se atrevesse a dizer tal coisa a John Griffith.) Mas aquela noite foi uma exceção. Naquela noite, a esposa de John Griffith e seu filho teriam a honra de vê-lo apreciar cada deliciosa mordida.

John Griffith apontou o garfo para Jack.

— O filho de Amos Fields é capitão do time de futebol — ele disse. — O filho de Roy Zimmer vai assumir os negócios da família quando voltar da guerra.

— Eu tenho um emprego... — Jack começou.

John saltou da cadeira e voou até o outro lado da mesa, derrubando o prato de bolo de chocolate no chão. Ficou paralisado com o garfo suspenso no pomo de Adão de Jack.

— Você quer uma medalha? — perguntou, sua voz fria como gelo. — Acha que é algum tipo de herói porque entrega jornal?

Contra a própria vontade, Jack fez uma careta, provocando um sorriso frio nos lábios congelados de seu pai. John perfurou outro pedaço de bolo enquanto a esposa limpava a bagunça no chão.

— E então tem o filho de John Griffith, *meu* filho — ele disse entre os dentes — Que apenas será lembrado por trepar com a filha da bruxa do bairro. — John bufou. — Isso *vai* acabar, Jack. Está na hora de você começar a ser útil por aqui.

Ele encarou o filho até Jack ser forçado a desviar o olhar, constrangido pela infeliz necessidade de piscar. John deu um breve aceno com a grande mão, dispensando Jack da mesa. Quando se levantou para sair, Jack sentiu-se arrasado ao perceber que, embora seu pai se considerasse um grande homem, aos olhos dele o máximo que Jack poderia esperar da vida era ser útil.

Em janeiro de 1942, um novo cinema foi inaugurado em West Seattle. A festa de gala da abertura do Admiral Theater foi um grandioso acontecimento e teve a presença da maioria das pessoas da região. Em uma fotografia impressa no *Seattle Post-Intelligencer*, uma multidão de patrocinadores do cinema reunia-se abaixo da bem iluminada marquise, e as palavras *Melhor Cinema de Seattle* brilhavam em letras iridescentes. Em uma ponta da multidão havia uma menina e um menino mais ou menos da mesma altura, e a mão dele repousava carinhosamente nas costas dela.

Viviane estava na ponta dos pés para conseguir ver melhor as pessoas à sua volta. Parecia que quase todo mundo do bairro tinha resolvido ir: estavam lá Ignatius Lux, um dos professores favoritos de Viviane e de Jack, acompanhado por sua futura noiva, Estelle Margolis. Estavam também as velhas irmãs Moss. Estavam Constance Quakenbush e Delilah Zimmer, cujo irmão, Wallace — como Mart Flannery e Dinky Fields —, tinha abandonado a escola e se alistado na Marinha assim que completara dezoito anos. Parecia que a guerra estava no sangue de todo mundo. Viviane esticou-se e entrelaçou os dedos nos de Jack, feliz por não terem ainda sido afetados.

Quando as portas do teatro finalmente foram abertas, Viviane e Jack entraram apressados, maravilhando-se com as paredes cobertas por cenas oceânicas e com as arrumadeiras e porteiros vestindo seus uniformes náuticos. Jack analisou os inovadores assentos retráteis, lançando ocasionais olhares do tipo *Dá pra acreditar nisso?*, aos quais Viviane retribuía com um sorriso. Jack tinha bom olho para coisas novas e brilhantes. Viviane tirou o casaco e o jogou no assento de trás. O cinema cheirava a tinta fresca e carpete novo, como expectativa e esperança. Ela inclinou a cabeça para trás e respirou fundo, inalando subitamente o aroma úmido e salgado de pipoca, o carregado perfume de almíscar e o penetrante cheiro de colônia. E o leve odor de sabão e cera... Jack.

Dizer que Viviane tinha uma percepção aguçada para cheiros era subestimá-la. Ela era capaz de detectar o que as pessoas tinham comido no jantar através de uma simples baforada. Nem mesmo a mais forte pasta de dentes escondia o cheiro penetrante deixado pela cebola e pelo alho, o aroma amanteigado de sopa de galinha. O cheiro de cabelos não lavados era insuportável para Viviane, assim como o de feridas infectadas e o de carne cozida. Mas seu estranho talento ia além. Ela conseguia dizer quando uma mulher estava grávida — mesmo antes de a própria mulher saber — só pelo cheiro dela: uma combinação de açúcar mascavo e lírios do oriente. A felicidade tinha um aroma picante, como os mais azedos limões e limas. Os corações partidos tinham um cheiro surpreendentemente doce. A tristeza preenchia o ar com uma fragrância salgada, que lembrava as águas do mar; a morte exalava o mesmo cheiro da tristeza. As pessoas carregavam consigo suas próprias e singulares fragrâncias. E era assim que Viviane conseguia dizer quando Jack estava próximo e sabia que as duas cabeças que conspiravam à sua frente pertenciam às melhores amigas Constance Quakenbush e Delilah Zimmer. Elas eram colegas de classe de Viviane e Jack. Como se estivessem esperando o momento certo, as garotas lançaram um olhar sincronizado para Viviane, voltando em seguida para outra rodada de sussurros furtivos.

Viviane endireitou-se na poltrona, tentando não ouvir por acaso o que elas deviam estar dizendo. Por que ela iria querer fazer isso, aliás? Era óbvio para todo mundo que Constance estava de olho em Jack e não pretendia deixar que nada a atrapalhasse. Até mesmo, ou principalmente, Viviane. Em geral, Viviane não se preocupava com isso — afinal, sob as emanações de seu perfume em excesso, Constance cheirava a coalhada ou urina de gato. Todavia, ela não ficaria nem um pouco preocupada se Constance não fosse tão bonita.

Quando tinha dezessete anos e meio, Jack era um rapaz de boa aparência e com um maxilar angular, sobrancelhas grossas e rebeldes e madeixas escuras e onduladas que caíam sobre os olhos em virtude de um topete favoravelmente localizado.

Viviane, por sua vez, era atraente. Os componentes de seu rosto não eram nada especiais — apenas dois olhos castanhos escuros, um nariz, um par de lábios —, mas Jack a achava bonita e isso bastava, para Viviane e para quase todo o resto. A maioria das pessoas se mostrava satisfeita em deixá-los sozinhos, livres para seguir o bem-aventurado caminho que o destino parecia ter colocado diante deles. Todo mundo, exceto o pai de Jack e Constance Quakenbush.

Constance virou-se outra vez, balançando um pouco em seu movimento os longos cabelos loiros, sacudindo-os agradavelmente sobre os ombros.

— Oi, Jack — disse ela, lançando um sorriso animado.

Jack estava olhando para o alto, distraído. Piscou duas vezes antes de oferecer um desajeitado "Ah, oi, Constance".

— Desculpe por não ter cumprimentado você antes — ela disse. — Eu não sabia que você estava aí.

Viviane virou os olhos.

— Delilah e eu estávamos tentando decidir com qual estrela de Hollywood me pareço mais, Veronica Lake ou Rita Hayworth — continuou Constance.

— Uma Rita Hayworth *loira* — Delilah interrompeu, virando-se e lançando um olhar presunçoso para Viviane. Delilah não era nem de longe tão bela quanto Constance, mas sua aparência comum e sua constante necessidade de aprovação ajudavam-na perfeitamente a fazer o papel de bajuladora de Constance.

— Naturalmente, quando percebi que *você* estava sentado atrás de nós, pensei, bem, com certeza Jack saberá. Você sempre tem resposta para tudo — ronronou Constance. — Delilah acha que me pareço mais com Rita Hayworth, mas não estou tão certa disso. — Inclinou-se na direção de Jack. — Sabia que o nome verdadeiro de Veronica Lake é Constance? Não acha isso assustador?

Jack levantou-se e bateu as mãos nos joelhos antes de voltar a se sentar.

— Na verdade, não — disse. — Estou quase certo de que havia uma rainha siciliana chamada Constance em alguma época do século doze.

Constance e Delilah compartilharam um olhar delicioso.

— Sério?

— Aposto que ela era linda — entusiasmou-se Delilah.

Jack deu de ombros.

— Na verdade, Constance da Sicília só se casou aos trinta anos. Alguns dizem que a razão disso é porque ela era muito feia. Ninguém queria tê-la como esposa.

A cara de Constance caiu e um esplêndido rubor floresceu desde seu queixo até a linha dos cabelos. Ela se virou após resmungar algo sobre o filme que estava começando. Delilah lançou um olhar perverso para Viviane. “É mentira”, ouviram-na sussurrar. “Aposto que o nome dela não era Constance. Aposto que era Viviane.”

Jack pôs o braço sobre os ombros de Viviane.

— Bem, Constance tem razão quanto a uma coisa — Viviane disse, inclinando-se sobre ele.

— E o que é?

— Você certamente tem resposta para tudo.

Jack olhou com o canto dos olhos para Viviane, um sorriso divertido nos lábios.

— Você está me chamando de sabichão?

— Quem? Eu? Jamais.

O filme era *Aconteceu em Havana* e não era estrelado nem por Veronica Lake nem por Rita Hayworth, mas pela exótica Carmen Miranda. Após o filme, Jack levou Viviane de carro para seu lugar favorito: o reservatório da cidade.

O reservatório ficava localizado no ponto mais alto do bairro — a colina no final da Pinnacle Lane não ficava muito atrás — e era encoberto por um bosque de carvalhos. O zelador e sua esposa viviam em uma pequena casa branca próxima à margem do reservatório e passavam os dias de outono recolhendo folhas de cinco pontas com as cores laranja, dourado e vermelho de suas águas tranquilas. À noite, quando jovens apaixonados estacionavam às margens da água, eles sorriam um para o outro, ligavam o rádio e fechavam as cortinas do carro. Jack e Viviane tinham descoberto o lugar à luz do dia anos antes — tinham até construído uma fortaleza secreta entre as árvores. Apenas recentemente começaram a visitar o lugar à noite e ficaram impressionados com a forma como tudo era diferente sob a luz prateada da lua.

Jack estacionou e desligou o motor.

— Você gostou do filme?

Viviane acenou com a cabeça, pensando nos trajes coloridos e nos animados números de dança.

— Eu queria saber dançar — ela refletiu.

— Posso ensiná-la — disse Jack.

Viviane olhou para ele.

— Você não sabe dançar.

Jack sorriu.

— Eu sei. Sei dançar valsa, sei dançar foxtrote. Sei dançar até tango.

Viviane arregalou os olhos.

— Onde você aprendeu?

— Devo ter lido em algum lugar — Jack abriu a porta. — Vamos, vou mostrar.

Quando ela saiu do carro, uma corrente gelada do ar de janeiro percorreu as pernas descobertas de Viviane. Ela apertou o casaco com mais força ao redor do corpo.

Jack a agarrou pela cintura e a puxou para perto dele, tão perto que ela podia sentir a respiração dele em seu rosto enquanto ele falava.

— Dizem que o tango surgiu nos bordéis de Buenos Aires — ele disse, levando a mão direita até o meio das costas dela. — Acho que o termo vem da palavra latina *tangere*, que, é claro, significa "tocar".

— É claro.

Jack pegou a mão esquerda dela e a colocou sobre seu ombro, depois segurou a mão direita dela com sua esquerda. Apesar do frio, as palmas de ambos estavam escorregadias de suor. Jack limpou a garganta.

— Certo, vou dar dois leves passos para a frente. Apenas me deixe conduzi-la.

E eles dançaram enquanto Jack contava a batida — T-A-N-G-O! — até Viviane conseguir se mover nos braços dele tão naturalmente quanto uma *prostituta* argentina. Não era uma dança muito rápida, mas, talvez pelo fato de o nome ter origem na palavra latina para "tocar", tanto Viviane quanto Jack logo ficaram ofegantes. Eles se soltaram e caíram no gramado, observando suas respirações formarem nuvens sobre os lábios.

— Está com frio? — perguntou Jack, virando-se para Viviane.

— Congelando — ela mentiu, virando-se para envolver o pescoço dele com as mãos. Puxou o rosto dele para perto do seu e ele encontrou com a sua a boca sorridente dela.

Os beijos deles foram ficando mais intensos. Jack moveu-se para cima dela, escorando-se com os cotovelos, seu corpo pairando alguns centímetros acima do dela. Aquele era o momento quando eles geralmente paravam. Depois Jack levava Viviane para casa, ela com as bochechas coradas e os olhos que conseguiam apenas distinguir a silhueta do rosto de Jack, independentemente do que mais estivesse à sua frente — fosse um fogão quente, um prato de jantar ou uma mãe perguntando o que havia de errado com ela.

Mas naquela noite, antes que Jack conseguisse se afastar, Viviane elevou-se e deixou os dedos viajarem nos botões da camisa dele. Com dedos rápidos, desabotoou os dois de cima, deixando-o terminar o restante enquanto ela passava para os próprios botões, observando seu rosto quando revelou a renda escondida sob suas roupas.

Jack inclinou-se sobre ela e lhe beijou o pescoço nu. Quando a boca dele passou por sua clavícula, ela sentiu um arrepio. Levemente, os dedos dele circularam o umbigo exposto e lhe alcançaram a cintura...

— Pare! — gritou Viviane, agarrando as mãos dele.

Jack sentou-se, sem fôlego.

— Viviane, você está sendo tola — ele disse. — Eu a conheço desde que você tinha seis anos. Estive a seu lado quando você ficou doente. Pare e pense nisso. Você vomitou no meu sapato.

Quando Viviane tinha nove anos, ela sofreu o que ficara marcado em suas lembranças como a pior dor de estômago que já tivera. Vomitara várias vezes, na verdade, uma delas no sapato de Jack. Fora diagnosticada com apendicite e tivera de ser levada às pressas para a mesa de cirurgia, de onde saiu com uma baita cicatriz. Não era uma cicatriz qualquer, mas uma profunda fenda quase da largura do dedo anular de Jack e que se estendia por todo o lado direito do corpo de Viviane. Quando era mais nova, ela amava aquela cicatriz — era horrenda, grotesca e perfeita para fingir ser um soldado com ferimentos de guerra. Mas agora, aos dezesseis anos, Viviane a odiava — ela era apenas horrenda e grotesca.

A jovem levou as mãos ao rosto.

— É feia —lamentou-se.

— Não é — Jack disse. — Mas, se você quer ver algo feio, dê uma olhada nisto. — Jack estendeu as mãos para mostrar uma linha branca entre o dedão e o indicador. — Abridor de latas — ele disse.

Viviane olhou mais de perto a minúscula cicatriz de Jack e sorriu.

— Isso não é nada — ela proferiu, sentando-se e tirando um dos sapatos. — Derrubei uma frigideira quente no meu pé — disse, mostrando a marca para ele. — E... — Ergueu o cotovelo e apontou para uma ruga grossa de tecido cicatrizado. — Eu tinha seis anos. Estava aprendendo a andar de bicicleta e caí. Tive que tirar as pedras da pele. Mas acho que esqueci uma. Aqui, passe a mão, sinta isto.

Jack riu.

— Não preciso checar. Acredito em você.

— Jack, preciso que você sinta essa marca — Viviane disse, com seriedade simulada. — É muito importante que você a sinta.

Ele pressionou cuidadosamente a pele de Viviane com os dedos.

— Ah, ok, certo. Acho que senti algo aí. Ou talvez seja apenas o osso de seu ombro.

Viviane fez uma careta.

— Ha-ha.

Jack, então, revelou o lugar onde havia cortado o tornozelo com a lâmina de um trenó durante um inverno, a cicatriz circular de uma vacina de infância e uma cicatriz na extensão da narina deixada desde a época em que todo mundo da segunda série contraíra catapora.

— Está vendo só? Tenho muito mais cicatrizes do que você jamais terá. Provavelmente sempre terei mais.

Havia outras cicatrizes — de feridas que não deixam sinais na pele. Dessas, Jack certamente tinha muito mais do que Viviane. Cada um dos dois refletiu sobre isso em silêncio enquanto permaneciam deitados lado a lado, o ar ao redor ficando ainda mais frio e a lua elevando-se ainda mais no céu.

— Às vezes, acho que meu pai deve me odiar — Jack disse após um instante.

— Ele não o odeia — Viviane sussurrou rápido demais para soar convincente. Ela não acreditava de fato que John Griffith tivesse a capacidade de se importar com alguém que não fosse ele mesmo. Mesmo que tentasse. Mesmo que quisesse. Viviane podia contar nos dedos de uma mão o número de vezes em que ouvira sua própria mãe dizer "eu te amo" e ainda sobrariam alguns dedos. Mas isso não significava que Emilienne não fosse capaz de amar. Significava apenas que, por algum motivo que Viviane ainda teria de compreender, ela preferia esconder isso.

— Às vezes... — Jack começou — Às vezes penso que ele não me odiaria tanto se ao menos...

— Se ao menos o quê?

Jack virou-se e abriu um sorriso triste para ela.

— Se ao menos eu e você não estivéssemos juntos.

Viviane fechou os olhos e tentou conter a pequena sensação de pânico que subia por seu estômago. Suspirou e deu um cutucão inquieto e jocoso nele.

— Você está terminando comigo, Griffith?

Jack hesitou o tempo suficiente para o pânico de Viviane subir até sua garganta. — Não — ele respondeu finalmente. — Isso é algo que eu jamais conseguiria fazer. — Olhou fixamente para as sombras escuras ao redor deles. — Ele me acha um inútil — resmungou.

Viviane o puxou para perto de si.

— Shhh — ela sibilou.

Com um suspiro de derrota, Jack deixou a cabeça cair sobre a renda exposta pela blusa aberta dela. Sua respiração ficou mais profunda e mais pesada, enquanto Viviane tentou se confortar com a batida rítmica do coração dele sobre o osso de seu quadril.

Capítulo 6

JACK E VIVIANE ESTACIONARAM o Ford Coupe 1932 de John Griffith na estrada de terra na base da colina da Pinnacle Lance. Era setembro e Viviane tinha acabado de fazer dezessete anos, o que a tornava um ano e dois meses mais nova do que Jack.

Jack batia o pé ao ritmo de uma música que tocava em sua cabeça. A bainha de sua calça estava levantada, expondo a meia e uma parte da panturrilha. As meias eram azul-marinho; os pelos em sua perna eram surpreendentemente pálidos e sedosos. Viviane não conseguia vê-los, mas sabia como eram. Os pelos nas próprias pernas dela ressaltavam como alfinetes afiados. Ela não sabia se sentia ou não vergonha disso — não era sua culpa a falta de estoque de lâminas de navalha —, então tirou os pés do chão zumbindo e, por precaução, enfiou as pernas sob a saia do vestido. A sola de seu sapato esquerdo roçou a coxa de Jack.

Jack levantava-se cedo aos sábados para lavar e encerar o Coupe do pai após aquelas noites de sexta-feira, quando levava

Viviane para assistir a um filme no Admiral Theater ou para comprar uma garrafa de Coca-Cola de cinco centavos na farmácia. O pai de Jack observava o filho não nas noites de sexta, mas nas manhãs de sábado, para certificar-se de que o carro fosse cuidado por completo. Jack nunca deixou de lavar o automóvel — e nem sabia o que aconteceria se deixasse.

Assim como todas as pessoas no mundo, Jack e Viviane estavam pensando na guerra, mas cada um por diferentes motivos. Sem o conhecimento de Viviane, Jack tinha avidamente contado os dias que faltavam para completar dezoito anos. Assim que os completou, alistara-se, mas fora rejeitado por causa dos pés chatos e da visão prejudicada.

Quando contasse ao pai que tinha sido reprovado no exame físico para o combate militar, Jack sabia que John Griffith lhe diria exatamente o que pensava. E ele tinha razão.

John riu — um uivo profundo e vazio — e zombou de Jack.

— Você nunca para de me surpreender, Jack. Eu achava que você não poderia mais me decepcionar, mas você parece sempre encontrar uma maneira.

— Não é minha culpa — Jack explicou.

— E a prostituta Lavender? Você ainda está trepando com a filha da bruxa, não está? — John soltou outra risada. — Provavelmente ela lançou algum feitiço em você. Não seria difícil, com um imbecil filho da mãe como você.

— Pai... — Jack começou.

John o desprezou com um aceno da corpulenta mão.

— Seja lá o que você tiver para dizer, não vale a pena ouvir.

— Você sabe que tipo de cara vai para a faculdade hoje em dia? — Jack perguntou repentinamente a Viviane, batendo no volante com o punho aberto. — Os charlatões. Aqueles com deformidades ou sífilis. Nem morta alguma menina ficaria com um cara dispensado do serviço militar.

Jack tinha razão. A maioria das meninas não ficaria com um menino considerado incapaz para o combate. Porém, para sorte de Jack, Viviane não era como a maioria das meninas. A ideia de Jack lutar na guerra sempre a deixava apavorada — ela mal dormira na semana anterior ao aniversário dele. Nunca comentara com ele, mas agradecia a Deus todas as manhãs por abençoar Jack com seus adoráveis pés chatos. Em vez de ir para a guerra, na manhã seguinte Jack partiria para Walla Walla, onde frequentaria o Whitman College. Apesar dos quatrocentos e trinta e cinco quilômetros de distância, pelo menos não havia um oceano inteiro para separá-los.

Viviane agarrou a mão de Jack e a pressionou sobre seus lábios.

— Você está planejando conhecer algumas garotas nos intervalos dos estudos universitários? Porque, se esse for o caso, você não vai me encontrar à sua espera quando voltar.

— Ah, é? — Jack sorriu, revelando o pequeno espaço ao lado de um dos incisivos. — E o que você vai fazer?

— Eu vou seguir você — Viviane respondeu simplesmente.

Por um longo tempo, Viviane e Jack viveram naquele mundo que as pessoas habitam *antes* do amor. Alguns chamam esse lugar de amizade; outros, de confusão. Viviane achava-o agradável, localizado em uma altitude que apenas de vez em quando lhe causava náuseas.

A luz das janelas da casa dos Lavender lançava um leve brilho no banco da frente do Coupe. Jack passou o dedão sobre a profunda covinha da bochecha esquerda de Viviane.

— Você não tem com que se preocupar — disse. — Eu te amo, você sabe disso.

Viviane deixou as palavras suspensas no ar entre eles por um instante, como uma doce nuvem rosa. Em seguida, inalou as palavras por completo, revirando-as na boca e lhes saboreando a solidez na língua.

Subiu correndo a colina até sua casa. Antes de entrar, virou-se na direção de Jack e do Coupe parado e berrou:

— Estamos apaixonados! Estamos apaixonados! Estamos apaixonados!

Nem mesmo sua vizinha, a azeda Marigold Pie, que despertara pela declaração de Viviane, conseguiu conter o sorriso ao ouvir isso.

Capítulo 7

NA MANHÃ DO SOLSTÍCIO DE VERÃO, Viviane estava na banheira, com os braços cobrindo os joelhos. A água que espirrava da torneira prateada estava escaldante. No entanto, ela encheu a banheira o máximo possível, observando os seios e as pontas arredondadas dos joelhos ficarem cor-de-rosa com o vapor.

Permitiu-se deslizar sob a água e abriu a boca, pensando que poderia engolir um gole da água da banheira e afundar. Foi um momento de fragilidade e só durou até suas bochechas se encherem. Sentou-se, engasgada com a boca cheia de água quente e suja.

Bastaram apenas dois deprimentes meses para a frequência das cartas diárias prometidas por Jack cair para três por semana, depois para duas, até cessarem de vez. Em junho, Viviane não tinha tido notícias de Jack havia cinco meses, uma semana e três dias. Na única vez em que ela tentou ligar para ele, disseram-lhe que Jack Griffith estava ausente, mas a senhora que cuidava do dormitório jurou que o avisaria de que ela havia ligado. Se o avisou mesmo, Viviane nunca teve a chance de perguntar. Jack nunca retornou a ligação.

Ela passava dias tentando se esquecer do som da voz dele e noites tentando se lembrar. Passava horas de pé ao lado da caixa de correio à espera de cartas que não chegavam, sentada ao lado do telefone que não tocava. Sua mãe a expulsara da padaria — tudo o que Viviane tocava fazia os clientes chorarem.

Apesar das circunstâncias, Viviane estava otimista. Jack tinha de partir para poder voltar, não é? E ela sabia que ele voltaria, assim como sabia que algumas das estrelas que brilhavam no céu já estavam mortas e que ela era bela, pelo menos para Jack.

Ela puxou o tampão do ralo e envolveu a corrente ao redor da torneira, contando no francês da mãe cada volta.

— *Un, deux, trois, quatre, cinq, six* — Viviane só sabia contar até dez, mas não importava; não foram tantas voltas assim. Então, saiu da banheira. Enquanto enrolava uma toalha na cabeça, olhou de relance pela pequena janela do banheiro para onde a mais nova hóspede de sua mãe estava ocupada trabalhando no quintal.

Emilienne tinha começado a receber hóspedes logo após o início da guerra. Esse foi o único ato patriótico que fizera na vida. A casa na colina tornou-se um carrossel de homens, mulheres, crianças e animais em constante rotação, todos precisando de um lugar para descansar, às vezes apenas por uma noite, às vezes por mais tempo. Quem ficou mais tempo foi uma família de gatos pretos. Mais tarde, correram boatos de que aqueles gatos e seus ancestrais ocuparam os quartos e corredores de nossa casa por trinta anos, o que apenas aumentou as especulações de que minha avó era uma bruxa disfarçada de *pâtissier*. O residente humano que mais tempo ficou, no entanto, foi Gabe.

Gabe era excepcionalmente alto, de modo que precisava ter cuidado onde ficava de pé, pois, se bloqueasse a luz do sol, sua sombra poderia fazer as flores murcharem e as senhoras de idade mandarem os netos buscar seus casacos dentro de casa. Por causa de sua altura, muitos pensavam que Gabe fosse bem mais velho do que era. E isso era tanto uma bênção quanto uma maldição.

Como a maioria dos outros recém-chegados, o primeiro ponto de parada de Gabe na vizinhança foi a padaria. Ele fora atraído pelo forte aroma de pão caseiro, mas também pela menina que ficava diante das portas abertas do estabelecimento, onde o vento agitava seus cabelos castanhos em volta da cabeça. Viviane não fora abençoada com os volumosos cabelos negros ou os olhos verdes da mãe. Dificilmente alguém considerava sua beleza tão óbvia quanto a de Emilienne. Pensar que Viviane era bonita exigia certo gosto apurado. Era o tipo de beleza apreendida apenas pelos olhos do amor.

Quando Gabe descobriu que a menina da padaria morava na casa no final da Pinnacle Lane, caminhou diretamente para aquela casa com todas as intenções de oferecer sua alma em troca de um quarto. Felizmente, não precisou fazer tal oferta. Emilienne olhou para Gabe por um longo instante e logo decidiu que precisava de um faz-tudo alto que conseguisse alcançar a luminária da varanda quando a lâmpada precisasse ser trocada.

Ele rapidamente provou ser mais do que apenas um homem alto capaz de alcançar as coisas em locais elevados. A pedido de Emilienne, consertou o corrimão quebrado da varanda e azulejou os balcões da cozinha. Passou um mês inteiro lixando e encerando os assoalhos de madeira — os vergões em seus joelhos para provar. Quanto ao terceiro piso, disseram-lhe que o deixasse como estava; ninguém subia até lá mesmo.

Durante os primeiros meses em que Gabe morou com os Lavender, ele mal conseguia ficar no mesmo cômodo que Viviane sem derrubar a manteiga no chão ou desencadear uma urticária no corpo.

Se fosse perguntado, timidamente admitiria que fez cada melhoria na casa para Viviane. Para sua felicidade, ninguém perguntava.

A mãe de Gabe viera de uma ascendência muito antiga de monarcas romenos. Ela era uma beleza de pele oliva, sobrancelhas finas e bem desenhadas e nariz robusto e curvo. Contava ao jovem filho muitas histórias sobre a descendência deles enquanto se sentava à penteadeira e aplicava cuidadosos círculos de ruge nas bochechas e grossas pinceladas azuis nas pálpebras.

Tinha se mudado para Hollywood com o sonho de atuar para a Paramount Pictures ao lado de Clara Bow e Estelle Taylor. Em vez disso, acabou vivendo próximo a Los Angeles, em um minúsculo estúdio com uma infestação de aranhas viúvas-negras. Como Gabe havia entrado em cena, ele nunca soube. Nas noites em que saía, ela lembrava Gabe de trancar a porta e depois o deixava com seus sonhos vazios entre uma névoa de seu aveludado perfume barato. Quando regressava, batia três vezes na porta e Gabe alisava as roupas de cama dela e colocava para tocar um sensual disco de jazz na vitrola que ficava no canto do quarto.

Naquelas noites em que ela voltava para casa, Gabe dormia no closet, em uma cama de casacos e xales infestados de traças, as pernas compridas flexionadas até o queixo. Ele sabia que podia sair quando ela trocava o disco por um mais melancólico. Surgia no quarto e encontrava a mãe sentada à penteadeira, passando batom vermelho e sorrindo antes de sair outra vez.

— Apenas se lembre, *inimă mea*, meu coração, é sangue real o que flui de nossas feridas — ela dizia.

De manhã, eles desciam até a lanchonete na esquina, onde ela sorria para a garçonete e pedia para Gabe a maior pilha de panquecas e, para ela, um café — preto. Aqueles cafés da manhã sempre deixavam Gabe enjoado, mas ele sempre conseguia engoli-los com dificuldade. Cada pedaço.

Então, em uma noite, a vitrola não mudou de tom. Quando Gabe finalmente saiu rastejando do closet, encontrou a mãe esfaqueada, seu sangue real em poças coaguladas ao redor da cabeça. Um punhado de notas de dólares foi atirado ao chão, metade delas vermelha e viscosa. O quarto preencheu-se de silêncio quando a agulha na vitrola bateu uma e outra vez na extremidade final do disco.

Gabe envolveu a mãe com os braços e a ergueu até a cama. Precisou engolir o vômito que subia em sua garganta quando a cabeça dela caiu anormalmente para o lado. Colocou-a entre os lençóis, escorou-lhe o pescoço com um travesseiro e se enrolou a seu lado.

Ficou com ela por dias. Quando o cadáver começou a cheirar mal e o ar pútrido do apartamento soprou até o corredor, os outros inquilinos começaram a reclamar e cobrir o nariz com guardanapos quando passavam. Após um último olhar para sua mãe morta, Gabe finalmente partiu em uma noite, levando nada consigo a não ser a decisão de se lembrar apenas de como ela era quando estava viva. Ignorou o dinheiro no chão. Tinha dez anos de idade.

Nos anos seguintes, mudou bastante. Sua incrível altura fazia as pessoas acreditarem que ele tinha quinze anos quando tinha dez e dezoito quando tinha doze. Sendo assim, conseguiu facilmente encontrar trabalho e passou alguns meses em uma fazenda de cabras na Flórida, carregando grandes peças de arte para uma galeria no Queens e coletando amostras da lagoa no Oregon Central. Durante um ano inteiro Gabe trabalhou como ajudante de carpinteiro em New Hampshire. Morava com o carpinteiro e sua família — duas crianças pequenas, um cachorro e a esposa.

Se tivesse a idade que aparentava, Gabe teria caído nas garras da esposa do carpinteiro: a maneira como ela se oferecia para preparar seu café da manhã com a mão em sua coxa, a forma como as crianças sempre iam cedo para a cama nas noites em que seu marido jogava pôquer com os colegas, a risada, os olhares, os suspiros. Se fosse mais experiente, não teria ficado em absoluto choque na noite em que ela entrou no quarto e subiu em cima dele. E provavelmente teria suspeitado de algo quando ela tirou o roupão, revelando a pele nua à luz do luar. E, quando ela colocou a boca nele, provavelmente não teria ido às lágrimas, gritando "Tenho só treze anos!" e correndo da casa com a calça do pijama na altura dos tornozelos.

Gabe passou os dois anos seguintes esperando a guerra alcançar o solo norte-americano e, depois de 7 de dezembro de 1941, foi o primeiro a se alistar, imaginando que as praias do Havaí ficavam perto o bastante. Mais uma vez, sua notável altura e sua estrutura física lhe permitiram mentir a idade sem maiores questionamentos. Se questionados, nenhum de seus companheiros soldados teria adivinhado que o silencioso e alto rapaz tinha apenas quinze anos. Seus superiores, no entanto, acharam-no muito sensível para a batalha, além de ter o estômago muito fraco para ser enfermeiro, de modo que o deixaram lutar da única forma que ele era capaz — no refeitório. Enquanto servia carne enlatada e café solúvel, Gabe observava seus colegas soldados compondo cartas de amor para as garotas cujas fotos amassadas eles carregavam nos capacetes e os ouvia falar de suas mães com vozes que falhavam de saudade. Ele chorava toda vez que um deles morria. Foi dispensado por esgotamento após somente um ano na função — era muito exaustivo lamentar tantas vidas perdidas.

Quando Gabe apareceu na porta dos Lavender com a roupa amarrotada e dois números menor que o ideal, Emilienne o encorajou a ficar o quanto ele quisesse. Não era só porque ela precisava de um faz-tudo que conseguisse alcançar a luminária na varanda. E não era só porque ela suspeitava de que ele era claramente mais novo do que pretendia aparentar — uma especulação que mais tarde foi reforçada quando ela notou o modo como ele abaixava a cabeça quando alguém lhe fazia um elogio e como ele estremecia na presença de Viviane. Não, Emilienne o recebeu de braços abertos porque, quando abriu a porta, ouvira um canto de passarinho vindo do leste, o que anunciava a chegada do bom e velho amor.

Viviane dava pouca atenção ao novo hóspede de sua mãe. Sequer percebia o olhar de contemplação e as manias do jovem. Supôs — como todos supunham — que ele fosse muito mais velho (e certamente não mais novo!) do que ela mesma. Chamou-o uma vez de *senhor* e ficou confusa e constrangida com a expressão de desânimo dele. Ele era sempre educado, oferecendo-lhe o último pedaço de torta de amora, e foi gentil de sua parte ter consertado a torneira da banheira, que ficava pingando. E, embora estivesse longe de ser Jack, Viviane podia até dizer que ele era bonito. Para quem gosta de altos e morenos.

Mas a mente de Viviane passava longe do hóspede de sua mãe naquela época; em vez disso, estava concentrada na comemoração do solstício, que ocorreria naquela noite, um evento que nenhum morador do bairro ousava perder. Principalmente Jack. Ou, pelo menos, era o que ela esperava.

As comemorações anuais da data de nascimento de Fátima Inês das Dores haviam mudado desde os dias em que a criança morara no final da Pinnacle Lane. A cigana e os acrobatas chineses eram coisa do passado, mas a comemoração não tinha perdido suas peculiaridades mágicas e suntuosas. À noite, a comemoração chegava ao grande *apogée* com uma fogueira gigante no estacionamento da escola. Era onde as crianças exaustas adormeciam — o calor das chamas contra seus rostos sujos de algodão-doce —, onde os alunos do ensino médio se escondiam para ficar se agarrando nas sombras, onde os amantes desesperançados escreviam suas aflições em papéis com linhas azuis e os queimavam nas chamas. Era um lugar conveniente, acreditava Viviane, para o destino reuni-la com Jack novamente.

Talvez na expectativa das festividades, as dálias daquele ano tinham florescido cedo em um arranjo esplêndido. Suas superfícies manchadas preenchiam todos os jardins, como um desfile de crianças dançando com suas melhores roupas de festa, mas nenhuma era mais gloriosa do que as que ocupavam o jardim de Emilienne. Ela criava os próprios híbridos com cores extravagantes jamais vistas em nenhum outro lugar: o azul-celeste mais profundo, os vermelhos flamejantes que desbotavam até o amarelo e o laranja ou o roxo mais rico, o verde tão opaco que parecia branco à primeira vista. As flores impediam o crescimento das árvores frutíferas ao redor, flores coloridas que arqueavam sobre a janela do primeiro piso da casa. Entretanto, escondido por aquelas grandes flores estava o verdadeiro jardim de Emilienne: crisântemos brancos para proteção, raízes de dente-de-leão para uma boa noite de sono, eucaliptos e manjeronas para a cura. Havia dedaleiras, gengibres, urzes e hortelãs. A venenosa beladona. A excêntrica peônia. E lavanda. Lavanda nunca era demais.

Emilienne observou a filha atravessar o portão enferrujado do jardim. Enquanto seguia pelo tortuoso caminho de pedras, Viviane abaixou-se até as oscilantes flores e bateu alegremente nelas. Estava usando um vestido branco de renda e em seus cabelos havia uma grinalda que ela fizera durante os preparativos para *la fête*. Tinha passado horas entrelaçando cuidadosamente as hastes e amarrando fitas para ficarem dependuradas sobre suas costas.

Viviane parecia, Emilienne notou em silêncio, uma noiva no dia do casamento.

— Por que você está vestida assim? — Emilienne estava preocupada com a expressão distante nos olhos de Viviane. Ultimamente as únicas expressões que sua filha tinha eram de aflição e de saudade. Mas aquela era uma expressão diferente, Emilienne notou. Havia algo de entusiasmado nela, algo de esperançoso.

Viviane sorriu.

— Solstício.

— Ah — Emilienne levantou-se, batendo as mãos nos joelhos. — Por que não chama Gabe para ir com você? — Encolheu-se com a tentativa de falar casualmente com a filha, uma habilidade que nunca dominara.

Viviane estava muito distraída para perceber.

— Quem?

— Nosso hóspede — Emilienne apontou para onde Gabe estava lixando o novo corrimão que havia recentemente instalado na varanda dos fundos. — Vá chamá-lo — Emilienne ordenou. — Seria educado.

— Está bem — Viviane suspirou. — Mas vou lá para encontrar Jack.

Emilienne ergueu as sobrancelhas.

— E como você sabe que ele vai estar lá?

— Eu apenas sei.

O brilho nos olhos da filha deixou um gosto parecido com o de metal na boca de Emilienne.

Ela esticou o braço e enfiou um ramo de lavanda na coroa de flores na cabeça de Viviane.

— Para dar sorte — disse, um pouco mais ríspida do que pretendia.

Sem dizer outra palavra, Viviane tratou de voltar, sonhadoramente, ao caminho de pedras.

Viviane percebia a forma como os vizinhos olhavam para sua mãe quando iam à padaria comprar uma fatia de pão; percebia a forma como estremeciam se a mão dela tocasse na deles quando devolvia o troco. Ela sabia que eles achavam sua mãe estranha.

Bem, Viviane pensava, *acho que devem pensar o mesmo de mim.*

Ela inclinou a cabeça para trás e respirou fundo, tentando decifrar a mistura de cheiros no ar. O terroso e úmido era das dálias — todas as flores exalavam esse cheiro, mesmo aquelas com seu próprio odor pungente, como as rosas e as gardênias. O cheiro de sua mãe era o de pão fresquinho, maculado por um leve tom salgado, como se tivesse sido temperado com lágrimas. Respirou fundo outra vez, tentando desvendar a fonte do último dos aromas. Era um cheiro rico, como o de cedro ou o de pinheiro. Viviane sempre achava os aromas florestais reconfortantes. Eles a faziam se lembrar de Wilhelmina, mas havia nesse aroma em especial um quê de doçura que Wilhelmina não tinha.

Por um instante, Viviane permitiu-se admirar os músculos das costas de Gabe, brilhando de suor enquanto ele trabalhava. Ficou vermelha quando ele olhou para cima, constrangida por ter sido flagrada a observá-lo.

— Pediram-me para perguntar se você quer ir comigo até a comemoração de solstício — ela disse.

Ele colocou as ferramentas no chão e olhou de soslaio para ela.

— Pediram, é? — ele brincou.

Ela virou os olhos.

— Então, você quer ir ou não?

— Como posso recusar um convite assim? — Gabe deixou a madeira e as ferramentas espalhadas na varanda e a seguiu colina abaixo. Ela fingiu não perceber quando ele voltou a vestir a camisa. Não sabia bem como se importar com a facilidade com que os passos lentos dele acompanhavam o ritmo rápido de suas passadas.

Eles seguiram em silêncio até as festividades. As ruas estavam cheias de barracas que ofereciam enormes espigas de milho amarelo cheias de manteiga e alho, doces noruegueses de *pannekaken*, *krumkake* e *fattigmann* servidos pelas mulheres da cidade vizinha. Havia barracas brancas e azul-turquesa onde mulheres de pele escura dançavam com cachecóis, os braceletes de madeira em seus pulsos batendo afinados com os quadris curvilíneos. As meninas do ensino médio do Kiwanis Key Club ofereciam pintura facial para as crianças locais, e as mães delas vendiam tortas para ajudar o Hospital de Veteranos do centro da cidade. Músicos tocavam bandolins, acordeões, violinos rangentes, xilofones, clarinetas e cítaras nas esquinas. As famílias mais pobres do outro lado da baía vendiam gatinhos, pintinhos e patinhos por um níquel.

Gabe esperou educadamente quando Viviane parou para comprar uma trufa de chocolate em uma das barracas enfileiradas nas ruas. Ela não sabia bem como se sentia em relação à maneira como ele a olhava. Ele parecia tão contente só de estar a seu lado.

— Faz um tempo que eu quero lhe perguntar uma coisa, Vivi — ele disse.

Viviane ergueu uma sobrancelha para ele.

— Vivi? Agora eu tenho apelido?

Ele sorriu, perplexo.

— O que há de errado com Vivi?

— Ninguém me chama de Vivi.

Ele a observou atentamente.

— Talvez eu chame.

Ela riu e, ao rir, avistou um jovem de pé observando-a do outro lado da rua. Lembrou-se saudosamente da leve abertura em seu sorriso, da mesma forma que alguém se recorda das ilustrações de seu livro infantil favorito.

Levou o doce até os lábios, mas, em vez de sentir o forte gosto de chocolate amargo e coco — seu predileto —, sentiu apenas o próprio sorriso. Em seguida, olhou de relance distraidamente para Gabe:

— Falo com você mais tarde.

Afastou-se antes que ele pudesse reagir.

— Diga-me uma coisa que você não consegue viver sem — Jack subiu na mureta de cimento do reservatório. O reflexo dele na água parecia opaco se comparado com o brilho da lua.

— Banheira — Viviane caminhava impecavelmente ao lado dele, segurando os sapatos. O cimento estava frio e áspero sob seus pés.

Jack pulou para a mureta.

— Seria difícil viver sem você — ele disse, olhando para Viviane de um modo que a fez perceber a seriedade da conversa.

— Você se saiu bem — Viviane surpreendeu-se ao dizer isso sem rodeios, sem qualquer traço de amargor em sua língua. Ela sabia que Jack tivera de partir para poder voltar depois. Era assim que as coisas funcionavam.

— Não... Está vendo? Porque você sempre esteve comigo — Jack apontou para a própria cabeça. — Aqui — apontou para o peito. — E aqui, é claro.

— É claro — ela murmurou.

— Você está com frio? — um brilho opaco da casa branca iluminou o rosto dele.

Viviane balançou a cabeça, contente pela ocasional rajada fria em seu pescoço e pela forma como ela bagunçou a grinalda em seu cabelo.

Uma canção surgiu no ar; a música certamente vinha de um rádio dentro da casa branca. Jack pegou os sapatos das mãos de Viviane e os colocou no chão. Em seguida, pegou uma mão dela, deixando as pontas dos dedos repousarem levemente em sua palma.

— Lembra como se dança tango?

Viviane riu.

— Lembro.

Eles dançaram, e, ao redor, as folhas caíam dos galhos, algumas repousando na água para flutuar no tremeluzente reflexo prateado da lua. Jack olhou para baixo, na direção de Viviane, através do arco curvado dos braços de ambos juntos.

— Você está me deixando conduzir?

— Coisas estranhas aconteceram — ela respondeu. Ela estava surpresa com a quantidade de coisas que poderiam mudar em um ano, imaginando se se sentia estranha nos braços dele tanto quando ele se sentia nos seus. A música mudou para um *jazz* lento e eles pararam. Depois de um instante, separaram-se.

— Tenho que lhe contar uma coisa — Jack disse enquanto Viviane procurava os sapatos.

— O que é?

Viviane apoiou-se no ombro de Jack para se equilibrar. Deslizou um pé em um sapato, depois o outro. Ele repousou as mãos na parte de baixo das costas dela, quase timidamente. O calor familiar de sua palma causou uma onda que percorreu a espinha dela.

Viviane apoiou o queixo no ombro dele.

— Acho que estou preparada para lidar com isso — ela disse no ouvido dele, na expectativa de soar reticente.

— Conheci uma pessoa. — E as folhas caíram das árvores, repousando flutuantes nas calmas águas negras.

Viviane manteve o queixo repousado silenciosamente no ombro de Jack. A música parou. A lua desapareceu do céu. O casal na casa branca tinha ido para a cama, levando a aconchegante luz consigo. Jack deixou a mão descer pelas costas dela, e tudo em que Viviane conseguiu pensar era *Para onde foi a lua?*

Jack perguntou se ela queria conhecê-la, aquela pessoa que ele havia conhecido, e Viviane viu-se acenando positivamente com a cabeça e sendo levada do reservatório de volta para o meio da comemoração, onde uma menina continuava agitadamente retorcendo os cabelos cor de bronze entre dois dedos. O dedo anular esquerdo estava envolvido por um fino anel de ouro; o diamante, um minúsculo pontinho apenas perceptível quando iluminado pela luz.

Enquanto observava aquela garota pegar no braço de Jack e via a mão dela ir de encontro à dele, Viviane foi acometida pelo pensamento extraordinário de que aquela garota, aquela Laura Lovelorn — nome, aliás, horrível —, tinha comprado um presente de aniversário para Jack naquele ano, de que ela tinha comprado para ele outros presentes também: pequenas quinquilharias nas férias escolares, presentes românticos de aniversário, pequenas recordações de carinho *porque sim*. Viviane conseguia ver Laura Lovelorn passando por várias lojas de departamentos e lojas especializadas, quem sabe levando consigo uma amiga ou duas — suas futuras damas de honra. Conseguia imaginar o momento em que Laura encontrara aquilo, aquela coisa, aquele item que o Jack *dela* — porque ele não era mais o Jack de Viviane, mas sim o Jack de Laura Lovelorn — iria apreciar. Viviane conseguia imaginar o prazer de Laura Lovelorn por ter encontrado o presente perfeito para seu futuro marido, por conhecê-lo tão bem. Ao imaginar tudo isso, ela teve o repentino impulso de correr, correr até chegar a, digamos, Topeka, Kansas, onde poderia se livrar dessa vida e viver em um tranquilo refúgio como garçonete em uma lanchonete de beira de estrada. Ou algo do tipo.

E assim ela fez.

Passou correndo pelas barracas de *pannekaken*, *krumkake* e *fattigmann*, e pelas espigas de milho amarelo cozidas além do ponto. Passou correndo pelas precárias barracas azul-turquesa e brancas, pelas meninas de rosto limpo do ensino médio do Key Club e suas mães que vendiam tortas passadas do ponto para ajudar o Hospital dos Veteranos no centro da cidade. Passou correndo pelos músicos bêbados, pelas caixas de gatinhos cheios de pulgas, o inferno deplorável no estacionamento da escola.

Correu até a noite se transformar em um borrão de azul e preto e reflexos de lágrimas e cabelos cor de bronze. Correu até chegar ao jardim de sua mãe, atrás de casa, e lá descobriu que Jack a estava enganando o tempo todo.

Jack permaneceu de pé, ofegante, as mãos nos joelhos.

— Não era para ter acontecido isso — Viviane disse em silêncio. — Você deveria ter voltado *para mim*. Não para outra pessoa.

Jack desviou o olhar, espremendo os olhos na direção do clarão do poste de luz da rua. Abriu a boca para falar, depois a fechou, reconsiderando o que iria dizer.

— Ela é uma boa pessoa. Você iria gostar dela...

Viviane levantou-se e deu as costas para ele, olhando para o brilho no alto de uma janela de sua casa.

— Vou contar até dez para você sair daqui — ela disse. — *Un, deux*.

Ele se aproximou. Ela podia sentir sua respiração na nuca.

— *Trois, quatre, cinq*. — Mordeu a parte interna do lábio. — *Six, sept, huit*. — Fechou os olhos quando sentiu o beijo que Jack deu em seu pescoço. — *Neuf, dix*. — Viviane só sabia contar até dez em francês. Permitiu-se dez lágrimas, uma para cada passo que deu para se deitar entre as dálias de sua mãe, o rosto voltado para o céu. Tirou a coroa de flores e a atirou no chão.

Ficou apenas vagamente surpresa quando Jack se sentou a seu lado, esmagando a grinalda que ela havia passado horas fazendo.

Jack estremeceu.

— Desculpe — ele disse, puxando a grinalda de debaixo de si e tentando arrumar as flores tortas.

Viviane agarrou a grinalda e a atirou de volta no chão.

— Não tem problema — ela disse.

O que aconteceu a seguir nenhum deles poderia, algum dia, explicar completamente. Viviane sentiu-se como se assistisse àquilo acontecer com outra pessoa, a roupa de outra pessoa sendo desabotoada, os lábios de outra pessoa na pele de Jack, as mãos de outra pessoa no peito dele. Os pensamentos dela estavam tomados somente pelo sabor da boca dele e pelos dedos dele enroscando-se entre os nós de seu cabelo. E, quando ele rolou sobre a grinalda pela segunda vez naquela noite, ela cobriu o quadril dele com o seu e arqueou o pescoço na direção do céu.

O adubo no solo do jardim estava gelado sob a cabeça de Viviane. Emitia um fedor abundante e potente que grudava na parte interna das narinas. A maior dália na coleção de sua mãe era chamada de Destemida, uma brilhante flor vermelha em formato de pompom e do tamanho de um prato de jantar. Viviane levantou a mão e a arrancou do caule, balançando-a em seguida para a frente e para trás, impressionada com o fato de ela ser tão grande e, ao mesmo tempo, tão frágil que ela mesma podia facilmente despedaçá-la com os dedos.

O vestido branco de Viviane estava solto nos ombros, deixando os seios expostos à luz da lua. A saia estava enrolada ao redor da cintura. Ela rastreou as sujeiras de terra em seus ombros e apalpou o laço rasgado na bainha, notando sem emoção — como ela era capaz de sentir qualquer coisa agora que perdera Jack? — que estava vestida como noiva tanto na primeira vez em que vira Jack quanto naquela que provavelmente seria a última. Deveria haver alguma ironia naquilo, embora isso pouco confortasse seu coração oprimido.

Viviane ainda conseguia ver as chamas laranja da fogueira contra o céu escuro. Se fechasse os olhos, conseguia ouvir os sons da comemoração continuando sem ela: os grupos de maridos em círculos, suas vozes repercutindo algumas cervejas em excesso, as esposas alertando as crianças para ficarem longe do fogo. Se prendesse a respiração, Viviane conseguia ouvir Jack Griffith sussurrar no ouvido de sua noiva. Expirou ruidosamente.

Considerava-se uma mulher racional. Era de Virgem. Costumava resolver os problemas, mesmo que isso significasse gastar tempo demais ruminando na banheira. Mas isso, isso não fazia o menor sentido; quando tentava prever sua vida sem Jack ou a dele sem ela, conseguia apenas pensar em ornitorrincos. O que era um ornitorrinco senão uma espécie de pato com pelos? Toda a ideia disso era ridícula e errada.

Ela delicadamente passou o dedo sobre a nuca, onde Jack a havia beijado. O lugar queimava, como a dor em seu peito, que dificultava respirar. Ou se mexer. E pensar. Então, em vez disso, Viviane simplesmente se deitou no canteiro de dálias de sua mãe, observando as chamas contra o céu e expirando sempre que ouvia o sussurro secreto de Jack.

Com o coração acelerado, Gabe ficou assistindo a Viviane e o outro rapaz — seja lá quem fosse ele — descer pela estrada que levava até o reservatório. Em seguida, sentou-se no meio-fio em frente à farmácia ao lado de um velhote dedilhando um bandolim com as unhas compridas e sujas. E ali ficou, à espera de seu coração voltar e sorrindo educadamente para a tentativa de música do velhote.

Gabe ficou maravilhado com a maneira sossegada como os luteranos fiéis da Pinnacle Lane comemoravam o feriado pagão, disfarçado de comemoração do nascimento da pequena matriarca portuguesa, é claro. Em homenagem a Fátima Inês, os vizinhos dançavam juntos ao redor de mastros enfeitados com raios de sol pintados nos braços e nas pernas. Para suas filhas, criavam varinhas de condão com pedaços de madeira e estrelas de feltro. As mulheres que passavam o resto do ano diligentemente cultivando rosas para o altar da igreja ficavam, na véspera do solstício de verão, reunindo maços de alecrim, tomilho e manjerona e pregando-os nas portas e entradas. Para proteção. Boa sorte. Riqueza.

Finalmente o céu ficou escuro e o dia mais longo do ano, enfim, cedeu à noite. O prefeito de Seattle, usando um par de chifres na cabeça, acendeu a fogueira. A multidão urrou e o fogo ganhou vida, mas a atenção de Gabe estava voltada para uma Viviane que vinha correndo. O jovem que Gabe não sabia quem era vinha logo atrás. Ele ficou de pé, preparando-se para se juntar à corrida, mas, com suas pernas compridas, sabia que logo os alcançaria. E então, o que ele faria? Exigiria uma explicação?

Quando seguiu para casa mais tarde, para a casa no final da Pinnacle Lane, passou pelo outro rapaz que cambaleava pela colina, as roupas amarrotadas, a camisa abotoada de forma irregular e os sapatos desamarrados. Gabe cruzou o olhar com o dele e uma expressão de autodesprezo se formou em seu rosto antes de ele passar apressado.

Gabe demorou alguns minutos até encontrar Viviane. Procurou primeiro na banheira. Quando a viu deitada no canteiro de dálias, tremendo de frio e seminua sob o luar, precisou usar cada gota de autocontrole que não tinha para não sair correndo e envolvê-la com os braços compridos. Ou para não quebrar os dentes do outro rapaz e o fazer engoli-los.

Na manhã seguinte, Viviane acordou com vestígios de terra nos lençóis e a mágoa com relação a Jack Griffith levemente mais tolerável do que no dia anterior.

Pelo menos foi o que disse a si mesma.

Capítulo 8

VIVIANE ARRUMOU UM EMPREGO de atendente no balcão de refrigerantes da farmácia. Foi expulsa outra vez da padaria após preparar uma fornada de bombas doces que fez os clientes chorarem tanto que o sal das lágrimas arruinara pães suficientes para uma semana inteira. Na máquina de refrigerantes, Viviane servia *sundaes* com calda de chocolate quente e copos melosos de *Cherry Coke*. Quando Constance Quakenbush orgulhosamente perguntou o que ela iria fazer de sua vida agora que Jack Griffith iria se casar com a jovem Laura Lovelorn, Viviane respondeu-lhe com um sorriso sínico e a seguinte declaração:

— Vou voar.

As missões de resgate pelo ar de soldados feridos demandavam enfermeiras, e muitas comissárias de bordo patrioticamente responderam ao chamado. Não que Viviane não tivesse pensado em se juntar a elas. Alguns poucos rapazes do bairro tinham se alistado depois que terminaram o colégio. Dois deles retornaram apenas alguns meses depois em caixas escuras de madeira, e nas janelas de seus pais as estrelas das bandeiras do serviço militar mudaram de azul para dourado. Viviane conhecera ambos — Wallace Zimmer era irmão de Delilah e Dinky Fields sentava-se atrás dela na aula de inglês.

Após o ataque a Pearl Harbor, ela tinha orado fervorosamente pelos meninos cujos corpos permaneciam presos no *USS Arizona* e costurado luvas para os dedos dos atiradores que congelavam nas trincheiras do solo europeu. Perdia-se sonhando acordada que cuidava de soldados feridos, deixando-os saudáveis novamente, pedindo *mais gaze* enquanto as saias de seu uniforme branco sopravam com o vento e as balas passavam sobre sua cabeça. Mas Viviane não tinha tido nenhum treinamento para enfermeira, então, quando imaginava a vida nos céus, mal se via sobrevoando o território inimigo. Quando chegou a hora de decidir, percebeu que não conseguiria ir para uma guerra; não gostava de ruídos altos e costumava pular quando a chaleira assoviava. Além disso, imagine só os cheiros.

Quando imaginou aquela vida nos céus, viu-se servindo refeições no serviço de bordo em bandejas cor-de-rosa. Manteria os sapatos sociais limpos e brancos e os cremes para as pernas secas. Sorriria para todas as pessoas certas, flertaria com todos os passageiros certos da primeira classe e somente iria para o quarto de hotel do piloto após tomar uns coquetéis e dançar no salão. Na manhã seguinte, ignoraria a aliança na pia do banheiro enquanto voltaria a prender com grampos o chapéu pequeno sobre os cachos desgrenhados.

Enquanto esperava por clientes em um dia particularmente moroso à frente da máquina de refrigerantes, Viviane encontrou um velho jornal enfiado atrás dos recipientes de calda de chocolate quente sob o balcão. Ao lado da revelação da descoberta do planeta Plutão, havia um artigo sobre um avião que ficara sem combustível e aterrissara em um campo de trigo próximo a Cherokee, Wyoming. A comissária de bordo dizia que as pessoas tinham aparecido em carroças e montadas a cavalo vindas de quilômetros de distância para ver a aeronave. Alegava que pensaram que ela, a comissária de bordo, era *um anjo do céu*. Viviane gostou tanto dessa história que se inscreveu para ser comissária de bordo na United Airlines logo no dia seguinte.

O homem responsável por entrevistá-la carregava uma prancheta e tinha o lábio inferior parecido com um pneu de bicicleta. Pedira-lhe que levantasse a saia e andasse pelo corredor para que pudesse analisar suas pernas. Olhara suas mãos e examinara-lhe as unhas, depois os cabelos e os dentes, sempre com um olhar crítico. Ela estava preparada para isso e ficou surpresa por não ter se sentido como um cavalo de exposição. Tinha prendido os cachos na noite anterior para que eles flutuassem em delicadas ondulações na altura dos ombros e se certificara de que o batom estava no tom certo de vermelho. No final da entrevista, o homem sorriu com o grosso lábio inferior arqueado sobre o frágil queixo e contou a minha mãe que ela tinha sorte por ter uma aparência tão boa. Ela ficou imaginando se aquilo era apenas algo que todos os homens grosseiros diziam.

Enquanto esperava pelo resultado, Viviane passava os dias na farmácia imaginando uma vida que não se parecesse nada com aquela que planejara um dia compartilhar com Jack. Costumava fazer uma pausa em suas atividades diárias enquanto acrescentava uma porção extra de chantili em um *sundae* já derretendo ou jogava cerejas em um copo cheio de *Cherry Coke* pensando que, se aquilo era a vida sem Jack, então a vida sem Jack era perfeita para ela. Logo começou a dizer a si mesma que seus dias começariam e terminariam no uniforme azul de uma comissária da United Airlines, com as minúsculas asas douradas afixadas logo abaixo da aba da gola de Peter Pan.

Mas então, no final de agosto, enquanto fazia um intervalo no banheiro da farmácia, algo induziu Viviane a se recordar do dia em que fizera dezoito anos e acordara com uma dor chata na cavidade inferior do estômago; era uma dor forte o bastante, ela pensara na ocasião, para que sua mãe lhe permitisse ficar em casa e faltar à escola. Quando descera a escada, no entanto, planejando fingir mal-estar, descobriu que sua mãe já sabia o que a estava afligindo.

Aquilo mal foi uma surpresa. Emilienne estava sempre recebendo mensagens estranhas de lugares igualmente estranhos. Se sonhasse com chaves, significava que uma mudança estava a caminho. Sonhar com chá sugeria um visitante inesperado. Um pio de ave do norte significava tragédia; do oeste, boa sorte; do leste, a chegada do amor verdadeiro. Quando criança, Viviane se perguntava se os dons de sua mãe estendiam-se além do âmbito supernatural — talvez ela conseguisse se comunicar com os mortos. Mas Emilienne tinha rejeitado a teoria de Viviane com um aceno de mão.

— Fantasmas não existem — ela dissera, olhando de relance e dissimuladamente para o canto do outro lado do cômodo.

Emilienne entregou a Viviane uma cinta sanitária, o que deixara um círculo de vergões vermelhos ao redor de sua cintura. Viviane teve autorização para ficar em casa e não ir à escola naquele dia e chegou até a receber uma declaração que a dispensava da aula de educação física pelo resto da semana.

Porém, em algum ponto entre a noite da comemoração do solstício e agora, ela percebeu que não sentia a agora familiar dor no abdômen havia dois meses.

Durante o ensino médio, Viviane sentara-se ao lado de uma garota cuja prima havia engravidado. A garota jurava que a prima resolvera isso espirrando. Na época, Viviane ficou se perguntando por que aquela garota havia lhe contado essa história. Agora, todavia, foi até os fundos da loja, rasgou um pacote de pimenta-do-reino, encheu a mão e sacudiu o conteúdo sob o nariz. Após a oitava tentativa, percebeu que a única coisa que um pouquinho de pimenta provocaria era uma irritação na retina.

Em seguida, Viviane tentou tossir particularmente com força. Isso apenas lhe causou uma dor de garganta. À noite, ela passou horas desejando que aquela dor chata reaparecesse — a dor no estômago, na parte de baixo das costas, nas virilhas —, horas rezando por um milagre.

No trabalho, Viviane ia ao banheiro seis vezes por hora. Foi após um angustiante intervalo que Jack Griffith entrou na farmácia.

Talvez fosse por honestidade ou quem sabe por vergonha, mas o fato é que Jack fez questão de se manter afastado de Viviane naquele verão. Tinha conseguido um emprego em um depósito de suprimentos do exército no porto de Seattle, onde trabalhava ao lado de mulheres com o dobro de sua idade cujos filhos e maridos encontravam-se do outro lado do oceano. Em seus dias de folga, Jack dirigia até o litoral com sua noiva, que também estava passando o verão em Seattle para ficar mais perto dele. Para Jack, o ar daquele verão sempre pareceu feder a peixe.

Jack não tinha mentido quando contou a Viviane que Laura Lovelorn era uma boa pessoa. Ela era. Era uma boa pessoa, e Jack sabia que deveria amá-la. Como poderia não amá-la? Todos adoravam Laura Lovelorn. Ela era tudo o que todos queriam que ela fosse. Mas, às vezes, em seus passeios até o litoral,

Jack chegava a se esquecer de que ela estava lá. Ficava pensando naquela última noite na Pinnacle Lane e o sol, de repente, dava lugar à lua, cujo reflexo irradiava-se em sua direção não a partir das ondas quebrantes do oceano, mas da água parada do reservatório. Então, ele olhava para o alto e ela estava lá, Laura Lovelorn e seu sorriso perfeito, retorcendo os cabelos ao redor da aliança de compromisso em seu dedo. Ele pensava "ah" e a vida prosseguia.

Jack Griffith e Laura Lovelorn conheceram-se em um jogo de futebol do Whitman no primeiro ano da faculdade. Não era qualquer jogo de futebol. O Whitman Missionaries estava enfrentando o Willamette Bearcats, invencível havia quase nove anos seguidos. Aquele jogo acabaria por ser o último por três temporadas em virtude da guerra, que provocou o cancelamento total do campeonato de futebol. Jack estava escrevendo uma carta para Viviane — uma carta que permaneceria para sempre inacabada na primeira gaveta de sua escrivaninha — quando partira para o estádio com os colegas de quarto. Todos estavam vestindo suéteres azuis e dourados e cantando o hino da escola. *Whitman, por você...*

Nas arquibancadas, Jack notou um lampejo de cabelos cor de bronze três fileiras abaixo de onde ele estava. Enquanto o sofrível jogo continuava, com os Missionaries a caminho da vitória, Jack observou a menina com os cabelos cor de bronze vibrar a cada tentativa dos Missionaries, as bochechas rosadas por causa do frio.

Por meio do minúsculo escudo branco que tinha preso no suéter, Jack descobriu que Laura Lovelorn pertencia à irmandade Delta Gamma Society, uma das mais antigas dos Estados Unidos, e ao grêmio dos primeiro-anistas. Ela vendia selos de guerra com suco de laranja em pó todas as tardes de sexta-feira e era uma nadadora ornamental excelente — suas séries eram capazes de deixar a célebre Esther Williams envergonhada. Laura era filha de um ex-aluno formado na turma de 1920 cujas doações para a faculdade sempre ultrapassavam até as dos mais distintos estudantes. Os Loverlorn moravam em uma grande mansão em estilo Tudor nos arredores de Spokane, onde o pai de Laura fumava charutos com seus companheiros de negócios na biblioteca, enquanto sua esposa entretinha as mulheres deles no salão de chá. Possuíam inúmeros cavalos árabes premiados e uma casa de férias no litoral. E o mais importante: Jack notou que nenhum dos Lovelorn era estranho ou incomum. Ninguém jamais poderia ousar chamar algum deles de bruxa.

Nem mesmo o pai de Jack.

Quando Jack entrou na farmácia naquele dia quente de agosto, sentou-se em um dos banquinhos de metal em frente à máquina de refrigerante e pediu um cream soda. Viviane o observou dar um gole na bebida melosa usando um canudo. Em seguida, Jack olhou para ela e disse:

— Nunca vou me esquecer de você.

Minha pobre mãe abaixou a cabeça atrás do balcão e vomitou.

Capítulo 9

A PRIMAVERA — JUNTO COM AS FORMIGAS, as tulipas e a febre do feno — chegou mais cedo no ano seguinte. Ainda era março, mas o sol já irradiava calor nas costas de Viviane. Ela estava sentada no terraço da frente comendo cerejas de uma tigela que repousava sobre seu colo. Punhados de caroços e hastes da fruta cobriam o chão.

Viviane estava esperando. Não era o mais racional a fazer, mas era a única opção que ela tinha. Por sete longos meses seu corpo tornara-se algo que ela não reconhecia mais e sua esperança fora ficando cada vez mais distante. Ela mal conseguia enxergá-la; conforme os meses passavam, tornara-se um minúsculo ponto a distância. Mas ela ainda esperava. Esperava Jack voltar para ela.

A cerejeira que ficava na lateral da casa tinha florescido uma estação antes do que qualquer outra do quarteirão. Durante todo o mês de janeiro, Viviane tinha observado as flores cor-de-rosa espalharem-se pelo gramado coberto de neve. Agora, a árvore estava repleta de cerejas tão vermelhas que chegavam quase ao tom de roxo e tão grandes e maduras que as cascas rachavam e o sumo escorria pelos galhos da árvore e ensopavam o chão. Todos os potes de geleia de cereja que Emilienne fazia, todas as tortas de cereja que eram vendidas na padaria, mal davam conta da quantidade de frutas que caíam da árvore. Felizmente, as cerejas eram o único alimento que Viviane conseguia segurar no estômago, embora o médico — um homem que havia apenas alguns anos fora seu pediatra — afirmasse que ela não deveria mais estar sentindo náuseas.

Viviane esticou os pés inchados à sua frente; as solas estavam perpetuamente encardidas desde fevereiro, quando os sapatos não lhe serviram mais. Não que houvesse qualquer razão para usar sapatos. Ninguém na vizinhança tinha visto Viviane desde que ela saíra do emprego à frente da máquina de refrigerantes, quando não conseguia mais fingir que as roupas ainda lhe serviam.

Emilienne inseriu triângulos de tecidos diferentes nas saias e nos vestidos de Viviane, uma tentativa vã de fazê-la trocar o vestido de renda branca que estava usando havia sete meses, um vestido que tinha ficado marrom e cujo zíper não podia mais ser fechado.

Viviane mal conseguia se olhar no espelho do corredor, que dirá se vestir sozinha. Ou se banhar. Anéis encardidos acumulavam-se sob seus pesados peitos e ao redor das aréolas, estranhamente mais escuras e esquisitas. Os cabelos estavam pendurados em tufos sujos sobre as costas e as mãos, constantemente meladas por causa do sumo de cereja.

Ela se banhava apenas quando sua mãe e Wilhelmina a obrigavam, quando Emilienne acrescentava o leite entregue no dia à água quente da banheira e arrastava Viviane pelos pés sujos para dentro do banheiro. Wilhelmina espalhava azeite de oliva e suco de limão na cabeça de Viviane, esfregava a sujeira debaixo dos seios com mamilos estranhos e se certificava de que a mistura tinha penetrado o suficiente para tirar o brilho pegajoso do sumo de cereja da pele entre os dedos.

Viviane observou uma tribo de formigas carpinteiras cercar uma massa de ácido bórico e mel, uma mistura tóxica que Emilienne colocara sob o balanço da varanda. As formigas pareciam pétalas pretas ao redor de um círculo dourado. Beberam o suprimento e voltaram em seguida para o ninho na parede. Lá, envenenariam inconscientemente seus filhotes antes de morrer. Viviane imaginou os ninhos como túmulos, os corpos empilhados.

Àquela altura, Viviane Lavender amava Jack Griffith por doze anos, que era bem mais da metade de sua vida. Se pensasse em seu amor como algo, digamos, comestível, ele rechearia 4.745 tortas de cereja. Para armazená-lo, seriam necessários 23.725 potes de vidro e rótulos e um porão que se estendesse por toda a Pinnacle Lane.

Se fosse bebê-lo, ela se afogaria.

Na cozinha, Emilienne fingiu estar entretida com o pano de prato em sua mão enquanto Viviane voltava lentamente para dentro de casa, os passos desajeitados sob a enorme barriga.

— Está esquentando lá fora? — Emilienne perguntou, com o tom um pouco mais áspero do que pretendia. Será que ela sempre soava tão fria?, pensou. Tão rígida? Tão insensível?

— Humm. Um pouco — Viviane respondeu.

O som do martelo contra um prego podia ser ouvido, vindo do andar de cima, onde Gabe estava convertendo um dos quartos em um quarto de criança. O ruído fez Viviane estremecer.

— Viviane... — Emilienne começou.

Viviane ergueu a cabeça e, naquele instante, quando mãe e filha cruzaram os olhares, Emilienne sentiu uma lufada fria preencher seus pulmões. Enquanto sua cabeça transbordava com imagens da última véspera do solstício de verão — uma noite de dálias quebradas e de promessas quebradas —, Emilienne recordou-se de uma época em que o amor, e não a saudade, também a preenchia com seu sopro congelante.

Antes que Emilienne pudesse dizer o que se passava em sua cabeça, Viviane virou-se e saiu caminhando da cozinha.

— Vou tirar um cochilo.

— No caminho, aproveite para olhar a droga do quarto da criança! — Emilienne gritou para ela. Atirou o pano de prato no balcão e passou as mãos miseravelmente sobre o rosto. — Vou para a padaria — murmurou para ninguém.

Emilienne usava a padaria para se esconder da terrível bagunça que era a vida de sua filha. *Grávida*, ela pensou, descrente, *e ainda por cima de Jack*. Esse talento para a rejeição era algo que Wilhelmina nunca deixava de mencionar quando Emilienne entrava no estabelecimento em seus dias de folga.

O sucesso da padaria havia durado até então dezoito anos graças às habilidades de Emilienne como *pâtissier* francesa e à astúcia de Wilhelmina Dovewolf para os negócios. Fora ideia de Wilhelmina, agora sua sócia, contratar estudantes locais para bater de porta em porta no bairro carregando cestas de pães e rosquinhas cheirosas pela manhã. Com o sucesso do negócio, as rotas foram se tornando mais longas e esses garotos — que no final ficaram conhecidos como os Meninos da Padaria de Emilienne — começaram a usar bicicletas para fazer as entregas, equilibrando as cestas de pães sobre o pneu traseiro. Suas bicicletas vermelhas e brilhantes tornaram-se uma imagem familiar não apenas na Pinnacle Lane, mas também em todo o bairro de Ballard e até depois da Phinney Ridge.

A padaria sobreviveu à Depressão vendendo geleias, gelatinas, carnes processadas e ovos sempre que Emilienne conseguia arranjá-los. Ela manteve a fidelidade de seus clientes oferecendo-lhes crédito na loja. Alguns atribuíam a Emilienne a própria sobrevivência do bairro durante aqueles tempos difíceis — se alguém estivesse com fome, poderia sempre arrumar pão na padaria.

Wilhelmina e Emilienne, posteriormente, acrescentaram bolos de casamento ao repertório de doces depois que o querido professor do ensino médio, Ignatius Lux, casou-se com Estelle Margolis em uma pequena cerimônia na igreja luterana. A comemoração terminou com um bolo de quatro andares assado por Emilienne especialmente para a ocasião. Noivo e noiva compartilharam sorrisos felizes, mas era do bolo que os convidados se lembravam — o recheio de creme de baunilha, a cobertura de creme de manteiga, o leve gosto de framboesas que certamente haviam sido acrescentadas à massa. Ninguém levou para casa pedaços de bolo para colocar debaixo do travesseiro na esperança de sonhar com o futuro cônjuge; em vez disso, os convidados de Ignatius Lux e Estelle Margolis comeram-no todo e, depois, tiveram que sonhar que o estavam comendo novamente. Após essa festa de casamento, as solteiras acordavam à noite com lágrimas nos olhos, não porque estavam sozinhas, mas porque não havia mais bolo de casamento. Desnecessário dizer que o bolo, mais tarde, tornou-se um dos itens mais populares da padaria, encomendado em todo evento, grande ou pequeno.

Emilienne recolheu do balcão as chaves da padaria e seguiu até a porta da frente. Guardava as chaves em um cordão de couro gasto pelas horas que passava pendurado em seu pescoço, do qual nunca se separava — chegava a deixá-lo embaixo do travesseiro enquanto dormia.

Emilienne foi até a varanda e piscou diante do brilho do sol da primavera. Quando fechou a porta, o som do aplicado trabalho de Gabe transformou-se em apenas uma distante batida. Na padaria, Emilienne estava sempre no comando. Nem mesmo Wilhelmina ousava tomar qualquer decisão sem antes consultá-la. Ela suspirou. Se ao menos fosse assim também em sua casa...

O que realmente ocuparia um quarto de criança continuava sendo um mistério para Gabe, mas ele se esforçou para montar um berço e colocá-lo próximo à janela. Estava tentando decidir a cor das paredes quando Viviane entrou silenciosamente no quarto atrás dele.

— Verde — disse ela, olhando de relance para os baldes de tinta branca e azul entre os pés dele.

Perplexo, Gabe olhou para cima a fim de vê-la.

— Que tipo de verde? — perguntou.

— Claro, mas não limão. Mais como um verde-maçã. Um verde-primavera.

Gabe acenou com a cabeça, concordando.

— Verde-primavera será então.

Ele nunca precisou dormir por muitas horas e passava a maioria das noites como passava os dias — trabalhando na casa, a batida de seu martelo e o rangido de seu serrote entrando nos sonhos de minha mãe. Em algumas noites, ele não trabalhava, mas comemorava suas reformas com garrafas de cerveja artesanal. Minha mãe não sonhava naquelas noites.

Gabe observou Viviane andar ao redor do quarto. Ele estava contente por ver que ela havia tomado banho. Não sabia bem se fora Emilienne ou Wilhelmina que a havia banhado, mas esperava que a própria Viviane tivesse lavado o sumo de cereja das mãos e amarrado a fita vermelha nos cabelos. Talvez isso fosse um sinal de que algo bom estava por vir.

Ela passou as pontas dos dedos pelo berço recém-lixado e parou para admirar as cortinas na janela. Gabe prendeu a respiração quando ela notou a minúscula escultura pendurada sobre o berço.

— Penas — ela disse, oferecendo um sorriso vago.

— Bem, pensei, talvez, que fosse... — Gabe gaguejou, sem saber bem como explicar o que o obrigara a juntar penas descartadas dos pássaros da vizinhança e pendurá-las sobre o local onde o filho de Viviane dormiria.

Certa vez, após uma noite particularmente úmida de comemoração, Gabe viu-se no quarto de Viviane, ajoelhado ao pé de sua cama. Embora ela estivesse desprezível, embora estivesse imunda — havia uma crosta de sujeira em seus pés e círculos de sumo vermelho ao redor da carrancuda boca e nas palmas das mãos —, ele ainda a achava bonita. Pressionara levemente a protuberância em sua barriga. Caso ela lhe perguntasse, ele tinha pensado em alguns nomes para o bebê. Talvez Alexandria ou Elise se fosse menina e, se fosse menino, Dmitry.

Ele estava prestes a tirar a mão quando sentiu uma leve agitação. E, embora soubesse que a expressão comum era *percepção dos primeiros movimentos*, mal conseguiu conter a gargalhada: a sensação era a de asas!

Viviane voltou a sorrir.

— Penas são legais, Gabe — ela disse, saindo do quarto e deixando-o embasbacado pelo fato de que, pela primeira vez, Viviane Lavender havia dito seu nome. O fato encheu-o de tanta esperança que ele aumentou mais cinco centímetros só para ter espaço suficiente para conter.

• • •

Nem uma alma conseguiu dormir direito na noite em que minha mãe entrou em trabalho de parto. As aves noturnas reuniram-se nos gramados como paroquianos devotos para comer ruidosamente, suas presas condenadas gritando loucamente na escuridão. Mais cedo naquele dia, os corvos e os pardais tinham atormentado a vizinhança com gritos de ira, voando contra as janelas e atrás de crianças pequenas. Viviane, no entanto, não estava ciente da estranha perturbação que seu iminente parto havia causado nas aves da vizinhança.

Gabe a levou até o hospital na desajeitada caminhonete Chevy que havia comprado para ajudá-lo nos serviços diversos que fazia pela cidade. Emilienne ainda estava na padaria e não havia tempo suficiente.

— Não há tempo! — Viviane gritou do banco do passageiro da caminhonete, com os punhos tão tensionados quanto a protuberância da barriga. Espremeu os olhos com dor, e uma ardilosa camada de suor acumulou-se sobre seu lábio superior.

Gabe esticou o braço até o outro lado da velha caminhonete e agarrou sua mão — levemente indignado consigo mesmo por encontrar prazer no simples fato de poder tocá-la em um momento como aquele.

— Aguente firme, Vivi — ele disse. — Logo chegaremos lá.

Gabe foi obrigado a permanecer na sala de espera enquanto Viviane foi logo despachada por duas enfermeiras de avental que rapidamente a acomodaram em um quarto branco esterilizado antes de seus sapatos estridentes as levarem de volta para o saguão.

Sozinha, minha mãe chorou e gritou. Gritou chamando pelas enfermeiras, chamando por Jack e até mesmo chamando por sua mãe — embora Emilienne não fizesse muito o tipo de quem segura a mão da filha ou enxuga a sua testa com um paninho úmido. Quando a dor era muita, quando as contrações pareciam que iriam rachá-la ao meio, os sapatos estridentes finalmente retornaram, trazendo consigo uma gelada seringa de alívio.

Pouco antes de entrar em um profundo estado de semiconsciência, Viviane jurou que vira penas gigantes caindo do teto, uma imagem que atribuiu ao anestésico.

Quando nasci, o médico de plantão examinou, perplexo, o fórceps em suas mãos antes de sair em busca da família na sala de espera.

Segundo as enfermeiras de plantão, momentos depois que cheguei ao mundo, abri os olhos e apontei um dedo mindinho na direção da luz. Foi um feito admirável, considerando que primeiro precisei estender um par de asas pintadas que cresciam das pontas dos meus ombros.

Meu irmão gêmeo veio como uma surpresa para todos — principalmente para o médico, que precisou fazer o parto às pressas. Mais tarde, debateu-se se minhas asas tinham ou não a ver com o que Henry veio a ser. Mas isso não explicaria os muitos outros que eram como ele — outros que nasceram de forma tão estranha quanto Henry, mas sem um irmão gêmeo emplumado.

A imprensa levou duas horas para ficar sabendo de meu estranho nascimento. Logo estavam lá, amontoando-se nos corredores do hospital, os funcionários da enfermaria apenas lançando-lhes olhares mal-intencionados. A enfermeira-chefe conseguiu deixar os cinegrafistas e jornalistas fora do quarto do hospital, mas do lado de fora da janela os devotos reuniram-se madrugada adentro, segurando velas e entoando cânticos de louvor e de temor. A multidão estava tão concentrada que Gabe demorou quatro horas para pegar Emilienne na padaria e levá-la para o hospital. E demorou mais quatro horas para levá-la de volta após Emilienne declarar que, depois de desconfortáveis quarenta e cinco minutos, havia ficado tempo demais longe da padaria.

Foi a auxiliar da enfermeira quem nos atendeu durante a maior parte de nossa permanência, quem esvaziou o penico de minha mãe e a seduziu com copinhos de gelatina verde e garrafas de achocolatado. A auxiliar era uma fervorosa leitora da Bíblia e levou páginas de caderno nas quais tinha anotado todas as formas femininas de Miguel, Rafael e Uriel que fora capaz de encontrar.

— Ela precisa mesmo de um nome — comentou.

Como recém-nascida, eu era adorável em cada sentido da palavra — pelo menos foi o que me disseram.

Eu tinha olhos escuros e uma cabeça cheia de cabelos pretos como minha mãe no dia em que ela nascera — todos na parte de trás da cabeça. Com exceção do fato de ter nascido com asas, eu era perfeita. E até mesmo as asas não eram de todo ruins. Bastaram alguns dias de vida e eu já conseguia envolver meu corpo com elas como um cobertor.

— Gosto de Michaela — a auxiliar da enfermeira disse diante da porta. — Ou talvez você pudesse chamá-la de Rafaela.

Geralmente Gabe levava um tempo para pegar o elevador e chegar ao quarto, pois precisava dar um jeito de fazer os dedos pararem de tremer e o peito parar de ofegar primeiro. Quando conseguia chegar, era com uma ruidosa batida da cabeça na guarnição da porta e um buquê de flores murchas por causa das mãos apertadas e suadas.

— Eu estava pensando que você poderia chamá-la de Ava — ele disse, esfregando a cabeça e entregando as flores à auxiliar da enfermeira, que o olhou com uma expressão interrogativa antes de colocar o buquê junto com o arranjo de flores de outro visitante.

— Que anjo mesmo era chamado assim? — ela perguntou.

— Ava significa pássaro — Viviane disse brandamente. Tentou não aparentar decepção, mas ela, Gabe e Emilienne sabiam que uma grande parte de si ainda nutria esperanças de que Jack entraria por aquela porta. Não se importava se ele levaria ou não flores. Ou mesmo um pedido de desculpas. Apenas precisava que ele estivesse ali. Precisava dele porque essa era a única coisa que fazia sentido.

Então, por um instante, minha mãe viu de relance o bom coração de Gabe e se esqueceu de que o seu estava de luto. Por um instante, viu nele uma alma notória e sorriu só de pensar em passar os próximos cinquenta anos dormindo nos braços dele ou passeando com ele — de braços dados, com passos no mesmo ritmo. Mas então ela se lembrou de Jack e de todos aqueles meses que passara à espera de um amor que nunca regressou e, com isso, voltou a envolver o coração com uma mortalha.

— Bem, está certo — a jovem auxiliar disse, virando os olhos. — Deem o nome que quiserem a ela, mas e o outro?

Para Viviane, uma das piores coisas de toda a atenção despertada — os repórteres, os artigos de jornal, a multidão de seguidores adoradores — era que ela se concentrava em um gêmeo, como se existisse apenas eu. O que são gêmeos se não um par? Afinal de contas, eles vieram juntos por uma razão. Mas talvez o pior fosse que sob a indignação maternal de Viviane estivesse um medo latente de também não saber muito a respeito da outra criança. Ele era pequeno e calmo, muito calmo para um bebê. Fazia-se de morto quando alguém tentava segurá-lo. Para Viviane, parecia que ela tinha dado à luz não uma esquisitice, mas duas.

— Henry — Viviane decidiu. — Quero chamá-lo de Henry.

Gabe sorriu.

— Ava e Henry.

Capítulo 10

Era óbvio que Jack Griffith era o pai dos filhos de Viviane Lavender — qualquer um que o conhecia era capaz de reconhecê-lo no rosto de meu irmão —, mas ninguém no bairro ousava mencionar isso. Talvez tomassem como exemplo o pai de Jack, o desagradável John Griffith, que enrugava a sobrancelha e cerrava a mandíbula toda vez que passava na frente da padaria de Emilienne. Alguns juravam tê-lo visto cuspir em Viviane no dia em que ela pediu demissão de seu emprego na máquina de refrigerantes, ainda grávida e ainda usando aquele vestido branco sujo que se recusava a tirar. A longa e esguia gota de saliva dele teria escorrido na parte de trás do vestido dela e caído na calçada com um esguicho úmido e turvo.

A maioria preferiu dar a Jack um voto de confiança, gostava de supor que ele simplesmente não sabia sobre nós. Ele tinha voltado para o Whitman College em setembro, pouco antes de nascermos. E não tinha retornado desde então. Afinal de contas, eram quatrocentos e trinta e cinco quilômetros de distância.

Mas eis que, em nosso segundo aniversário, Beatrix Griffith veio nos visitar.

Foi a primeira e única vez.

Foi minha avó quem a viu se aproximando de casa. Os minúsculos e delicados passos da mulher eram tão semelhantes aos da própria *Maman* de Emilienne que ela não conseguiu se conter e se apressou para lhe dar as boas-vindas, acompanhando-a até o salão. Mais tarde, Emilienne se recordaria de como Beatrix estava exageradamente vestida para uma visita tão breve. Estava usando um traje cinza vistoso com um cinto largo apertado na cintura, um par de luvas brancas e um chapéu de rede curvado sobre os cabelos curtos. Em cada bochecha fina como papel, tinha desenhado cuidadosamente uma forma oval de ruge em tom rosa.

Quando nossa mãe apresentou Henry e eu para ela, Beatrix juntou as minúsculas mãos e murmurou um leve *humm* até suas mãos começarem a tremer e as lágrimas escorrerem nos traços de seu sorriso.

Tinha levado presentes — um pião para mim e um jogo de montar para Henry. E me segurou no colo até minhas asas provocarem cócegas em seu queixo.

Antes de sair, pegou na mão de Viviane e sussurrou:

— Você não deveria ter que fazer isso sozinha.

Beatrix Griffith nem sempre foi uma mulher tranquila. Costumava ser engraçada — até mesmo animada — e foi votada como a Menina Mais Interessante na turma do último ano da escola. Era a garota que distraía a equipe de futebol adversária com sua sagacidade enquanto os colegas de classe roubavam a mascote do time. Foi a primeira garota na vizinhança a usar um elegante corte curto, convencendo depois as amigas a fazerem o mesmo assim que sentiu a vibração do ar do outono nas orelhas. Quando John Griffith apareceu em sua vida, os olhos azuis e a mandíbula firme dele deixaram-na com os joelhos bambos e suas amigas notaram uma mudança na divertida e amorosa Beatrix. Em pouco tempo, esperar em casa por uma ligação de John era mais importante do que participar da partida que aconteceria na casa. "O que eu diria a ele se o jogo atrasasse?", ela se preocupava, os dedos inquietos de ansiedade.

John — filho de um fracassado vendedor de carpetes — trabalhava como entregador em uma lavanderia. Os envolvimentos ilegais eram meros rumores, sussurros velados que o seguiam por toda parte como um mosquito ardiloso em uma quente noite de verão. As pessoas viam ainda menos Beatrix depois que ela e John se casaram. Quando suas amigas a convidavam para um chá, ela sempre arrumava uma desculpa para não ir, uma razão para voltar imediatamente para dentro de casa. Tinha de preparar o jantar — John gostava de fazer sua refeição pontualmente às seis. Tinha de limpar a casa — John gostava de chegar e encontrar o chão recém-encerado, a banheira recém-polida. Mais importante de tudo, tinha de conceber uma criança — e John queria um filho homem.

As amigas de Beatrix pararam de convidá-la logo após o nascimento de Jack. Para quê? A animada Beatrix que conheceram um dia havia desaparecido muito tempo atrás. Talvez esse fosse o motivo pelo qual, anos depois, ninguém notou quando ela desapareceu de vez. Nem seus vizinhos, nem suas antigas amigas e nem mesmo Emilienne, que estava muito ocupada tentando administrar uma padaria para perceber que Beatrix Griffith não passava mais pelo local para comprar três fatias de pão por semana.

O próprio marido de Beatrix talvez não tivesse percebido que ela sumira se não tivesse chegado em casa às seis e descoberto que seu jantar não estava à sua espera na mesa.

— Que droga, Beatrix! — ele gritou. — Mas o que está acontecendo?

Isso foi quando ele percebeu que todos os pertences de sua esposa haviam desaparecido — um lado do quarto deles estava vazio e sem mobília. Era como se ela nunca tivesse morado ali, como se John tivesse passado os últimos vinte e três anos vivendo meramente uma meia-vida. Ele gritou o nome dela outra vez e ficou surpreso ao perceber a facilidade com que sua potente voz preenchia o cômodo.

Em todos aqueles anos de casamento, Beatrix Griffith nunca imaginou algum dia que seu marido fosse um homem controlador. Talvez isso tenha passado em sua cabeça uma ou duas vezes, mas ela sempre pensara que a liberdade era um sacrifício feito por amor. E era por isso que ela nem piscou quando, na noite de seu casamento, seu novo marido inspecionara de perto os lençóis nupciais em busca do sangue virginal. Ou quando ele jogara suas refeições cuidadosamente planejadas para os cachorros, na ocasião em que a carne não estava a seu gosto. Não, Beatrix nunca considerara seu marido um homem controlador até ouvi-lo mandando seu filho, Jack, terminar o relacionamento com Viviane Lavender. Na sequência, quando estavam sozinhos, Beatrix respirou fundo e disse:

— Você não deveria ter sido tão duro com ele, querido. Ele está apaixonado por ela.

John olhou para a esposa admirado, chocado por descobrir que ela ainda tinha voz, e disse:

— Que tipo de homem se apaixona?

Após uma refeição insuficiente de aperitivo de salsichas enlatadas e uma lata de pêssegos em conserva que encontrara no porão, John Griffith foi dormir no quarto meio vazio. Naquela noite, sonhou que poderia voar. Sonhou com o beijo sussurrante das nuvens, frias e úmidas em sua bochecha, enquanto ele se elevava até o céu noturno e as ruas abaixo iam se esvaindo na escuridão.

Mas esse não era o sonho dele. Era o de sua esposa.

Na manhã seguinte, John Griffith despertou sentindo-se pesado e frágil, como se no sono tivesse engolido um punhado de grandes pedras e não tivesse mais força para carregar seu próprio peso. Ninguém na Pinnacle Lane jamais voltou a ver Beatrix Griffith, nem mesmo John, mas ele sabia que ela ainda estava ali, que ela não tinha simplesmente desaparecido em uma pequena pilha de cinzas azuis que ele um dia encontraria entre os lençóis de sua cama. Sabia porque, a cada noite depois do sumiço de sua esposa, compartilhava os sonhos dela — sonhos com enormes bandos de pelicanos, canecas de chocolate quente e mãos fortes de homens estrangeiros.

Minha mãe não queria se apaixonar por seus estranhos filhos. Ela estava certa de que não tinha espaço suficiente em seu coração para ninguém mais além de Jack.

Mas estava enganada.

Para nossa sorte, Viviane descobriu que ser mãe tornava-se cada vez mais agradável com o passar do tempo. Estava impressionada com a facilidade: aprender que picolés poderiam ser feitos com suco de laranja, palitos de dente e uma bandeja de gelo; a ouvir os barulhos de um quarto de criança mesmo em meio a um sono profundo; quando um cotovelo arranhado precisasse de um beijo ou de uma faixa. Mais do que isso, ela aprendeu a se preocupar. Ela, que sempre tinha pensado que a única companhia do amor era a tristeza, aprendeu que a preocupação andava de mãos dadas com o amor.

Em nosso terceiro aniversário, Henry ainda não havia exprimido nenhum som. Nem um pio, nem uma lamúria, nem um grunhido, um gemido ou um suspiro. Alcançou outros estágios de desenvolvimento sem quaisquer dificuldades óbvias. Assim como aconteceu comigo, seu primeiro dente nasceu com doze semanas; conseguiu ficar de pé sem ajuda em nosso primeiro aniversário e começou a andar cerca de dois meses mais tarde. O fato de se mostrar silencioso enquanto fazia essas coisas não incomodava tanto nossa mãe; pelo menos era o que ela dizia. E talvez ele não fosse do tipo que deveria sorrir. Ou se comover, aliás. E, quando olhava para o espaço com tal deslumbramento que Viviane não conseguia chamar sua atenção, mesmo quando batia a chaleira da cozinha contra um pote preto de ferro, bem, isso também não significava necessariamente alguma coisa.

Os médicos, é claro, tinham suas teorias, prescrições e terminologias para Henry. Tinham seus diagnósticos contraditórios, remédios e recomendações.

Nossa mãe tinha suas próprias ideias. Colocava as tigelas de porcelana no quintal e Henry era banhado com a água acumulada todas as noites por oito meses, pois ela tinha ouvido que alguns bebês que eram banhados com as águas da chuva falavam mais cedo do que os outros. Embora isso não tenha aumentado as habilidades verbais dele, após um tempo Viviane notou que a pele de Henry agora compartilhava permanentemente o revigorante cheiro úmido da chuva de Seattle.

Nossa avó estava convencida de que Henry havia meramente nascido fluente em outra língua que não o inglês. Ela falava com ele no francês e no italiano que ainda se recordava de sua vida anterior. Foi o máximo de atenção que Emilienne já deu a qualquer um de nós dois, que, por nossa vez, éramos muito mais Roux do que Viviane já havia sido até então. Talvez esse fosse o problema. Talvez minhas penas fizessem Emilienne se lembrar dos dias em que as penas de canário se acumulavam nos cantos de um apartamento em Manhattan; talvez a falta de habilidade oral de Henry a lembrasse das três figuras transparentes e silenciosas que ainda perduravam nas sombras.

Quando alcançamos a idade em que a maioria das crianças costuma começar a ler, Viviane passou secretamente suas noites implorando aos céus que dessem a Henry alguma forma de linguagem, algum sinal para que ela soubesse que estava fazendo um bom trabalho, alguma forma de melhorar isso. Ela lia para ele antes de ir para cama e ficava obcecada com a maneira atenciosa como Henry ouvia a história. Contratou um especialista para ir até a casa e trabalhar com Henry. Ainda assim, Henry não demonstrou nenhum sinal de que conhecia os números ou letras, a diferença das palavras *oi* e *não* ou de que sabia o que o especialista queria dizer quando erguia um cartão com palavras escritas e dizia:

— Isto é uma casa. Você consegue apontar para a figura da casa, Henry?

Todos acabaram perdendo as esperanças no final das contas. Nossa avó falava com Henry de forma menos intencional, usando o murmúrio meio francês, meio inglês com o qual costumava falar sozinha. Nossa mãe continuou a ler para nós todas as noites, geralmente livros que Gabe trazia da biblioteca para casa — livros sobre carpintaria ou a envergadura das asas do quivi pardo do sul e de outras aves que não podiam voar. E Henry ainda era banhado, é claro, mas nas águas que corriam da torneira do banheiro e com sabonete vegetal para combater seu cheiro de chuva fresca. Viviane acabou aceitando que Henry era diferente do resto. Assim como eu era.

Nossa mãe resolveu que o melhor lugar para seus estranhos filhos ficarem era dentro dos limites de nossa casa e da colina. Minha primeira infância foi passada entre os rostos familiares de minha família: minha mãe, animada e sorridente, com uma pontada de tristeza escondida no canto da boca; minha avó, carrancuda mas bela, com a dor de seu passado evidente em traços ao redor de seus olhos. Estavam presentes também Wilhelmina Dovewolf, Gabe, o bondoso gigante, e Henry, minha metade muda e sem asas.

Alguns gêmeos têm sua própria linguagem, sua própria "língua". Existem relatos de gêmeos que compartilham os mesmos sonhos, que sentem dor quando o outro está machucado. Houve até o caso de gêmeos que morreram ao mesmo tempo, no mesmo minuto. Nunca experimentei tal ligação com Henry. Meu irmão vivia sempre em seu próprio mundo — um mundo que mesmo eu, em minha forma sagrada, transformada, era incapaz de visitar. A sensação era a de que Henry tinha nascido meu gêmeo apenas para me lembrar de meu constante e próprio estado de isolamento. Quando descobrimos o quanto a ligação entre Henry e eu era realmente forte, era quase tarde demais.

E lá estava ele de novo. O *destino*. Quando criança, essa palavra costumava ser minha única companhia. Sussurrava para mim dos cantos escuros durante as solitárias noites; era a canção dos pássaros na primavera e o chamado do vento através dos galhos descobertos em uma fria tarde de inverno. O *destino*: tanto minha aflição quanto meu conforto; meu companheiro e meu viveiro.

Antes de eu completar cinco anos, os religiosos pararam de prestar homenagens aos bandos para mim na parte de baixo da

Pinnacle Lane. No final, poucos se lembravam das referências no jornal local ao *Anjo Vivo*. Mas o que isso significava? Meu isolamento valia pela segurança? Isso fez minha mãe refletir se eu me sentia solitária. Ou entediada. O que pode ter sido a razão pela qual Gabe decidiu me ensinar a voar.

Gabe passava os dias de folga em uma oficina que construíra atrás de casa, tentando com frequência construir um par de asas com a mesma envergadura e contorno das minhas. Analisava os pássaros — aqueles em nosso quintal dos fundos e aqueles nos livros que pegava emprestado da biblioteca da escola infantil. Media minhas asas e meu crescimento rápido, além de pedir para Viviane que recolhesse minhas penas perdidas para que pudesse examiná-las mais de perto.

— Você acha mesmo que ela precisa voar? — Viviane perguntou a Gabe numa madrugada.

Os dois estavam sentados na sala, Viviane na poltrona do outro lado do cravo e Gabe no divã ao lado da janela. Um de nossos gatos estava sentado no colo de Viviane. Um fogo estalava baixo na chaminé de pedras arredondadas e a luz suave fazia os cabelos de Viviane brilharem em tom avermelhado.

Agora com vinte e cinco anos, Viviane mantinha a aparência jovem ao conservar os cabelos compridos e aplicar creme frio nas bochechas com o mesmo empenho que costumava alisar minhas penas. Nunca voltou a ter o hábito de calçar sapatos. Não que houvesse alguma razão para isso. Minha mãe não saía da colina em Pinnacle Lane desde o dia em que nos levara do hospital para casa. Quando se permitia refletir sobre o motivo, percebia que ainda estava esperando. Esperando Jack voltar para ela.

Lançou um olhar furtivo para Gabe, cuja própria contemplação estava perdida nas chamas do fogo. Não que ela não achasse Gabe bonito. Ela achava. Às vezes, pegava-se observá-lo —

a facilidade em seu domínio quando pegava uma tigela do armário ou o movimento de seus músculos nos antebraços quando lixava a perna arqueada de uma cadeira de balanço —, imaginando como seria a sensação das mãos dele na pele dela, a força por detrás delas quando a erguia pela cintura. Mas, antes que se perdesse de vez em seu devaneio, lembrava-se de Jack e o mundo voltava desmoronar novamente.

— Não é que ela tenha demonstrado qualquer interesse nisso — Viviane disse. Era verdade; assim que aprendi a amarrar as fitas que ela costurava nas partes de trás de todas as minhas roupas e descobri que era mais confortável dormir com a ponta de uma asa cobrindo meu nariz e aprendi a abrir minhas asas com tanta força a ponto de conseguir derrubar uma vela do outro lado do quarto, percebi que tinha domínio completo de tudo que envolvesse meu par de asas. Mas que eu pudesse voar nunca passou pela minha cabeça.

— Talvez ainda não. Mas, quando ela demonstrar interesse, estarei pronto. — disse Gabe. Ele tinha concluído havia algum tempo que o que os filhos de Viviane precisavam era de um pai. Tinha receio de nos decepcionar. Se o mundo que Gabe conhecia não estava preparado para uma beleza romena com sangue real, de que forma trataria uma criança com asas? Ou outra que preferia ser deixada em paz, incapaz de tolerar um abraço ou um beijo? O problema era que ele não sabia o que fazer para agir como pai. Não era o fato de ele mesmo não ter tido um pai. Em vez disso, improvisou a boa paternidade ao enfaixar asas feitas a mão em suas costas e ao mergulhar involuntariamente do telhado até sua oficina. Gabe ainda tinha de decidir o que fazer com Henry.

— Além do mais, por que ela teria asas se não fosse para voar? — completou.

Minha mãe não tinha uma resposta para isso.

Eu via Gabe e suas tentativas de voar do modo que uma criança sem perna pode ver um pai esperançoso, mas desorientado, comprar uma casa cheia de degraus. Após um tempo, quando me desejava bom-dia, não parecia que estava *me* cumprimentando, mas sim cumprimentando um gigante par de asas; não havia uma menina, somente penas.

Em 1952, a Pinnacle Lane, assim como o resto do mundo, tinha passado por algumas mudanças. Dois anos antes a família Cooper construíra uma casa ao lado da nossa. O pai, Zeb Cooper, era um irlandês ruivo com uma barba grossa e crespa, uma passada comprida e ameaçadora e uma atitude tranquila. Sua esposa, Penelope, era uma loira jovial que rapidamente foi contratada por minha avó para ajudar na padaria. Eles tinham dois filhos: um menino, Rowe, que era silencioso, mas não tanto como Henry, e uma menina, Cardigan, que não tinha problema em declarar sua idade (oito) e o número de meses (onze) até o seu próximo aniversário a qualquer um que conhecia.

Cardigan Cooper foi minha primeira e única amiga por muitos anos.

Ficamos tão amigas assim no dia em que Cardigan me espiou sobre a cerca, onde eu estava fazendo tortas de lama em nosso quintal, e perguntou:

— Você é um pássaro, um anjo ou o quê?

Dei de ombros. Não sabia bem responder a uma pergunta dessas, não porque não tivesse pensado a respeito, mas porque ainda não tinha a resposta. Eu certamente não era um pássaro, até onde sabia. Mas, ao mesmo tempo, não poderia dizer que era humana. O que significava ser humana, aliás? Eu sabia que era diferente, mas isso não me fazia tão humana quanto qualquer um...

Ou será que eu era *outra coisa*? Eu não sabia. E, com apenas oito anos de idade, não tinha tempo, energia ou capacidade mental para formular uma resposta mais adequada do que "Acho que sou só uma menina". E foi o que eu disse.

— Bem, você definitivamente não é um pássaro — Cardigan reagiu. — Os pássaros não têm nariz e eles não têm mãos ou orelhas e nem nada parecido com isso. Então acho que você é só uma menina. Quer que eu vá até aí brincar com você ou o quê?

Acenei com a cabeça. Cardigan pulou a cerca e nós duas inspecionamos uma à outra timidamente.

— Deixe eu ver você voar, então — ela exigiu.

Balancei a cabeça.

— Por que não? Nunca tentou?

Eu nunca havia tentado. E provavelmente foi assim que minha nova amiga, mais do que depressa, me convenceu a subir na cerejeira do quintal. Ora, por que eu não tinha tentado? Lembro-me de ficar precariamente de pé em um galho, da forma como o galho balançou e arqueou com o meu peso. Lembro-me de olhar para baixo, na direção da cabeça loira de Cardigan e do rosto esperançoso dela enquanto gritava "Você não vai pular?"

Fechei os olhos, esperando tanto voar quanto cair e igualmente apavorada com ambas as opções. Pulei. E rapidamente aterrissei, levemente ferida, um pouco de sangue, no chão.

Cardigan ficou me espiando.

— Hum. Bem, você definitivamente não sabe voar. Acho que você realmente é só uma menina.

Assustei-me quando vi a poça de sangue em meu joelho arranhado.

— Como você sabe que eu não sou um anjo? — perguntei.

— Ah. Isso é fácil — Cardigan tocou de leve uma das minhas penas pardas. — Os anjos têm asas brancas.

Eu considerava minhas asas do jeito que alguém poderia considerar um pé torto — uma imperfeição que não tinha utilidade aparente e que tornava impossível caminhar pela rua sem atrair os olhares das crianças pequenas. E era por isso que eu raramente relutava contra a decisão de minha mãe de nos manter enclausurados dentro de casa no final da Pinnacle Lane. Era mais seguro para nós estar ali. Os perigos espreitam em todos os cantos para os estranhos. E, com meus apêndices emplumados, a língua muda de Henry e o coração partido de minha mãe, o que mais éramos senão estranhos? Abrigados sob o manto da reputação de minha avó, eu, minha mãe e meu irmão continuamos na colina e nenhum de nós estava ávido por abrir a porta e escapar. Dois de nós nem sequer tentaram.

Mas eu tentei.

As crianças da vizinhança na colina costumavam se reunir após o jantar para brincar uma rodada de esconde-esconde, ou alguma outra brincadeira maluca que deixasse todos sem fôlego — até mesmo eu, com meu rostinho na janela, assistindo-os brincar do alto ponto de observação da colina no final da Pinnacle Lane. Ali estavam Cardigan, é claro, e seu irmão mais velho, Rowe, além de Jeremiah Flannery, filho de Mart Flannery, que não era particularmente agradável, mas morava na Pinnacle Lane e, por isso, tinha tudo o que era exigido de um companheiro de jogo: disponibilidade.

Foi enquanto brincava em uma dessas ocasiões que Cardigan encontrou um pássaro machucado. Ele estava esparramado no chão ao longo da extensão do quintal que separava nossa casa da casa de nossa vizinha, Marigold Pie. A ave era um estorninho. As asas estavam esvoaçando e a cabeça estava vermelha, muito provavelmente com sangue, mas como ela podia ter certeza disso? Será que o sangue dos pássaros também era vermelho, como o das pessoas?

Jeremiah Flannery aproximou-se de Cardigan. Olhou para baixo, na direção do pássaro, e ergueu a bota. Todos ouvimos o estalar repugnante da asa da ave quando ele pisou. E todos ouvimos Jeremiah gemer por causa da joelhada que Cardigan deu em sua virilha, uma violenta pernada que deixou o jovem testículo esquerdo de Jeremiah deformado. Jerry — como foi chamado mais tarde — atribuiria depois a incapacidade de fecundar sua esposa a esse acidente.

Horas mais tarde, após as outras crianças voltarem para jantar e tomarem seus banhos noturnos em casa, saí escondida pela janela e subi na velha cerejeira que fora plantada muito perto da casa. Com uma pá que peguei do jardim, tirei o pássaro que berrava em sua angústia final e o levei de volta para a colina, soluçando. Não seria a primeira vez em que eu me relacionaria com pássaros que não conseguem voar.

John Griffith compartilhou os alienados sonhos de sua esposa pelo resto de sua vida — devaneios noturnos com ursos polares em praias de areia preta, espinhosos pedaços de frutas exóticas e minúsculas xícaras de porcelana. Ele temia dormir e tinha pavor do anoitecer como uma criança com medo do que pode estar à espreita nas sombras. Os remédios para insônia — aquelas pequenas pílulas brancas escondidas no armário do banheiro de tantas boas donas de casa dos anos 1950 — não faziam nada além de deixar os movimentos dos ursos polares em câmera lenta.

Aquela insônia teve um sério efeito no aparentemente indestrutível John Griffith. Primeiro, ele engordou — alguns quilos a mais, que dificultavam um pouco na hora de prender o cinto na calça. Depois, de forma igualmente repentina, perdeu o peso que ganhou e mais nove quilos. Seu rosto ficou pálido. Despertou certa manhã e encontrou todos os cabelos de sua cabeça em um montículo sobre o travesseiro. Sua visão e audição estavam piorando. Não conseguia se concentrar nas coisas como antes. As palavras pareciam derreter em seus lábios no meio de uma conversa.

A minúscula casa atrás da padaria virou uma bagunça, assim como John Griffith, que agora passava todos os seus dias vestindo um velho roupão de banho e um par de sapatilhas felpudas, que sem dúvida um dia pertenceram a sua esposa.

Então, em uma rara manhã ensolarada de fevereiro — apenas duas semanas antes de Henry e eu comemorarmos nosso décimo aniversário —, John Griffith foi até a padaria.

Minha avó estava ocupada escrevendo o especial do dia — mil-folhas — no quadro-negro atrás do balcão, Penelope estava dando os retoques finais em uma caixa de bombas de chocolate para uma das irmãs Moss. Ao ouvir o som dos sinos na porta, Penelope olhou para cima, pronta para gritar um animado *Só um minuto!* Mas, quando viu John Griffith apertando o surrado roupão de banho na altura do peito, com os chinelos da mulher nos pés, só conseguiu bater de leve no ombro de Emilienne.

Emilienne levou um minuto para reconhecer o outrora formidável John Griffith. Quando o reconheceu, só conseguiu arregalar os olhos, assustada, enquanto ele arrastava os pés em seu estabelecimento, pressionava o nariz sobre o balcão e assoprava contra o vidro. Quando se inclinou para trás para admirar sua obra, olhou para cima e viu Emilienne Lavender olhando-o fixamente de volta.

— Tudo o que eu sempre quis — ele sussurrou.

Emilienne levou a mão até a garganta. Olhou de relance para Penelope e, em seguida, de volta para o homem em pé diante dela.

— Me desculpe — ela se afogou. — Como é?

— Tudo o que eu sempre quis em toda a minha droga de vida — ele disse, batendo os punhos contra o balcão à sua frente. Nervosa, a irmã Moss começou a comer uma de suas bombas. John apontou um dedo trêmulo para Emilienne. — Você — ele concluiu, antes de sair.

Pelo menos dessa vez minha avó não tinha nada a dizer.

Foi Penelope quem balbuciou:

— Aquele pobre homem precisa de ajuda...

E a irmã Moss acenou com a cabeça, concordando.

Demorou algumas semanas após o incidente na padaria para que a ajuda batesse à porta de John Griffith. Essa ajuda levava consigo um diploma emoldurado do Whitman College; uma leve contração que desenvolvera no olho direito; a esposa, Laura Lovelorn; e o dinheiro da esposa — tudo pronto para provar como poderia ser útil.

Alguns comentavam que era estranho ver aquela versão adulta de Jack Griffith assumir os negócios do pai, transformar a agora precária casa em algo bem mais impressionante do que já foi um dia. A vizinhança observou, paralisada, a cozinha da casa ser preenchida com aparelhos domésticos de última geração: uma torradeira e uma cafeteira cromadas, uma lava-louças e um conjunto de Tupperwares recém-adquirido. Uma mesa de jantar de fórmica com cadeiras cromadas de vinil e um refrigerador GE amarelo da cor do sol. A sala de estar tinha um sofá Dunbar e cadeiras de bambu, um relógio de raios de sol e um quadro original supostamente de Jackson Pollock. As paredes da casa foram pintadas com tons populares de rosa, verde-limão e azul-claro; os quartos, decorados com cães que acenam com a cabeça, feitos de cerâmica, baldes de gelo cor de abacaxi e um cinzeiro no formato de um casal de *poodles* cor-de-rosa. Jack mandou construir nos fundos da casa uma sala de estar completa com revestimento de madeira e carpete de ponta a ponta. Uma piscina em formato de rim foi escavada no fundo do quintal, contemplada por uma estátua taitiana de olhar zangado; um bar com teto de palha estava repleto de rum amargo e conhaque *mai tais* e *mojitos*. Havia uma nova máquina de lavar e uma secadora, além de uma arrumadeira para utilizá-los. E na garagem anexa ficava estacionado um Cadillac Eldorado novinho, o maior do mercado, com suas extravagantes barbatanas, lâmpadas traseiras em formato de bala e grandes pneus pretos e brancos.

Isso não é para dizer que Jack e sua esposa usaram unicamente a herança dela para propósitos egoístas. Longe disso. Afinal de contas, Laura Lovelorn era uma boa mulher e os homens são sempre influenciados por boas mulheres. Então, após as reformas da casa serem pagas, Jack pagou por várias e caras terapias de choques elétricos para seu pai. Então, fez várias e generosas doações para as entidades de caridade locais. Ele e sua esposa davam festas extravagantes pelo menos três vezes por ano para os vizinhos e os membros influentes da comunidade. E, quando internou o instável pai no mesmo hospital psiquiátrico que, acreditava-se, tinha acolhido Fátima Inês, ficou muito claro que Jack Griffith havia finalmente saído de trás da sombra do pai. Era Jack, e não John, quem agora estava centrado na luz da lâmpada de teto com vidro rosa congelado pendurada no meio da entrada da casa.

Quando se compreendeu que Jack Griffith estava de volta para ficar, muitos de seus vizinhos começaram a imaginar quando ele encontraria o caminho da Pinnacle Lane. Porém, depois de um tempo, pararam de imaginar. E minha mãe, que ainda não tinha saído de casa desde o nosso nascimento, não fazia ideia de que Jack havia retornado — afinal de contas, quem poderia lhe contar? Emilienne certamente não. Ela começou a fumar charutos, talvez na esperança de que o pesado cheiro do tabaco pudesse encobrir o inconfundível perfume de sabonete e cera para carro que Jack usava — só na hipótese de tal perfume encontrar seu caminho até o sensível nariz de Viviane. E Gabe? Gabe estava muito ocupado reprimindo a ânsia de andar por aquela impressionante entrada para carros e dar um soco na cara de Jack para sequer pensar em mencionar a volta dele para Viviane.

Eu, é claro, não fazia ideia do que implicava pessoalmente a chegada de Jack Griffith, sobre o qual eu ficara sabendo através de Cardigan. Mas definitivamente havia uma mudança no ar — e não era a causada pela fumaça do charuto de minha avó.

Cardigan e eu costumávamos brincar de "rato dedo-duro", brincadeira na qual recitávamos os nomes de alguns homens do bairro que pensávamos ser infames o bastante para deixar minha mãe criar dois filhos sozinha. Nosso favorito era Amos Fields, que tinha, na verdade, a idade de minha avó e era um homem arruinado desde a morte de seu filho, Dinky, na guerra.

— Talvez sua mãe estivesse tentando confortá-lo — Cardigan sugeriu.

Acenei com a cabeça. Talvez.

Secretamente, sempre supus que Gabe fosse nosso pai. Afinal de contas, ele vivia em nossa casa desde antes de nascermos, mesmo depois de ter feito seu nome como carpinteiro e passar a ter condições de bancar muito mais do que um simples quarto com um banheiro compartilhado no corredor.

Por que outro motivo ele teria permanecido por tanto tempo?

Capítulo 11

HENRY FOI LIBERTADO DO sistema protetor de minha mãe na colina apenas alguns meses depois que fizemos treze anos. Treze anos. Eu costumava pensar se minha mãe tinha verdadeiramente as melhores intenções no coração para conosco ou para consigo mesma quando nos impôs esse estilo de vida. Apesar de tudo, foi Gabe, nosso simpático gigante, quem a convenceu a, enfim, deixar Henry sair da colina.

Gabe e Henry formavam uma dupla e tanto dirigindo pela cidade a velha caminhonete Chevy — Gabe com seus compridos membros dobrados desconfortavelmente dentro da boleia e Henry no banco do passageiro, afagando ritmicamente as orelhas com as mãos, como era de costume.

Voltando para casa de um passeio, Gabe olhou para Henry, que estava sentado no estofado rasgado desenhando em um grosso bloco de papéis com giz de cera. Os desenhos de Henry mal lembravam os círculos rabiscados e os quadrados oblongos típicos das criações que ele havia feito no dia anterior. Gabe parou na entrada de carros e se inclinou na direção de Henry. Tomando cuidado para não tocá-lo, perguntou:

— O que você desenhou aí, Henry?

Henry ergueu a cabeça e jogou o bloco de papéis e os gizes de cera de lado. Sem dizer uma palavra, pulou para fora da caminhonete e subiu correndo os degraus até a casa.

Henry tinha desenhado um mapa completo do bairro, com detalhes das placas das ruas e dos números das casas.

Mais tarde, depois de todos terem dormido, Gabe entrou no quarto de Viviane e deixou o desenho em sua cama.

Minha mãe acendeu o abajur próximo à cabeceira, piscando por causa da luz, e olhou cega, mas fixamente, para o desenho em sua cama.

— O que é isso?

Gabe estava andando pelo quarto.

— Foi o Henry quem faz.

Viviane pegou o desenho e olhou para ele: a casa na colina no topo da Pinnacle Lane, a padaria, a escola, os exatos números das casas e os nomes das ruas, todos terminando no recém-construído posto policial em Phinney Ridge. Viviane balançou a cabeça.

— Ele desenhou isso — Gabe explicou.

— O quê? Não... É impossível — Viviane derrubou o papel no chão.

Gabe pegou o desenho na mão e olhou para Viviane até ela soltar o ar dos pulmões, aparentando estranheza e abatimento.

— Isso é uma coisa boa, Vivi. Agora sabemos que há algo acontecendo dentro dele; só precisamos encontrar uma maneira de alcançar isso.

Viviane inclinou-se na direção do abajur outra vez e apagou a lâmpada, deixando Gabe no escuro e aproveitando-se da luz prateada da lua que brilhava no travesseiro.

— Incrível caligrafia, não acha? — disse finalmente.

— Sim. Incrível.

— Você viu esse "L"? Impressionante. Meus "Ls" certamente não chegam nem perto desse.

— Nem os meus.

Depois, Gabe retirou-se para seu quarto, no piso de baixo. Subiu na cama, e tanto ele quanto Viviane imaginaram que o outro estava adormecido enquanto se preocupavam a noite toda cada um em seu andar.

Gabe despertou antes do amanhecer com o som da cafeteira filtrando no balcão da cozinha. Viviane sofria de uma terrível insônia. Gabe se perguntava se alguém mais sabia desse detalhe, se alguém mais tinha noção de que, enquanto o restante da casa dormia, ela costumava passar as noites olhando fixamente para o céu escuro através da janela da cozinha. E ele frequentemente pensava em se juntar a ela. Talvez pudesse finalmente dizer a coisa certa. Talvez a fizesse rir. E talvez eles pudessem compartilhar uma conversa de verdade, algo bem além do tipo de trocas necessárias entre duas pessoas que compartilham o mesmo espaço: *Você poderia pegar mais leite?* Ou *Não, vá em frente — pode usar o banheiro primeiro.* Talvez, mas Gabe estava disposto a admitir que esse não seria tal dia. Em vez disso, ele tomou um banho rápido e seguiu até o quintal para assistir sozinho ao nascer do sol.

A princípio, Gabe pensou que estivesse olhando para apenas uma das flores brancas baixas da peônia. Isto é, até ver um nariz rosado preso a ela. Atravessou o quintal, pegou a coisinha com a mão em forma de concha e a levou para dentro. Lavou a lama de suas patas na pia da cozinha e o estava acariciando, perplexo, quando Viviane veio do porão carregando uma cesta de roupas recém-lavadas.

— O que é isso? — ela perguntou, interrompendo os passos na pia da cozinha.

— Creio que seja um cachorro.

— Ah.

Com menos de dezoito centímetros de comprimento, o cachorro era apenas um filhote com patas desproporcionais e uma barriga barulhenta. Viviane encheu uma tigela com o creme da parte de cima da garrafa de leite e a pôs no chão. Os dois ficaram observando enquanto o cãozinho engolia gulosamente.

Viviane permaneceu na cozinha com o cão bastante tempo depois de Gabe sair para arrumar um portão quebrado no quintal de Marigold Pie. O animalzinho terminou de comer o creme e deslizou pelo linóleo enquanto farejava os pés do refrigerador.

Anos antes, o último beijo de Jack Griffith tinha cauterizado uma borboleta cor de morango na nuca de Viviane. Somente depois de aplicar uma grande quantidade de óleo de rosas no local é que a marca lentamente foi desbotando até ficar num tom bege escuro que coçava quando ela ficava nervosa. Ela estava coçando nesse local quando ouviu o som de pés se arrastando, vindos do lado de fora da cozinha.

Ela colocou um pedaço de torrada com geleia de laranja na mesa para Henry. Era o habitual café da manhã dele, a única coisa que ele comia pela manhã. Resistiu à vontade de desarrumar o cabelo dele quando ele se sentou.

Enquanto comia, Henry observou o filhote de cachorro subir todo desajeitado na cesta da lavanderia, esfregar a cabeça nas toalhas brancas e limpas de Viviane, suspirar satisfeito e cair em um profundo sono de filhote. Com cautela, Henry levantou-se da mesa. Em seguida, dobrando desajeitadamente as pernas de adolescente, sentou-se ao lado do filhote na cesta de roupas. Esticou o braço, passou um dedo nas costas do cãozinho e circundou um ponto dourado na lateral do corpo. O filhote abriu um olho. Henry fechou um dos seus. E o filhote coçou a orelha. Henry coçou a sua. E bocejou. O filhote bocejou, fazendo um ruído estridente. Isso induziu Henry a cair no chão, onde ficou rindo silenciosamente. Após se recuperar, Henry respirou fundo e declarou:

— *Trouver!*

Ao ouvir isso, Viviane derrubou no chão a tigela que estava segurando. Em meio a estilhaços de porcelana, disse

– Bem, sim.

E, se essa foi uma declaração endereçada a Henry, ao cachorro ou talvez um pouco a ambos, dali em diante o cachorro ficou conhecido como Trouver, palavra francesa que significa "encontrar".

Emilienne não estava totalmente certa ao afirmar que Henry só compreendia um idioma em detrimento do outro; na verdade, ele dava preferência a certas palavras de cada idioma. Por exemplo, preferia que alguém lhe oferecesse ajuda com seus *moufles*, não com suas *luvas*; que fizessem *petit pois*, e não *ervilhas*, para o jantar; e servissem *pamplemousse* em vez de *grapefruit* no almoço. Gostava quando Emilienne usava a palavra *impeccable* em vez de *limpo* e tinha predileção por tigela e colher em vez de garfo, faca ou prato. Gostava de *tronco flutuante*, *bagatela* e *cavernoso* e, mais tarde, viria a odiar a palavra *pubiano,* preferindo *mamelon* a *mamilo.*

Henry continuou a se comunicar de outras formas singulares. Bom era *caramelo*, e ruim era *fumegar.* Ele chamava Gabe de *cedro*, que atribuímos ao cheiro que as mãos dele exalavam após um dia em sua carpintaria. Eu era *pinna*, palavra latina para pena. Nossa mãe, *étoile de mer*, estrela-do-mar em francês. Essa ninguém era capaz de explicar.

Capítulo 12

Aqueles nascidos sob os céus do Noroeste Pacífico são como narcisos silvestres: conseguem atingir a beleza só depois de um longo e frio período em silêncio sob a chuva. Henry, nossa mãe e eu éramos bebês do Noroeste Pacífico. Ao primeiro ruído de gotas de chuva no telhado, uma melancolia reconfortante estabelecia-se na casa. Nós três passávamos os dias escuros e úmidos envolvidos em edredons velhos, sentados e suspirando diante do céu chuvoso.

Viviane, com seu aguçado dom para odores, era capaz de fechar os olhos e saber em que estação estávamos só pelo cheiro da chuva. A chuva de verão cheirava a grama recém-cortada, bocas manchadas de vermelho por suco de frutas vermelhas — mirtilos, framboesas, amoras-pretas. Cheirava a noites tardias passadas apontando para constelações sem o aspecto radiante, roupas recém-lavadas que secavam no varal do lado de fora, churrascos e beijos roubados em um Ford Coupe 1932.

A primeira de muitas chuvas de outono tinha um cheiro defumado de fogueira de acampamento apagada, como se o próprio chão tivesse sido incendiado durante os quentes meses de verão. Cheirava a pilhas queimadas de folhas reunidas, à tosse de uma chaminé recém-restaurada, castanhas assadas, o aroma das mãos de um homem depois de passar horas trabalhando em uma carpintaria.

A chuva de outono não era a favorita de Viviane.

A chuva no inverno cheirava simplesmente a gelo, o ar frio queimando as pontas das orelhas, as bochecha e os cílios. A chuva de inverno era para se esconder em edredons e cobertores, para amarrar cachecóis de lã ao redor do nariz e da boca — a umidade de respirações ásperas fazendo arder os lábios rachados.

A primeira onda de chuva quente da primavera fazia mulheres normalmente respeitáveis tirarem suas meias compridas e correrem por poças de lama ao lado dos filhos. Viviane foi convencida de que isso ocorria devido ao cheiro que a chuva exalava: cheiro de terra, de bulbos de tulipa e de raízes de dália. Cheirava a lama ao longo de um leito fluvial, como se ela abrisse a boca o bastante a ponto de conseguir sentir o gosto dos minerais no ar. Viviane conseguia sentir o calor da chuva contra os dedos quando pressionava o chão com a mão após uma tempestade.

Mas em 1959, no ano em que Henry e eu completamos quinze anos, aquelas chuvas quentes de primavera nunca chegaram. Veio março e nem uma única gota caída do céu. O ar naquele mês exalava um cheiro seco e insípido. Viviane acordava de manhã sem saber bem onde estava ou o que deveria estar fazendo. Era preciso colocar as roupas lavadas no varal? Havia lenha para ser trazida do depósito de madeira e estocada no quintal dos fundos da casa? Até mesmo a natureza parecia confusa. Quando as chuvas não davam as caras, os bulbos de narcisos secavam até virarem poeira em suas jazidas de esterco e solo. As árvores continuavam sem folhas e os esquilos, sem frutos do carvalho para se alimentar, os ninhos ainda por construir, corriam em círculos confusos abaixo dos galhos expostos. A única pessoa que parecia inabalável pelo desaparecimento da chuva era minha avó. Emilienne não era filha do Noroeste Pacífico nem um narciso silvestre. Era mais parecida com uma petúnia. Precisava de água, mas conseguia sobreviver sem poças e pés molhados. Não tinha nenhum desejo de refletir sobre os céus nublados. Para falar a verdade, achava toda a chuva um pouco inconveniente.

No último dia em que havia chovido — um dia aparentemente normal de fevereiro, como se constatou mais tarde —, Emilienne levantou-se, como fazia todas as manhãs, às quatro horas em ponto. Olhou para fora, na direção do céu escuro, úmido, e suspirou. Pegou as botas no vestíbulo e envolveu os cabelos com um gorro para chuva, pensando que aquilo era algo que as senhoras faziam. Por causa da chuva, Emilienne levou mais tempo do que costumava para chegar até a porta da padaria. Wilhelmina já estava esperando quando ela chegou. Penelope também.

Depois da guerra, Emilienne tinha se visto competindo com a crescente disponibilidade de doces pré-embalados — gelatina Royal, massa de tapioca, creme chantili —, sem mencionar a volta do pão em fatias. Desesperada, ela recuperara as receitas francesas de sua *Maman* e substituíra as compotas e os pedaços de carne salgada que tinha vendido durante a Grande Depressão por *mousse au chocolat, feuilletage* e *poire belle-Hélène.* Em 1951, adquiriu uma velha caminhonete Divco que era usada para entrega de leite e pediu para Gabe pintar, com uma letra elaborada, *Padaria da Emilienne* na lateral. Continuou a utilizar o antigo forno a lenha, insistindo que era o tijolo que dava ao pão o seu inconfundível sabor. Ignorou a reclamação de Wilhelmina de que um forno de ferro mais novo não faria diferença alguma. O sucesso da padaria aumentou.

Quando Penelope Cooper foi contratada, era apenas uma jovem mãe com bem pouca experiência em cozinha, mas a padaria precisava de ajuda e ela precisava trabalhar. Depois de tantos anos de trabalho em dupla, demorou um tempo para que as duas mulheres mais velhas se acostumassem com a nova equipe de três. Com o tempo, as três eram capazes de realizar as tarefas matutinas perfeitamente; sem palavras ou até mesmo gestos, sabiam o que era preciso fazer. Contratar Penelope Cooper também provou ser uma sábia decisão comercial. Nenhum homem que passasse perto da padaria era capaz de resistir a uma dose diária do contagiante sorriso de uma loira. Quando compravam uma caixa de bombas de chocolate para suas esposas, fantasiavam lamber o creme do doce de entre os adoráveis peitos de Penelope, alimentar-se de cada pedacinho do doce.

Após tirar a água das botas no último dia chuvoso de fevereiro de 1959, Emilienne foi até os fundos para enrolar pães de queijo e unir a massa do brioche, modelar as fatias de levedura e as baguetes. Penelope misturava a massa para os pãezinhos de minuto e para os pães integrais. Às sete da manhã, os especiais do dia estavam escritos no quadro-negro atrás do balcão, as manchas haviam sido limpas das janelas e as primeiras fatias do dia cresciam nas fôrmas de pão. Com uma lâmina de barbear, Emilienne cortava cada uma, ouvindo o suspiro que fazia a cada corte, como se o pão tivesse prendendo o fôlego. Deslizava as fatias dentro do forno, depois borrifava os tijolos quentes do forno com água para criar o vapor que ajudava a formar a casca perfeita em cada fatia.

Assim que as cestas da vitrine eram enfileiradas com guardanapos, e os pães e os doces eram postos à venda, Emilienne deixava Penelope cuidar do balcão da frente e se juntava nos fundos a Wilhelmina, que estava ocupada preparando *le dessert du jour*. Wilhelmina retirava uma peneira de farinha, um recipiente de mistura e uma fôrma de pão. Rapidamente batia a mistura para moldar um bolo de chocolate, despejava-a na fôrma e a colocava no forno, onde a assava até a perfeição; a faca sairia limpa do primeiro corte.

O segredo para um bom bolo de chocolate não tinha nada que ver com o bolo em si. Não, o segredo estava no glacê, e a cobertura de caramelo era a especialidade de Emilienne. Era o creme que poderia deixar o bolo muito pesado ou muito fino. Com a quantidade certa de creme, ela conseguia deixar a cobertura tão tentadora, tão divinamente rica e doce que fazia as pessoas gargalharem apenas provando uma pontinha de dedo.

No último dia da chuva, enquanto o bolo de chocolate estava assando, Emilienne estava despejando o creme para a cobertura de caramelo com uma mão e mexendo com a outra quando ouviu o barulho dos sinos na porta. Marigold Pie tinha entrado na padaria para uma de suas regulares e penitentes visitas.

Devota da igreja luterana, Marigold Pie era sempre a primeira a, por educação, dar as boas-vindas aos novos vizinhos. Quando os Lavender se mudaram para a Pinnacle Lane (antes de os sussurros de *bruxa* perseguirem minha avó aonde quer que ela fosse), foi a prática Marigold Pie quem ajudou a jovem esposa do padeiro a se livrar das formigas-de-fogo na despensa e a tirar o ninho de vespas dos beirais do terraço. Na igreja, Marigold lia em sua Bíblia com capa de couro vermelho passagens das Escrituras toda semana e, por mais tempo do que alguém pudesse se recordar, ela era a responsável pelas aulas de Crisma. Prestativa e competente, mas sem fama de ser agradável, opunha-se ao casamento inter-religioso, a manchas de café em luvas brancas e a qualquer forma de apetite, fosse relacionado à comida ou não. Seus colegas de paróquia costumavam brincar que Marigold dormia em uma posição que vagamente imitava a Crucificação. E eles tinham razão.

Na noite anterior à de seu casamento, uma jovem Marigold enfeitou meticulosamente as roupas de cama nupciais com minúsculos e indecifráveis pombos e cordeiros na esperança de evocar Ines del Campo, santa católica dos casais de noivos, da pureza corpórea e das vítimas de estupro. Mantinha intimidade com o marido apenas usando aquela roupa de cama, revelando-lhe somente as partes do corpo necessárias para tal ato. Eles nunca tiveram nenhum filho.

Após a morte de seu marido, Marigold vivia à base de uma dieta de farinha de aveia, que ela comia crua, e copos grandes de leite desnatado. Nunca lambia a colher depois de fazer biscoitos nem mergulhava o dedo na cobertura de um bolo de aniversário de criança. Pesava espantosos trinta e quatro quilos. Comprava roupas para si no departamento infantil do Bon Marché do centro da cidade e enchia os sapatos com pedrinhas nos dias de muito vento, para dar peso.

Emilienne refletia sobre sua própria forma. Sempre fora alta e pensava que crescera de forma harmoniosa com sua idade. Seu queixo, que era pontudo, havia desenvolvido uma leve curvatura e seus braços tornaram-se delicados e macios, o que ela mantinha facilmente com eventuais *kanelbulles* ou biscoitos de açúcar. Não trocaria seu envelhecimento por nada, especialmente pelos seios de Marigold, que pareciam bolinhos de chá.

Minha avó achava muito divertidos os efeitos que as sobremesas tinham sobre sua vizinha. A possibilidade de provocar Marigold Pie a perder o controle levava Emilienne a criar doces ainda mais fantásticos para o cardápio da padaria: *crème brûlée* caramelizado, mil-folhas, *tartes tatins* de maçã. Era uma espécie de hábito pervertido — ao qual ela deveria ter dado fim havia anos.

Naquele último dia em que choveu, Marigold entrou apressada no estabelecimento, como de costume, para farejar as bandejas de madalenas em formato de concha, *palmiers* esmaltados e quadrados pequenos de *cheesecake*, um teste para seu autocontrole. Emilienne, ainda mexendo na tigela de cobertura, observou dos fundos enquanto sua vizinha franzia a testa para os melados montículos de *kanelbulles*, desafiava as ondas cremosas sobre a torta merengue de limão e olhava com cara feia para o prato de *petits fours glacés*. Sempre entre os preferidos dos fregueses, cada bolinho era coberto com um bombom mole nas cores verde, rosa ou amarelo e levava uma rosa ou outro adorno açucarado no topo, dando a aparência de um presente de aniversário meigo e saboroso.

Antes que sua vizinha tivesse a chance de contestar, Emilienne foi até a frente da padaria e enfiou a colher cheia de cobertura na boca de Marigold.

Poucas pessoas conheciam essa sensação: ceder a um desejo havia muito negado para finalmente ter um sabor do proibido. Após engolir aquele bocado de cobertura, Marigold saiu cambaleando do estabelecimento. Esqueceu o guarda-chuva num canto, mas chegou em casa completamente seca mesmo assim. Embriagada, Marigold caminhou diretamente até a cozinha, deixando pegadas de lama no impecável chão de linóleo. Pegou os empoeirados livros de receitas e começou a marcar as páginas de doces que nunca havia se permitido comer. Em seguida, amarrou o avental ao redor da cintura e se preparou para fazer um bolo de coco. Mais tarde, ainda vestindo o avental — agora coberto de pedaços de coco e respingos de extrato de baunilha —, Marigold comeu o bolo: o bolo inteiro, incluindo o resto de cobertura que sobrara na tigela de mistura e nas pontas dos dedos.

Ao longo das semanas seguintes, Marigold Pie tornou-se a melhor cliente de Emilienne. Era a primeira a chegar à padaria todas as manhãs, às vezes até mesmo antes de Emilienne ou Wilhelmina, lambendo os lábios de ansiedade por um pedaço de *mille-feuille*. Raramente voltava para casa sem procurar algo naquela caixa branca, amarrada com fita e contendo tantos doces de dar água na boca. Seus favoritos eram os multicoloridos *macarons*, delicadamente crocantes na parte de fora e molhadinhos e mastigáveis na parte de dentro. Marigold costumava comprar três. O primeiro ela comia na própria padaria, com a parte de cima redonda ainda quente do forno e o aroma de pão subindo até as narinas. O segundo ela guardava para a caminhada de volta para casa, quando lambia o recheio que grudava nos dedos. E o terceiro ela tentava guardar para mais tarde, embora, na maioria das vezes, chegasse em casa com a caixa vazia e um estômago bem cheio.

Ficou claro para todos que Marigold Pie estava mudando. Suas bochechas agora estavam rechonchudas e rosadas. Uma leve circularidade se desenvolveu na altura da barriga e na parte de trás de seus braços. Em uma manhã, ela acordou e descobriu que a aliança que circulava o dedo anular de sua mão direita havia quarenta anos estava muito apertada. Precisou tirar o metal preso no dedo com um alicate. Vestir-se ficou mais trabalhoso, levando em consideração todo o novo peso agregado ao seu traseiro. Os macios montículos de seus peitos pareciam encontrar o caminho para fora mesmo com os vestidos menos decotados. Os homens do bairro agora olhavam com outros olhos para Marigold quando ela passava na rua, e vários garotos se davam conta de que estavam pensando na viúva Pie quando se aliviavam sozinhos à noite — não que algum deles fosse algum dia admitir isso.

Marigold, ao que parecia, não tinha a intenção de parar de comer. No final de abril, já não conseguia mais cruzar as pernas nem amarrar os sapatos. Seus olhos, nariz e boca tornaram-se minúsculos alfinetes em meio a tanta carne, e a parte de cima de seus braços lembrava grossas salsichas vermelhas. Aos domingos já não se via mais Marigold na igreja, empoleirada em seu banco de costume, com as luvas brancas e a Bíblia com capa de couro vermelho. Ela estava bem contente passando os dias na cama, equilibrando pilhas de *macarons* sobre o travesseiro, beliscando um por vez da pilha e os atirando em sua insaciável boca.

Foi quando os vizinhos começaram a se preocupar.

No dia em que a irmã de Marigold, Iris Sorrows, apareceu para saber o que havia alarmado a todos, deu uma olhada na versão inchada de sua irmã e reprimiu um grito curto. Em seguida, chamou seu filho e insistiu que ele fosse passar um tempo com a tia.

— Não se preocupe, querida — ela disse, alisando a mão inchada de Marigold. — Nathaniel certamente pode dar um jeito nisso — ela completou. Então, ela foi preparar um bule de chá, simplesmente para não ter de ficar olhando para Marigold naquele estado.

Iris estava bem confiante de que, se alguém pudesse fazer algo para ajudar a irmã, essa pessoa era seu filho, um jovem muito devoto. Na infância, um simples "olá" de Nathaniel fazia os vizinhos deixarem escapar seus pecados havia muito escondidos ou doarem roupas novas para o abrigo de moradores de rua. Só de vê-lo atravessando a rua com sua mãe, homens adúlteros tornavam-se celibatários e caçadores ávidos passavam a satisfazer seus apetites apenas com receitas vegetarianas.

Iris Sorrows e seu filho moravam na parte falida de Seattle, longe da magistral igreja católica no Pioneer Square. Assim, ela tinha de embalar sanduíches todo domingo de manhã e partir com o filho para a longa caminhada até a Saint James Cathedral. Quando chegavam, sentavam-se nos degraus do lado de fora e comiam os sanduíches antes de se aventurarem na missa do meio-dia. Iris não era católica nem conseguia entender o latim recitado ao longo de toda a cerimônia. Alegava que se sentia confortável no ambiente do local sagrado.

Mas era mentira.

Iris visitava a catedral católica não para acender uma vela a um amado ou para se ajoelhar em oração, mas para ficar de pé, aos pés da Mãe Sagrada, em um canto da igreja. Identificava-se profundamente com a trágica beleza da estátua: os olhos lacrimosos, as palmas abertas, as pregas azuis das saias de Maria. Buscava os olhos de Maria, a Mãe de Deus, para um reconhecimento de si mesma, que via refletida no espelho todo dia e, no final, convenceu-se de que *seu* filho também tinha sido concebido pela semente do Espírito Santo, e não por uma noite de paixão pecaminosa e confusa com um amigo casado e mais velho de seus pais.

Ela batizara Nathaniel quando ele tinha cinco anos. Na época, Nathaniel confundiu a água de batismo com as lágrimas da mãe. Conforme Nathaniel ia crescendo, a crença de Iris de que seu filho tinha sido gerado do mesmo pano de Santo Antônio de Pádua também crescia. Assim, ele garantiu que ele recebesse a melhor educação católica e manteve um diário dos pequenos milagres que ocorriam na presença dele — para a eventualidade de o beatificarem.

Aos vinte e nove anos, Nathaniel Sorrows tinha sido rejeitado por três seminários. Continuava a morar com a mãe e passava tanto os dias quanto as noites lendo a Escritura e se preparando para o trabalho sagrado que sua mãe acreditava firmemente que ele era destinado a fazer. Ele se permitia um intervalo de uma hora no bar da região todas as noites para tomar uma tigela de sopa e comer um punhado de biscoitos salgados.

É preciso ressaltar que Nathaniel não havia se tornado um homem bonito. No entanto, havia algo claramente atraente nele. Alunas de uma faculdade das proximidades eram atraídas até sua mesa não com a mesma intensidade com que poderiam abordar meninos que eram potenciais noivos, mas sim com a determinação de um peão prestes a domesticar seu primeiro cavalo. Acabavam nunca ficando na mesa de Nathaniel por muito tempo. Se fosse qualquer outro homem, elas talvez tivessem entregado a ele o número de seus telefones. Mas, em vez disso, voltavam para seus quartos para jogar fora os anticoncepcionais trancados em seus armários e para ligar para suas avós no telefone comunitário que ficava no corredor.

Quando Nathaniel chegou à casa da tia na Pinnacle Lane, carregando todos os seus pertences em uma minúscula mala de viagem, chegou como um homem que muitos acreditavam nunca ter usado as mãos para apontar os genitais na direção do sanitário, nunca ter olhado para baixo na direção do decote de uma atendente enquanto ela contava o troco, nunca ter ficado zangado com o semáforo e nunca ter desejado mais do que lhe era dado.

Quando Nathaniel Sorrows chegou à casa que ficava no pé da colina da Pinnacle Lane, saiu do táxi e olhou de relance ao redor para a tranquila vizinhança. E o que ele viu, esse homem aparentemente devoto? Ele viu um par de asas manchadas de branco e marrom atrás dos ressecados lilases no jardim da casa ao lado.

E naquele instante uma sensação totalmente nova e desconhecida o fez estremecer por dentro.

Capítulo 13

Se minha mãe mantivesse uma lista de motivos pelos quais me confinava dentro da casa na colina, teria um papel que se estenderia por toda a Pinnacle Lane e chegaria até as águas de Puget Sound. Poderia sufocar a vida marinha; poderia tremular no vento como uma gigante bandeira branca de rendição sobre a sacada de nossa casa. Para simplificar, minha mãe se preocupava. Preocupava-se com a reação de nossos vizinhos. Será que eles iriam me censurar com seus olhares depreciativos, com sua cruel intolerância? Preocupava-se que eu fosse apenas como qualquer outra garota adolescente, de coração mole e ego frágil. Preocupava-se que eu fosse mais mito e ficção do que carne e osso. Preocupava-se com meus níveis de cálcio, com meus níveis de proteína e até com meus níveis de leitura. Preocupava-se por não ser capaz de me proteger de todas as coisas que haviam lhe magoado: a perda e o medo, a dor e o amor.

Principalmente o amor.

• • •

Durante aquela primavera, quando as chuvas desapareceram, Cardigan e eu passamos a maioria das tardes esparramadas no gramado com terra do meu quintal, fingindo estudar enquanto Cardigan me divertia com histórias sobre seu último namorado.

Nos meus tenros quinze anos, minha melhor amiga, senhorita Cardigan Cooper, já era bem versada nos complicados atributos do amor físico. Jeremiah Flannery, o menino que tinha um dia esmagado a asa de um pássaro com a bota, era sua última aquisição.

— O pobre coitado me segue por todas as partes — Cardigan bufou. — E você deveria ver o modo como ele olha para mim. Eu praticamente tenho que limpar a baba do queixo dele antes de poder beijá-lo. É patético — ela sorriu com maldade. — Adoro isso.

Ri enquanto tentava compreender as anotações de álgebra aleatórias de Cardigan.

Isso era outra coisa com a qual minha mãe se preocupava: minha educação. Ela comparava minhas lições feitas diariamente em casa com os confusos cadernos de redação de Cardigan.

— Isso é um cinco ou um três? — perguntei.

— Não faço ideia. Parece um "R" para mim — Cardigan arqueou as costas como um gato e levou o braço à frente dos olhos para protegê-los do sol. Eu virei os olhos. Já era final de abril, e, embora as provas finais não estivessem tão distantes, Cardigan parecia bem contente em manter sua média C menos.

Do outro lado da casa, minha mãe estava na varanda da frente, lavando as janelas em círculos metodicamente ensaboados, quando Henry apareceu correndo pela esquina e gritou "Pinna machucada! Pinna machucada!". Seus olhos estavam arregalados de medo. Trouver estava bem atrás, latindo loucamente.

Em um movimento brando, Viviane derrubou a esponja ensaboada, desceu voando os degraus da varanda e deu a volta até o fundo do quintal para me encontrar, deixando Henry na frente da casa batendo as palmas abertas nas orelhas. Enquanto corria, minha mãe pensou: É isso. Essa é a razão para não amar. Se eu não amasse, qualquer coisa que eu descobrisse, independentemente *do quão terrível fosse, não me magoaria.*

Minha mãe me encontrou descansando no gramado com Cardigan. Caminhou até mim, agarrou-me pelo braço e me colocou de pé à força.

— O que aconteceu? — perguntou, procurando freneticamente algum sinal de machucado em meu corpo.

— Nada — respondi, piscando.

Viviane soltou os braços, tomando ciência repentinamente da batida disparada de seu coração e do ritmo forçado de seus pulmões.

— Você tem certeza? — perguntou ainda.

Troquei um olhar com Cardigan.

— Sim. Nós duas estamos bem. Você está?

Minha mãe olhou para mim de perto antes de se virar.

— Desculpe. Pensei que... deixa pra lá — ela suspirou. — Vocês precisam de alguma coisa, meninas? — perguntou, como uma reflexão tardia.

Balancei a cabeça.

Bom, ela deve ter pensado antes de lentamente voltar até Henry, que estava freneticamente pintando um mapa do nosso bairro no terraço da frente com água ensaboada.

Foi só depois disso que Cardigan e eu vimos um taxista encostar à frente da casa de Marigold Pie. Um homem saiu e pegou uma mala de aparência esfarrapada do porta-malas, acenando timidamente para o táxi enquanto o carro se afastava. Embora eu não soubesse disso na época, o visitante de Marigold carregava um diário bem usado em seu bolso traseiro. Carregava o diário para onde quer que fosse.

Curiosa e impulsiva, desci correndo a colina e me abaixei atrás dos lilases próximos à rua para espiar. O homem caminhou lentamente até a entrada da casa de Marigold, observando nosso bairro tranquilo. Parou por um instante, protegeu os olhos do sol e olhou fixamente na direção de minha casa, no topo da colina. Antes que ele continuasse a caminhar na direção da casa de Marigold, posso jurar que ele me viu escondida ali em meio aos lilases.

Após o homem entrar, a porta da casa se fechou e eu corri de volta para a colina até Cardigan, que parecia confusa.

— Quem você acha que era? — perguntei, sem fôlego.

Cardigan deu de ombros.

— Uma tentação, não acha?

Olhei de relance de volta para baixo, a cabeça atordoada só de pensar que aquele homem havia me visto. Será que ele gostou do que viu?

— Ah — murmurei, ficando com o rosto corado. — Não sei.

Anos atrás, quando a família de Emilienne ainda era completa e vivia naquele bloco de prédios na Manhatine de Beauregard, a *Maman* de Emilienne passava boa parte de seu tempo encontrando pedaços de tecido para contribuir para as colchas destinadas a serem os enxovais de suas filhas. As colchas deveriam ficar juntas com uma *trousseaux* primorosamente entalhada a mão, além das fronhas de renda e dos pesados talheres de prata. Tudo deveria ser dividido de forma justa entre as três filhas e não deixado de herança para o único sobrevivente, mas

Emilienne havia aprendido havia muito tempo que a perfeição era algo que não se deveria esperar muito da vida.

Cada colcha carregava um nome significativo, e, anos mais tarde, cada uma encontraria seu caminho em uma cama adequada — "Esperanças Esplendorosas" para Viviane antes de Jack e "Caminho Interrompido" para depois; "Pombo na Janela" para mim e "Colcha Maluca" para Henry.

A própria Emilienne dormia sob uma pilha de cobertores de lã lisos.

Emilienne alisou a colcha na cama de Henry, tomando cuidado para não desarrumar nada. Viviane fazia de tudo, menos administrar a casa naqueles dias, porém, ocasionalmente, Emilienne encontrava uma tarefa menor para preencher o tempo e manter a cabeça longe de coisas em que ela preferia não pensar. De canto de olho, conseguia enxergar o leve contorno de um homem iluminado pelo fino triângulo do sol que entrava pela janela. Aprendera ao longo dos trinta e seis anos desde a morte dele que, quanto mais o ignorava, mais alto o fantasma de René tentava falar. Se Emilienne tivesse olhado para ele, teria visto o lugar onde sua boca costumava ficar. Ele parecia estar gritando naquele momento e gesticulando loucamente com as mãos do lado de fora da janela.

Em vez disso, ela deu uma pancada final em seu travesseiro e, com hábil imunidade, andou bem na direção da aparição no canto do cômodo, sem nunca parar para descobrir o que ele estava tentando dizer desta vez. Se tivesse parado... bem, é muito complicado se corroer com *ses* e *quandos*.

C'est la vie, como ela dizia.

No andar de baixo da casa, Emilienne encontrou Henry na mesa da sala de jantar lambendo uma cobertura de uma colher. *Eles* também estavam ali. Todos os três — René, que perseguia seus passos, junto com Margaux e o canário, Pierette. E alguém que Emilienne nunca tinha visto antes — uma pequena criança de cabelos escuros e com sobrancelhas grossas e lábios rachados. A criança passou a mão sobre a antiga coleção de bules de chá que estava sobre a arca de madeira e seus dedos transparentes traçaram as beiras dos recipientes de porcelana.

Mas o que intrigava não era o fato de eles simplesmente estarem *ali*. De ela ter se acostumado, junto com o incessante chilreio de Pierette, o rosto mutilado de René e o buraco no peito de Margaux onde seu coração costumava ficar. Não, a parte verdadeiramente terrível era que Henry estava *conversando com eles*.

Bem, ele estava conversando com René, o único que falava. Mesmo se Emilienne tivesse se permitido ouvi-lo, era difícil compreendê-lo, levando em consideração o fato de ele não ter uma boca de verdade. Mas Henry e René não pareciam ter problema algum em se comunicar um com o outro.

René resmungava algo e Henry acenava com a cabeça, como se concordasse.

— Abelha no arbusto e gato na parede — Henry disse seriamente, com a colher cheia de cobertura em sua boca. Emilienne foi para a cozinha e saiu de lá com um pedaço de bolo de chocolate que tinha deixado no balcão.

A criança fantasma a seguiu até a cozinha. Com inexpressivos olhos pretos, ela observou Emilienne. E, embora tentasse ignorá-lo, a mulher ouvia o sussurro baixo da criança claramente: "Das cinzas às cinzas, do pó ao pó".

Poucos no bairro atual sabiam ou se lembravam da história de Fátima Inês das Dores e de seu irmão comandante — do modo como a criança caminhava até a sacada à espera do retorno dele, da Eucaristia que se transformou em chamas quando tocou sua língua. Alguns tomavam erroneamente a história dos irmãos como um conto de fadas e até mesmo se parabenizavam por inventarem uma narrativa tão realista para contar para os filhos. Emilienne sabia que não valia a pena desmerecer algo tão poderoso quanto um conto de fadas e nunca se esqueceu do conto da menininha infeliz que uma vez perambulou pelos corredores da casa na colina. Ou melhor, que aparentemente ainda perambulava.

Emilienne tossiu cinzas pelo ar.

Limpou a fuligem que grudou em seus dentes, deixou o bolo na cozinha e se juntou a Henry na sala de jantar, onde ele havia acabado de lamber a colherada final de cobertura. Henry foi até sua avó, levou as mãos ao rosto dela e disse:

— O Homem Triste precisa que você saiba.

Perplexa, Emilienne olhou para os irmãos e irmãs. O Homem Triste? René? Mas eles não estavam mais ali. Somente a jovem aparição de cabelos escuros olhava fixamente para ela do canto do cômodo.

— Sim? — Emilienne sussurrou, olhando para os olhos arregalados de Henry.

— Tem sangue no chão e penas para todos os lados — ele respondeu.

E, com isso, Fátima Inês desapareceu.

Após a visita de Fátima, Henry repetia e repetia uma conversa infinitamente enrolada que soava mais ou menos assim:

— Henry, o que você quer na sua torrada hoje?

— Tem abelha no arbusto! — ele insistiu.

— Geleia? Manteiga? Mel?

— E um gato na parede!

— Que tal cereal?

— Tem sangue no chão e penas por todos os lados!

Então ele corria em volta da casa gritando "*Pinna machucada! Pinna machucada!*", com Trouver latindo loucamente atrás de si.

Do diário pessoal de Nathaniel Sorrows:

29 de abril de 1959

No passado, ficar com minha tia Marigold significava dormir em lençóis engomados e com o fedor embolorado de sua miscelânea de perfumes nos tecidos de minhas roupas. Significava frequentar as missas logo cedo na igreja luterana do final da rua e o chá da tarde servido nas porcelanas mais finas, mas sem o habitual arranjo de biscoitos amanteigados ou bolinhos com marmelada. Desta vez, cheguei a uma casa caótica — a poeira tinha se acumulado sobre as quinquilharias decorativas e os móveis tinham perdido o brilho com o aroma de pinheiro de costume. E parece que minha outrora justa tia agora tem um apetite apenas para sobremesas: pãezinhos de minuto recheados com geleia de framboesa, pudim de cereja marasquino e brownies *amanteigados enchiam os balcões da cozinha e as prateleiras do refrigerador. É raro vê-la sem estar com a boca cheia, sem os dedos inchados estarem limpando migalhas dos lábios. Ela guarda minúsculos chocolates embaixo dos travesseiros de sua cama. Os lençóis estão manchados para sempre com caramelo, balas de leite e licor de cereja. Certa vez, cheguei até a encontrar um pedaço de bolo de chocolate com a cobertura completamente lambida escondido embaixo de sua cama.*

Como quero exatamente ajudar minha agora tia gorda eu não sei. É claro, não admito a ninguém que estou perplexo. Nunca tive que trabalhar *para ajudar alguém a se desviar do pecado; por razões que só Ele sabe, meu efeito nas pessoas sempre foi, de certa forma, espontâneo. Mamãe diz que não cabe a mim questionar* como *o Senhor faz o trabalho Dele através de mim; basta saber que Ele faz.*

Portanto, sei que Ele não colocaria algo ou alguém tão abertamente sagrado diante de mim à toa. *Um Anjo, definido como me lembro, é um agente de Deus enviado para executar Seus propósitos. É conveniente de forma suprema que esse Anjo deva aparecer na rua onde Seu seguidor mais reverente está instalado, onde venho me dedicando a ouvir Seu chamado e a executar Seu propósito. É verdade que olhei para ela talvez por mais tempo do que deveria, mas, no dia em que cheguei e vi de relance pela primeira vez aquelas asas e aquele belo rosto angelical, pensei que estivesse ficando louco!*

Capítulo 14

Trouver e suas grandes patas tinham crescido rápido. Tínhamos a esperança de que ele permaneceria pequeno e controlável; porém, assim que passou dos quarenta e cinco quilos, sabíamos que não estávamos lidando com um maltês ou um shih-tzu. Trouver era um Cão de Montanha dos Pireneus — de raça pura — que era bem notável, considerando que fora encontrado comendo as folhas da peônia no fundo de nosso quintal. Sua pele lembrava a de um boi-almiscarado branco, e, quando ele soltava pelos, tufos do tamanho de pequenos coelhos voavam como sarças brancas pelos assoalhos de nossa casa.

Trouver e Henry eram inseparáveis e costumavam caminhar lado a lado e não cachorro atrás de menino. Estavam caminhando dessa maneira — um estranho par de gêmeos unidos — quando chegaram à carpintaria, onde Gabe cuidava de um sangramento no lábio após outra tentativa fracassada de voar.

Gabe tinha construído seu primeiro par de asas com um tecido grosseiro de algodão envernizado e esticado sobre uma armação de bambu. Como isso não funcionou, ele tentou com vime — uma tecelagem de casca de salgueiro e galhos finos de arbutrus —, mas cada uma dessas criações se provou muito pesada. Construiu outro par com cabo de alumínio e gaze, o que o fez cair em espiral em uma assustadora queda livre após se lançar do telhado do galpão.

Gabe arrastou-se de volta para a carpintaria, sangrando na boca e contente de que somente Henry tinha testemunhado aquele voo-teste (não minha mãe, nem eu).

— Falha número quatro — ele murmurou, atirando as asas quebradas na pilha de lixo que crescia no canto do local.

Ao fazer isso, incomodou um morcego que estava habitando as vigas da carpintaria. Seguiu o morcego enquanto o bicho procurava a saída e, quando viu as asas do animal baterem em contraste com o céu da noite, percebeu que estava procurando inspiração no lugar errado. Também resolveu que tinha de pegar aquele morcego.

— Precisamos do escorredor de macarrão da sua mãe — disse a Henry. — E de um grande estoque de besouros, mosquitos, moscas e mariposas. Como aquela ali! — Esticou o braço e agarrou um inseto de asas marrons que sobrevoava o lugar.

Levou-o até a cozinha e o colocou em uma lata vazia de café, onde se ouvia o rufo agitado de suas asas ecoando contra as laterais do recipiente. Enfiou a mão dentro do armário até encontrar o escorredor de macarrão. Na sala de estar, ele folheou os livros sobre pássaros que recebera pelo correio anos antes até encontrar o que estava procurando: uma curta seção sobre morcegos que estava no fim de um dos livros.

De uma das janelas do segundo andar, minha mãe observava Henry no quintal pegar mariposas no ar. De repente, recordou-se do dia em que Jack partira para a faculdade. Lembrou-se do pote de vidro com que ele havia lhe presenteado e, em seguida, de quando ele desceu a colina e das luzes traseiras do Coupe de seu pai.

Havia uma libélula dentro do pote. Viviane nunca tinha visto uma tão de perto antes — suas asas verdes iridescentes pareciam frágeis demais para serem capazes de voar.

Mais tarde, Wilhelmina contou a Viviane a superstição sobre libélulas.

— É um ditado tão antigo que acho que ninguém mais sabe de onde veio — ela disse.

— Qual é o ditado? — perguntou Viviane.

Os olhos de Wilhelmina piscaram.

— Pegue uma libélula e se case dentro de um ano.

A libélula de Viviane morrera uma semana depois.

No térreo, ela perguntou a Gabe:

— O que Henry está fazendo?

— *Morcegos e pássaros possuem uma batida de asas padrão, semelhante* — Gabe leu no livro em suas mãos. Olhou para cima, na direção de Viviane, todo animado. — Vou pegar um morcego. Henry está pegando insetos para alimentá-lo.

— Por que não pega um pássaro? — Viviane perguntou a Gabe. — Você pode fazer isso durante o dia.

Gabe desviou o olhar do livro com um relance.

— Não consigo reproduzir as penas. Já tentei.

Foram necessárias três noites para que eles pegassem o morcego. No final, o pequeno mamífero entrou sozinho em uma antiga gaiola enferrujada que Gabe encontrara no porão, encoberta com penas velhas de corvos e pombos. Todas as noites após o jantar, Henry alimentava o morcego com insetos através das grades e Gabe trabalhava com um novo par de asas.

Capítulo 15

Eu estava adormecida quando ouvi Cardigan bater à janela. Ela tinha subido na cerejeira que ficava do lado de fora de meu quarto e confirmou, sem fôlego, o que ambas havíamos suposto desde o dia em que ela havia dado uma joelhada na virilha de Jeremiah.

— Um deles parece um figo... um figo rosa e murcho — ela disse.

— Eca! — Após deixá-la entrar, subi de volta na cama e me cobri com minhas asas como se elas fossem um cobertor confortável. — E como deveria ser?

Cardigan deu de ombros.

— Algo diferente disso.

A decoração de meu quarto era típica do final dos anos 1950. Havia pilhas de revistas de moda no chão e uma penteadeira com um fru-fru de renda. Um espelho do tamanho do corpo ficava do outro lado de minha cama de solteiro, que estava coberta com travesseiros e uma colcha com estampa de triângulos coloridos. Nada nela indicaria que eu não era uma adolescente normal. Mas não havia um telefone rosa para conversar até tarde da noite nem um par de sapatos preto e branco, com as solas gastas das danças de *hand jive* na escola. Eu tinha pouca ligação com o mundo externo; não havia necessidade alguma de tais objetos. Em vez disso, havia uma janela na qual eu passava minhas noites olhando para a baía de Salmon e observando as embarcações à deriva. E havia pilhas de penas que se acumulavam misteriosamente nos cantos solitários do meu quarto.

— E então, você e Jeremiah ainda estão juntos? — perguntei.

— Meu Deus, não — Cardigan pegou um tubo de batom do bolso do casaco. Deslizou o brilho nos lábios e depois o jogou para mim. — Tome, experimente. Peguei da minha mãe.

Eu, porém, coloquei-o em cima do criado-mudo. Cardigan sorriu para seu belo reflexo loiro em meu espelho e limpou a mancha vermelha nos dentes com a lateral do dedo.

Meus cabelos eram escuros e compridos como os de minha mãe, mas, considerando que ela prendia os seus com um simples coque na altura do pescoço, eu deixava os meus com um rabo de cavalo alto, amarrados com uma fita preta. Segundo Cardigan, a fita era o acessório perfeito para mim.

— Você tem que acentuar o que já tem — Cardigan disse. — E você, menina, tem uma beleza *extravagante* — bateu de leve nas pontas das minhas asas com o dedo. — Você tem que admitir, é definitivamente um tipo diferente de atratividade.

Uma *coisa* pontuda reverberou em minha janela. Cardigan a abriu violentamente e fez um gesto frenético com as mãos.

— Pedi para meu irmão me encontrar aqui — disse Cardigan.

Rowe Cooper tinha dezessete anos. Dirigia a caminhonete de entrega da padaria de minha mãe e já tinha ganhado uma bolsa integral para a Boston University por sua rara capacidade para os estudos ligados à astronomia. A maioria de seus pertences já estava empacotada e etiquetada em caixas de papelão. Rowe não era nem de perto tão popular quanto sua irmã. Era alto e desengonçado, com um punhado grosso de cabelos pretos e encaracolados, e sempre vestia uma velha jaqueta dos dias de marinha de seu pai, mesmo durante os meses de verão em Seattle. Ele também gaguejava. No entanto, era belo com seus olhos azuis-escuros e seu sorriso sagaz.

Não que eu houvesse notado.

Cardigan jogou as pernas sobre o peitoril da janela aberta.

— Um pessoal vai para o reservatório hoje à noite — disse-me.

Como qualquer outro grupo de adolescentes, aqueles que moravam perto da Pinnacle Lane tinham um local onde atos ridículos e imprudentes ocorriam. Em vez de um cinema a céu aberto ou um comércio de refrigerantes, o reservatório da cidade — com sua água iluminada pela lua e suas beiras sombrias — era o local perfeito para uma besteira tão forçada. Naquela época, o velho vigia e sua esposa tinham ficado rabugentos, mas não surdos, de modo que os garotos sabiam que só tinham de fazer silêncio enquanto passavam pela pequena casa branca. Eu, é claro, nunca havia estado lá, mas tinha ouvido tantas histórias que acreditava ser capaz de enxergar as luzes da casa do vigia, de contar o número de latas de cerveja deixadas à beira do reservatório, de ouvir as risadas embriagadas dos adolescentes.

Achei irônico o fato de eu ter sido abençoada com asas e, mesmo assim, ainda me sentir tão coagida, tão aprisionada. Por causa de minha condição, creio, percebia um pouco mais as ironias da vida do que uma pessoa normal e as colecionava: como o amor chegava quando você menos o espera, como alguém que diz que não quer magoá-lo acaba por fazê-lo.

Quando éramos mais jovens, minha avó mantinha um pequeno grupo de galinhas em uma gaiola que Gabe construíra ao lado da oficina. Eu gostava de vê-las bicando no quintal, aves incapazes de voar que se movem em grupos exaltados e arranham o chão com suas patas de réptil. Eu as batizava em homenagem aos lugares que jamais visitaria: Pisa, Aiea, Nepal, Vermont.

No final, Emilienne começou a reclamar que os ovos mal valiam a bagunça que elas deixavam no quintal e decidiu que as galinhas deviam ser abatidas. Gabe as pegou e as levou, uma a uma, até a carpintaria, cortando seus pescoços com suas grandes mãos. Gabe não tinha motivo para pensar que eu poderia estar me escondendo atrás de um monte de entulho na carpintaria, observando o fim da vida de cada galinha. O que mais me aterrorizou — o que me assombraria pelos anos que estavam por vir — foi a maneira como cada ave batia e batia as asas, esperando que elas a levassem para a liberdade. Nunca consegui comer galinha depois disso. Parecia canibalesco.

Quando Cardigan abaixou-se para descer até os galhos da cerejeira do lado de fora de minha janela, levantei-me da cama, chacoalhei as asas e disse:

— Vou com você.

Cardigan parou, olhou fixamente para mim e, em seguida, voltou para dentro do quarto.

— Legal.

Levamos meia hora para preparar um arreio forte o suficiente para imobilizar minhas asas. Fizemos isso usando uma rédea de couro que Rowe pegara na oficina nos fundos de minha casa e atirara para nós. Ele nos esperou no quintal escuro, onde se via apenas a ponta de seu cigarro aceso com um brilho vermelho.

O arreio mantinha minhas asas dobradas nas costas, mas era doloroso. Entendi, enfim, a expressão *ver estrelas*. Uma capa velha e mofada que encontramos em um armário do corredor as escondia completamente. A capa era de lã verde-esmeralda com um forro de cetim e um capuz gigante que recaía sobre minhas costas.

Partimos da colina e caminhamos silenciosamente pela Pinnacle Lane. Passamos pela casa de Marigold Pie e depois pela dos Field. Passamos pelo local onde o chão áspero virava pavimento e onde um par de tênis gastos pendurados em um alto cabo de força elétrica dançava com o vento. Eu tinha certeza de que os outros dois conseguiam ouvir meu coração batendo acelerado enquanto eu me afastava cada vez mais do único lugar que conhecia até então. Passamos pela padaria de minha avó e pela casa que ficava atrás dela, pela igreja luterana, pela escola de ensino fundamental e pelo local onde Rowe e Cardigan esperavam o ônibus que os levava para a escola. Passamos pela delegacia de polícia reformada, com seus muros de tijolos e suas janelas limpas e brilhantes, e pelo conjunto de novas casas idênticas que surgiram após a guerra. Passamos pela pequena casa branca do casal surdo e pelo lugar onde minha mãe assistiu um dia à lua desaparecer. E então chegamos ao reservatório, um local escuro protegido por carvalhos silvestres e por mal-encarados alunos do ensino médio.

Para meu alívio, ninguém pareceu ter notado minha presença ou que eu estava usando uma capa grande e fora de moda. Cardigan deslocou-se para se juntar a um grupo que estava construindo pirâmides com latas de cerveja vazias na mureta de concreto do reservatório.

— Talvez não tenha sido uma boa ideia — resmunguei, recuando até colidir com alguém atrás de mim. Rowe.

Ele sorriu em minha direção.

— N-não, foi uma ideia p-p-perfeitamente boa. D-d-demora um pouco para se a-adaptar à l-lib-libertinagem da louca vida adol-les-lescente. Vamos — ele disse, e, pegando-me pelo cotovelo, conduziu-me até um lugar isolado sob as árvores.

Anos mais tarde, as luzes de uma cidade em crescimento apagariam as estrelas do céu, mas, naquela época, elas brilhavam através dos galhos como vagalumes encarcerados.

— E-estranho, n-não acha? — Rowe sentou-se ao meu lado. — C-como pode ser p-primavera, mas não p-parecer?

Eu observava a protuberância do pomo-de-adão dele saltar enquanto ele respirava e engolia. Ele tinha razão. Sem a chuva, parecia que a primavera jamais viria e as estrelas permaneceriam eternamente aprisionadas pelos galhos sem folhas.

— A única constelação que conheço é aquela — Apontei para um aglomerado de estrelas que tinha o formato de uma concha.

Rowe engoliu seco.

— N-na verdade, o *Big Dipper* é uma p-parte da Ursa Maior. F-forma seu c corpo e sua c-cauda. Está v-vendo as p-pernas?

— Ah, sim — murmurei. — Estou vendo — continuei. Parecia de fato um urso, um grande urso branco, com a cabeça para baixo, fuçando na neve. — Fico imaginando por que não vi isso antes.

— Talvez você apenas precisasse de alguém para ajudá-la a ver as partes que não são tão óbvias.

Olhei para ele.

— Você não gaguejou.

Rowe abaixou a cabeça.

— Não é sempre que eu gaguejo.

— Ava! — Cardigan gritou da beira do reservatório. — Venha até aqui!

Encolhi as pernas até o peito e, nervosa, puxei com força a capa ao redor de meus ombros. Depois, balancei a cabeça. Ainda não.

— Você está com medo de eles não gostarem de você? — Rowe perguntou.

— Ah. — Meus olhos arregalaram-se. — Eu não tinha pensado nisso. E se eles não gostarem de mim?

— É difícil imaginar alguém que não goste de você — ele disse francamente, seu olhar indo de encontro ao meu. Depois, limpou a garganta. — Enfim, o que está re-realmente incomodando você?

— É... é perigoso para alguém como eu estar em um lugar assim, a céu aberto.

Como se reagissem, minhas asas começaram a bater sob o tecido que as cobria. Dei um bom puxão na capa.

— Alguém como você? Alguém diferente, você quer dizer?

Encolhi os ombros.

— Sim — respondi baixinho, sentindo uma repentina timidez.

— Então é perigoso para nós ou para você?

— Como assim?

— Digo, você é a ameaça ou nós é que somos?

— Vocês são! Bem, *eles* são. — Gesticulei apontando para o bando de adolescentes. É claro que eram eles.

Rowe ficou me olhando pensativamente.

— Engraçado. Suspeito de que eles achem o contrário. — Ele se levantou. — E isso pode ser exatamente a raiz do problema: estamos todos um com medo do outro, com ou sem asas. — Rowe sorriu com seu sorriso sagaz. — Vamos nos juntar a eles?

Ele me ofereceu sua mão e me levantou com facilidade. Fiquei surpresa ao ver quão pequena minha mão parecia quando envolvida pela dele. Meu rosto corou. Então, arrumei a capa pela última vez e deixei que ele me conduzisse até o grupo com sua mão delicadamente pressionada contra a parte inferior de minhas costas.

Cardigan estava sentada à beira do reservatório com dois meninos e uma menina. Os meninos eram gêmeos, idênticos em todos os aspectos. A menina era pequena e raquítica; seus pulsos pareciam pernas de garças.

Cardigan levantou-se e, com um floreio na minha direção, anunciou:

— Aqui está o Anjo Vivo — ressuscitando o nome que os jornais haviam me dado no dia em que nasci. No dia em que *Henry e eu* nascemos.

Os três olharam fixamente para mim, e, em seguida, a menina disse:

— Ela não deveria ter asas?

Os gêmeos riram. Abri a boca para Cardigan, chocada com o fato de minha melhor amiga revelar meu segredo daquela forma. *Que bela amiga...*, pensei, olhando fixamente para Cardigan.

— Ela tem! — Cardigan respondeu. — Elas estão... escondidas. — Sua expressão se fechou quando ela voltou a se sentar. — Mas é ela.

Rowe moveu-se levemente, protegendo-me do grupo. Franziu a testa para Cardigan.

— Você não pode estar falando s-sério — disse-lhe baixinho. — Você não s-sabe como eles v-vão r-reagir.

Ainda acreditando que tudo não passava de uma brincadeira, um dos meninos disse:

— Ouvi dizer que as asas dela têm quase dois metros de comprimento.

— Na verdade, elas têm três metros e setenta e sete de lado a lado — murmurei.

— Como uma águia? — ele se atreveu.

— Um albatroz-errante.

O outro gêmeo levantou-se e cruzou os braços.

— Então, se elas são tão grandes, como que você fez para esconder?

Suspirei e saí da proteção de Rowe. Puxei a capa verde o suficiente para revelar as tiras da frente do arreio.

Um deles assoviou.

— Que estranho. Parece doer.

— Está doendo — admiti.

— Por que fazer isso, então? — a menina perguntou. Ela tinha o tipo de voz delicada, meiga, que me fazia pensar em dentes-de-leão. Dei de ombros.

— Tire essa coisa — ela disse. — Nós não nos importamos.

— Isso, seja você — disse um dos gêmeos.

O outro garoto abriu um sorriso de orelha a orelha.

— E também não sinta como se tivesse que parar por aí.

Então eu tirei. Primeiro a pesada capa, depois o arreio. Minhas asas abriram-se livres e por completo, as pontas esticando-se na direção do céu. De repente, todos ao redor do reservatório ficaram em silêncio. Deixando as conversas de lado, juntaram-se ao redor da mítica criatura cuja história tinham ouvido um dia na infância, mas já tinham se esquecido ou nunca chegaram a acreditar realmente.

— Queremos ver você voar — um menino gritou.

— Não consigo... — comecei, deixando as asas caírem uma de cada lado. Voar nunca foi algo que eu senti que pudesse fazer. Mas, novamente, sair da minha casa na colina também não.

— Sim, ela consegue! — A voz animada de Cardigan ecoou através da água.

Olhei fixamente para ela.

— Não — resmunguei. — Não consigo.

— É claro que você consegue! — ela insistiu, com uma euforia de maníaca brilhando em seus olhos. — Por que você teria asas se não fosse para voar?

Eu não tinha resposta para tal pergunta.

Cardigan agarrou meu pulso com força. Arranhei a mão dela, implorando para que me soltasse. Analisei os rostos ao meu redor em busca daquele em que poderia confiar: o de Rowe. Mas não consegui encontrá-lo.

— Ah, não seja tão tola — ela disse, gargalhando. — Vai ser divertido.

Seguida por uma multidão fervorosa e crescente, Cardigan alegremente me arrastou até o fim do reservatório, onde o chão desaparecia gradualmente em um desfiladeiro.

Fiquei sozinha na beira do penhasco. Os adolescentes amontoaram-se ao redor, perto o bastante para que eu conseguisse ouvir seus gritos entusiasmados, mas distantes o suficiente para que eu não conseguisse agarrar e arrastar algum deles comigo se fosse mergulhar para a morte.

Um corpo abriu caminho entre a multidão e caminhou resolutamente na minha direção. Em seguida, eu estava envolvida nos braços de Rowe. Senti os músculos retorcidos dele na acelerada batida de meu coração, seu ódio e indignação repercutindo em minhas mãos em seu peito.

— Rowe! — Cardigan se opôs.

— Chega — O tom dele dizia tudo.

Em meu ouvido, ele murmurou:

— Você não tem que fazer isso. — Puxou meu braço delicadamente para me tirar dali. — Posso levá-la para casa.

Deixei a cabeça cair sobre a lã da jaqueta dele. O tecido parecia grosseiro contra minha pele e me pinicava. Mas achei confortante. Assim como os braços dele me envolvendo. E como eu parecia caber perfeitamente nos espaços dele.

Inspirei profundamente, desejando ter o dom de minha mãe e poder senti-lo — sentir a essência dele — como ela era capaz de fazer. Ele me fazia sentir segura. Protegida.

Mas eu fora protegida a minha vida toda, forçada a assistir ao mundo através da solitária janela de meu quarto enquanto a noite me chamava, como uma sirene seduzindo marinheiros desamparados em direção a um banco de areia rochoso. Eu não queria mais ser protegida do mundo.

Afastei-me de Rowe e voltei à beira do precipício. Mexi os pés. Terra e pedregulhos caíram pelas pedras irregulares que se enfileiravam dos lados do penhasco.

Sorri de volta para Rowe, que olhou para mim um pouco confuso.

— Veja isso — eu disse.

Virei-me e minhas asas se abriram, tão estendidas quanto era possível, o vento passando seus dedos frios através de minhas penas. Uma pena se soltou e caiu dançando no escuro desfiladeiro abaixo.

Em minha imaginação, eu conseguia me ver arqueando em direção aos céus. Podia ver a admiração nos rostos dos adolescentes; podia sentir o chão se distanciar de mim e uma pesada dor nos ombros enquanto minhas asas me erguiam na noite. Por um instante, o ato de voar parecia possível.

O céu de repente parecia tão vasto.

E eu, de repente, senti-me tão pequena.

Minhas asas abriram-se e se fecharam em vão uma ou duas vezes mais antes de eu me afastar do desfiladeiro.

— Não consigo — eu disse, os dentes tremendo tanto por causa do frio quanto por causa da adrenalina que corria pelo meu corpo.

Cardigan sorriu. Um sorriso verdadeiro desta vez. Deu um passo em minha direção com a capa e esfregou meus braços para aquecê-los.

— Eu sei — ela disse, delicadamente.

Rowe soltou um suspiro exasperado de alívio.

Uma menina na multidão elevou a voz.

— Para que elas servem, então?

Para quê? Eu não queria pensar *para que* serviam minhas asas; em vez disso, exibi meu truque com uma asa, derrubando uma pirâmide de latas de cerveja com uma batida de asa.

Pouco tempo depois, a pequena multidão se dispersou até restarmos eu, minhas asas, Cardigan e Rowe.

— Não foi divertido? — Cardigan exclamou, toda animada. — Você deveria ter visto a cara deles, Ava! — ela riu.

Olhei fixamente para ela.

— Como você foi capaz de fazer aquilo?

Cardigan parou de rir. Torceu os belos cabelos ao redor do dedo, demonstrando nervosismo.

— Ah, eu só pensei que... — Levou as mãos à cintura. — Olha só, você queria conhecer pessoas, certo? Agora todo mundo conhece você! Você não precisa mais se esconder.

— Você está falando sério? — berrei. — Tenho sorte por eles não terem tentado me queimar na fogueira!

— Certo, entendi. Jesus, dá para se acalmar um pouco agora?

— Isso talvez tenha sido a atitude mais egoísta que você já teve, mana — Rowe comentou.

— Egoísta? — Cardigan gritou. — Eu fiz isso por ela!

— E quem você acha que é para decidir do que ela precisa? — Rowe perguntou.

Cardigan abriu a boca, fechando-a em seguida.

— Fique fora disso, Rowe — ela, enfim, resmungou.

Indignada, joguei as mãos para o alto.

— Vou para casa — disse e saí enfurecida, deixando Rowe e Cardigan correrem para me alcançar.

O caminho para casa foi silencioso — Rowe caminhou entre mim e Cardigan.

Quando chegamos, Rowe dirigiu-se a nós:

— Vocês precisam resolver isso — ele disse. Virando-se para mim, falou: — Ava, estou contente por você ter v-vindo. De verdade, foi uma noite espetacular. Ap-apavorante, de fato. Mas espetacular. — Depois, virou-se e caminhou para casa.

Cardigan e eu assistimos Rowe se afastar antes de olharmos uma para a outra. Cardigan suspirou.

— Ouça, pensei que estivesse fazendo um favor ajudando suas asas a se abrirem, por assim dizer. Sinto muito por fazer aquilo. Queria que eles vissem que você não tem nada que temer.

Então, olhei na direção do silencioso bairro ao nosso redor. Parecia tudo tão simples, tão inofensivo sob o céu da noite.

— Eu gostaria apenas de ter uma noite. Uma noite para ser... normal. Para ser apenas uma menina.

— Mas você é mais do que isso. Quando vai perceber que isso também é muito importante? — Ela jogou os braços para a frente e me envolveu com um abraço apertado. — Você vai sair com a gente outra vez? Por favor, diga que sim.

Dei de ombros.

— Vou pensar.

Cardigan sorriu.

— Certo, mas você sabe que não tem que usar o arreio ou qualquer coisa do tipo agora, certo? Isto é, a menos que *você* faça questão.

— Acho que... Honestamente? Acho que preciso. Bem, quero pelo menos continuar vestindo a capa.

— Mas por quê?

Dei de ombros.

— Gosto de fingir ser normal.

Cardigan ergueu a cabeça e me analisou ponderadamente.

— Nunca pensei em como deve ser difícil para você. Acho que sou muito egoísta — bufou ela. — Só não diga ao Rowe que ele tem razão. Ele nunca vai deixar de me lembrar disso — ela sorriu. — Ei, aliás, onde está a capa?

Suspirei.

— Esqueci no reservatório.

— Bem, então vamos lá pegá-la. — Cardigan deu o braço para mim.

Pensei por um instante.

— Quer saber? Vá para casa. Vou buscá-la sozinha.

Cardigan hesitou.

— Tem certeza?

— Absoluta.

Cardigan me abraçou outra vez antes de correr para sua casa.

Quando eu estava sozinha, senti mais medo do que liberdade; a escuridão parecia mais impiedosa. Respirei fundo e me lembrei de todas as vezes em que desejei estar fora de meu quarto. Mesmo assim, acelerei o passo e fingi que minha mãe estava de pé à frente de nossa varanda, observando-me.

Quando cheguei ao reservatório, o azul-marinho do céu noturno tinha ficado claro — a cor então diluída com manchas de nuvens brancas. Ainda assim, as sombras das árvores desfolhadas dançavam sinistramente na água. O pio de ave se tornava o grito de uma mulher. O uivo de cão se tornava um grito de alerta, o vento em minhas penas, a mão de um fantasma.

Achei a capa e o arreio — exatamente onde os havia deixado —, peguei-os e corri, mantendo as asas dobradas e apertadas nas costas para evitar que me deixassem mais lenta. Só diminuí a velocidade para uma caminhada quando passei pela farmácia onde minha mãe trabalhara um dia. Na padaria de minha avó, parei brevemente e passei os dedos sobre o manuscrito na janela.

Fios de laranja e vermelho percorriam o céu azul, e eu notei com um feliz ímpeto que tinha ficado fora de casa a noite toda e não havia sido pega. Soltei uma risadinha tonta e pulei na direção de casa, sentindo-me milagrosamente uma adolescente normal.

Do diário pessoal de Nathaniel Sorrows:

11 de maio de 1959

Comecei frequentando missas na igreja luterana. Tinha esperança de motivar tia Marigold a retornar a seus modos virtuosos. Meu plano não funcionou. Eu, católico batizado, fui bem recebido pelos paroquianos e pelo Pastor Trace Graves, mas Marigold permanece acomodada em sua cama debaixo de cobertores cheios de migalhas. As outras mulheres mais velhas me acham charmoso. A Guilda do Altar me elegeu seu novo líder — é minha responsabilidade remover as hóstias e o vinho da Comunhão após a missa. Na igreja católica, nem mesmo os coroinhas têm permissão para fazer isso.

Gosto de preparar o louvor e faço questão de acordar cedo nas manhãs de domingo só para garantir que vou conseguir preparar o altar, só para me certificar de que nenhum paroquiano mais descuidado esquecerá algo.

Existem algumas partes da missa luterana com as quais jamais me acostumarei. Por exemplo, há cânticos demais. Além disso, esses luteranos têm pouca reverência pelo lugar sagrado. Assim que a missa acaba, eles deixam suas Bíblias e seus hinários nos bancos, riem e dão tapas nas costas uns dos outros.

A pior parte, no entanto, é que as missas da meia-noite são reservadas para o Natal, a Páscoa e o Pentecostes. A sensação é que minhas noites de sábado são vazias, desprovidas de Deus, sem a habitual missa da meia-noite. Tento passar esse tempo ajoelhado em oração, que é como permaneço acordado até ela passar por mim, retornando para casa nas primeiras horas da manhã, após suas escapadas noturnas para o reservatório, acompanhada sempre de outros dois. Quando passa por minha janela, suas penas franzem com o vento e eu sou apoderado por uma lembrança do presépio que minha mãe desembrulha na época do Natal — lembro-me de como os mantos do anjo revelam uma comprida gola branca e como os lábios dela parecem presos em um beiço perpetuamente sagrado.

Não planejei falar com ela naquela primeira noite, mas, quando ela passou pelo lugar onde eu estava, escondido atrás dos densos arbustos que se alinham nas laterais da propriedade da tia Marigold, não consegui me conter. E disse olá.

Ela congelou, e suas asas instintivamente se abriram, como se se preparassem para alçar voo. — Quem está aí? — ela disse, com a voz lembrando os sinos da igreja.

Saí até a rua. — Me desculpe. Não quis assustá-la — eu disse.

As asas dela bateram até se fecharem. — Você não me assustou — ela respondeu, na defensiva. — Eu só não estava esperando ver alguém, só isso.

Confesso que não estava esperando que ela fosse tão humana, tanto por ela ser uma jovem quanto por ser uma criatura sagrada. Fez-se um silêncio nos instantes seguintes enquanto eu esperava que a mensagem sublime Dele viesse através dela: uma ponta do compasso moral, talvez até um O Senhor esteja convosco. Mas parecia que esse não era o propósito dela. Pelo menos não desta vez.

— Tenho de ir — o Anjo disse, virando-se para continuar a subida da colina.

— Espere — gritei.

Ela parou e se virou num movimento circular desajeitado. — Sim?

Sorri e dei alguns passos na direção dela. — Eu estava pensando se poderia tocá-las.

A princípio, ela hesitou. Talvez não tivesse entendido o que eu quis dizer. Mas em seguida ela acenou com a cabeça. Passei a mão em suas asas, senti a maciez das penas percorrerem das pontas dos meus dedos até se estabelecerem magnificamente na minha virilha.

Quando ela fugiu de mim, foi com um breve "boa noite". Observei-a seguir seu caminho colina acima. Ergui as mãos em exaltação ao Senhor por me conceder a visita de um êxtase supremo, que só fora experimentada pela própria Santa Teresa de Ávila, estou certo disso.

Capítulo 16

— QUAL É O NOME DELE? — perguntei. Cardigan e eu estávamos sentadas em meu quarto esperando pela chegada da noite e da minha liberdade. Nos dias seguintes à minha primeira escapada, meus passeios até o reservatório continuaram e eu comecei a entender as coisas às quais os outros adolescentes não davam atenção. Aprendi, por exemplo, a fumar com uma piteira equilibrada entre os dedos e a pintar as sobrancelhas usando delineador preto. Com Cardigan, fiquei sabendo quais dos meninos do ensino médio sabiam o que fazer quando ficavam sozinhos com uma menina (resposta: nenhum), quantas das meninas eram sinceras em sua gentileza (resposta: pouquíssimas, principalmente as que trabalhavam como voluntárias) e que tipo de comoção a chegada do sobrinho de Marigold Pie havia provocado no bairro.

Cardigan pensou por um instante enquanto analisava o esmalte vermelho escarlate que havia acabado de aplicar nas unhas.

— Nathaniel Sorrows.

Repeti o nome dele, baixinho, sob minha respiração. Gostei da sensação de pronunciá-lo e o guardei na ponta da língua para usá-lo mais tarde, quando quisesse ouvir minha voz se enrolar com as sílabas. Na-tha-ni-el So-rrows. No meio da madrugada, quando os gatos do bairro se acasalavam no quintal ou quando Trouver corria em seus sonhos, eu despertaria chamando por seu nome.

— O que você acha dele? — perguntei, na esperança de que minha voz não me entregasse. Dei uma espiada em Cardigan, que ainda estava ocupada admirando as unhas, e fiquei feliz por sua concentração deixá-la surda à crescente batida de meu coração. Nunca contei a Cardigan sobre meu encontro casual com ele. Não sabia bem por quê, mas toda vez que pensava em contar algum impulso me continha. Talvez sentisse que tinha finalmente conquistado o direito a ter um segredo, algo para esconder até mesmo de minha melhor amiga. Assim como qualquer outra menina normal.

Cardigan assoprou as unhas.

— Ele parece meio quadradão. Mas é bonitinho.

Acenei com a cabeça, perdida nos pensamentos. Era estranho esse desconhecido me abalar tanto assim. Ele era atraente, claro. Mas era para tanto? Quando pediu para tocar minhas asas, eu quis dizer sim. E fiz isso. E, mais tarde, quando me deitei na cama, ainda podia sentir o calor dos dedos deles nas pontas das minhas asas.

Minha mãe costumava sofrer de surtos prolongados de melancolia em épocas quando pensar em Jack Griffith não se dispersava com um suspiro ou um balanço de cabeça. Na cama, ela pensava naquela noite de solstício entre as dálias, sob o peito de Jack, branco sob a luz do luar, até sua pele formigar. Corava só de pensar na boca dele passando por sua clavícula, a mão dele pressionando calorosamente a sua, as palmas dele escorregando com o suor combinado. Como cera quente, a memória do toque dele derretia em suas coxas, escorria por suas pernas.

Por várias noites consecutivas ela sonhou com ele: com seu sorriso revelando a abertura entre os incisivos, suas mãos segurando um buquê de flores — todas murchas, com exceção do narciso selvagem, o símbolo do amor não correspondido. Ela acordava com lágrimas nos cabelos. Antes de ir para a cama, tomava xícaras de chá feito com folhas secas e papoulas-da-Califórnia, as quais Wilhelmina jurava que eram capazes de curar qualquer tipo de insônia. Só assim ela conseguia dormir, um sono tenebroso de corredores vazios e portas trancadas.

Quando isso não funcionava, Viviane lavava roupas. Naquelas noites em que o sono se mostrava impossível, ela se sentava no fundo do porão, embalada pela preguiçosa dança das toalhas na secadora. Adorava o cheiro de sabão em pó, o ronco da máquina de lavar e o calor dos lençóis já secos. Mas, acima de tudo, adorava como, com um pequeno sabonete de mão ou uma gota de alvejante, conseguia remover tinta de caneta do bolso de uma camisa, uma marca de batom de uma manga ou uma mancha de ferrugem de uma cortina de renda. O sangue era o melhor: como era prazeroso remover uma gota de sangue de uma camisa branca, de uma luva ou de roupas íntimas femininas. Como era gratificante assistir ao vermelho lentamente desbotar do tecido, deixando-o limpo novamente, sem sinal de ter sido qualquer coisa que não branco.

Resta apenas uma fotografia de minha mãe em sua juventude. Minha avó mal tirava fotos para guardar as lembranças da infância. Gabe encontrou a imagem pressionada entre as páginas de um antigo livro sobre libélulas. Escondeu-a em uma caixa que tinha entalhado em um bloco de cedro. Lembro-me de tê-la visto uma vez, ao bisbilhotar a carpintaria, quando era criança.

A fotografia, amarelada e esfarelando nas beiradas, foi tirada quando Viviane ainda era a menina de Jack, e Gabe ainda estava por bater à nossa porta. O retrato era, na verdade, de Viviane e Jack. A boca de Viviane estava bem aberta, numa gargalhada, e Jack estava olhando para ela de uma forma que deixava algo muito óbvio: ele tinha amado Viviane verdadeiramente.

Gabe costumava comparar a risada de Viviane no retrato à Viviane que encontrava conforto na lavanderia e com xícaras de chá e afazeres domésticos, à Viviane que tinha passado os últimos quinze anos à espera da volta de Jack. Como a dor que ela carregava não a derrubou, ele nunca soube; isso não apenas fez com que ele a amasse mais intensamente.

Gabe precisou fazer várias visitas à biblioteca da escola de ensino fundamental e uma caminhada até o zoológico na colina para descobrir que tipo de morcego ele havia capturado. Era um *Myotis* marronzinho. E um bem animado. Toda vez que Gabe esticava o braço na gaiola para tentar dar uma olhada em suas asas, o morcego lhe mordia as pontas dos dedos. O animal não tinha problema algum em confiar em Henry; comia minúsculos gafanhotos e mosquitos diretamente das mãos de meu irmão. No fim, Henry chegou a convencer o morcego a subir em seu dedo esticado. Ali o morcego dormiu de cabeça para baixo, permitindo que Gabe finalmente abrisse suas asas para localizar o úmero e o metacarpo.

Aquele novo par de asas levou várias semanas para ser construído. Com base na estrutura do sistema esquelético do morcego, ele fez o esqueleto das asas com carvalho — não com madeira leve, mas com uma que possuía boa qualidade de curvatura. Em seguida, esticou um pedaço grande de lona ao longo do esqueleto. Outra vez, os sons do martelo e da serra de Gabe preencheram os sonhos de minha mãe.

Quando as asas foram finalizadas, Gabe as carregou até o telhado da carpintaria. Espiou para baixo, na direção de Henry, que estava sentado com as costas apoiadas nas pernas traseiras de Trouver, o morcego pendurado de cabeça para baixo no dedão esquerdo. Para Gabe, parecia que Henry estava lhe fazendo um enorme sinal de negativo.

Gabe deslizou os braços até os compridos bolsos que havia costurado no tecido de cada asa. Deu um passo na direção da beira do telhado. Estava escuro, mas ele conseguia enxergar a maior parte do bairro de onde estava — as luzes nas casas dos vizinhos brilhando como faróis. Seu impulso inicial foi pular, mas, após pensar com mais cautela, esticou os braços alados e caiu sobre a beirada em um perfeito salto de anjo. Ele havia praticado a batida de asas muitas vezes antes, simulando perfeitamente as batidas de asas do pato, da gaivota e do pelicano-pardo da Califórnia. Desta vez, teve apenas de bater uma vez os braços antes de o vento passar sob suas asas e fazê-lo voar.

Ele estava voando!

Na verdade, não estava voando: estava planando — e só planando — até parar de forma bem decepcionante nos lilases da base da colina.

Foi um pouso desagradável — os lilases nunca foram os mesmos. As asas, infelizmente, ficaram estragadas. Houve um corte grande em um lado da lona, e o esqueleto foi quebrado. Gabe saiu extraordinariamente ileso dessa.

Henry balançou o morcego do dedão, acenando para ele enquanto o animal desaparecia noite adentro.

• • •

Gabe caminhou penosamente para dentro de casa, arrastando o emaranhado de lona e madeira atrás de si.

Viviane ergueu as sobrancelhas quando viu a bagunça que ele derrubou no chão da cozinha.

— Quantas tentativas fracassadas até agora? — ela perguntou.

— Quatro — ele admitiu. — São as penas, Vivi. Não consigo reproduzir as penas.

— Sim. *Esse* é o problema — ela disse, em um tom indelicado.

Gabe a ignorou.

Viviane suspirou.

— Eu não sei o que é pior: pensar que as suas asas vão dar certo ou esperar que as dela deem.

Gabe olhou fixamente para ela.

— Por que você não me deixa ajudá-la?

Isso foi demais para minha mãe.

— Porque não faz sentido, Gabe! — ela o repreendeu. — É absurdo e é maldoso dizer a uma menina que ela pode voar só para que ela fique com o coração despedaçado, sem mencionar os ossos, quando perceber que não pode.

— Então você acha que é melhor que ela nem mesmo tente?

— Acho.

— E o que eu penso? Eu deveria poder opinar, Vivi.

— E o que dá a você o direito de opinar sobre a vida dos meus filhos? — ela brigou.

— Você está falando sério? — Os passos estrondosos de Gabe ribombaram pela casa enquanto ele se enfurecia na cozinha. — Estou aqui desde o começo. Fui eu quem os alimentou, quem os trocou. Eu cuido deles quando estão doentes. Eu os seguro quando estão tristes. Já fiz muito mais do que o próprio pai deles fez ou jamais fará!

— É por isso que você ainda está aqui? Por causa dos meus filhos? Isso é patético — ela disse, maldosamente. — É patético você, depois de todo esse tempo, *ainda estar aqui.*

Gabe agarrou Viviane pelos ombros. Nenhum dos dois sabia se ele iria chacoalhá-la ou beijá-la.

— Por que você continuou aqui? — ela perguntou, delicadamente.

Gabe abaixou as mãos e balançou a cabeça.

— Vivi, se você não sabe o motivo até agora, então eu não sou o único estúpido por aqui.

Ele olhou para ela pela última vez antes de sair furioso pela porta dos fundos.

De meu quarto no andar de cima, eu tinha ouvido toda a discussão. Eu estava incrédula, com as mãos sobre a boca. Ninguém nunca gritou em nossa casa. Ainda tremendo do impacto da porta que foi batida, desci a escada correndo.

— Você não vai atrás dele? — perguntei assustada a minha mãe.

Quando ela falou, foi apenas um sussurro o que saiu.

— Deixe-o ir, Ava — ela disse. — Será melhor assim.

Mas eu não consegui. Saí correndo atrás de Gabe. No final da colina, fiquei de pé, sozinha, vendo sua caminhonete levá-lo para longe.

— Por favor... — disse baixinho. — Não nos deixe aqui sozinhos.

Do diário pessoal de Nathaniel Sorrows:

15 de maio de 1959

Meus dias estudando as Escrituras chegaram ao fim; aprendi tudo o que podia dessas páginas antiquadas. Deixei tia Marigold sentada sozinha por horas enquanto pesquisava em sua biblioteca pessoal em busca das palavras pelas quais meu coração rogava, palavras escritas por amor: as cartas que Abelardo escreveu para sua Heloísa, Napoleão para a imperatriz Josefina, Robert Browning para a poetisa emergente Elizabeth Barrett. Rabisquei meus pensamentos sobre ela nas margens das páginas — imitando as palavras de amor. Imagino dobrar as páginas e transformá-las em elaboradas criaturas para deixar no peitoril de sua janela ou transcrever minhas devoções fervorosas no vidro com um dedo e minha própria respiração quente. Imagino as palavras úmidas cumprimentando-a quando ela desperta. Como ela deve tremer quando as lê repetidas vezes até o sol nascer e secar minha mensagem de firme adoração e fidelidade.

Ela é a gloriosa reencarnação de toda mulher já amada. Foi o rosto dela que deu início à Guerra de Troia, seu precoce falecimento que inspirou a construção do Taj Mahal da Índia. Ela é cada anjo na Capela Sistina de Michelangelo.

Em minha mente, a voz dela tem um sotaque italiano ou do dialeto da Provença. Em minha mente, ela está vestida como uma donzela do Renascimento. Imagino despir as muitas camadas de vestido de seu corpo, venerando suas asas. Em meus sonhos, observo nossos filhos — todos pássaros — voarem de seu útero. Nomeio cada um deles em homenagem aos apóstolos: a garça--azul de São Pedro, a coruja de São Tomé e o grande corvo preto de Judas.

Quando uma pena desgarrada caiu do céu e roçou meu rosto, tive minha primeira experiência de verdade com o êxtase espiritual. Certa vez acordei em tal estado de empolgação que enfiei uma faca em um dos meus travesseiros e me satisfiz com as penas que havia dentro dele. Pois é essa que acredito ser a sensação de tocar um anjo: como deslizar em um travesseiro de penas felpudas. Tão macias, tão leves. À noite observo enquanto ela alisa suas penas em frente à janela aberta. A luz a ilumina por detrás, fazendo-a brilhar como o ser sagrado que apenas eu sei que ela é.

Capítulo 17

NAQUELE MÊS DE MAIO, PASSEI MINHAS NOITES à espera de a casa ficar silenciosa e adormecida para que eu pudesse escapar até o reservatório. Enquanto esperava, enfeitava-me no quarto, praticando sorrisos provocantes com meu reflexo na janela e fingindo fumar cigarros com o mesmo ar despreocupado de Cardigan. Imaginava os meninos do bairro, os mesmos que veementemente me evitavam no reservatório, subindo nos frágeis galhos da cerejeira do lado de fora de minha janela, e eu desprendendo seus dedos e morrendo de rir quando eles caíam.

Imaginava o sobrinho da viúva Pie me observando, imaginava seus olhos como dedos deixando marcas quentes em minha pele. Tentava ir para o reservatório por volta do mesmo horário todas as noites e me sentia agitada e tensa até passar pela casa de Marigold. Imaginava-o exatamente de pé no escuro atrás de um arbusto enquanto eu passava e lançava olhares dissimulados em sua direção.

Uma noite, deixei uma de minhas penas na soleira da porta de Marigold Pie com a intenção de que ele a encontrasse. Atrás dos lilases quebrados de meu quintal, observei, ficando loucamente ruborizada quando ele abriu a porta. O vento elevou a pena no ar, deixando-a flutuar delicadamente na direção de seu rosto. Subi a colina correndo, sentindo-me tonta e corajosa.

Imaginei-me como sua noiva; visualizei o vestido branco e a flor que eu colocaria atrás de minha orelha direita, como as donzelas havaianas fazem. Imaginei uma casinha em algum lugar longe da colina no final da Pinnacle Lane: jantares com vizinhos, os maridos bebendo Tom Collins na sala, as esposas trocando receitas na cozinha; o cachorro que teríamos — um spaniel chamado Noodle. Nesses devaneios, eu sempre omitia as asas, que eram mentalmente apagadas de minhas omoplatas.

Em meus devaneios, eu era sempre apenas uma garota.

Quanto mais aumentava minha paixão, mais eu lamentava profundamente a potencial perda da vida com a qual sonhava. Ela era toda preciosa demais, imaginada e desejada demais para ser perdida. Parei de dormir. Parei de comer. Minhas asas perderam penas.

As escapadas noturnas foram adiadas na metade de maio, quando minha paixão me consumiu por completo e eu adoeci com febre. Apenas levantava da cama para ir ao banheiro, e com ajuda. Minha mãe passou a semana empilhando edredons sobre meu corpo em calafrios e aquecendo porções de canja e macarrão tão quentes que o rosto dela ficava vermelho quando ela se inclinava sobre a panela.

Eu nunca havia ficado tão delirantemente doente; até mesmo os momentos em que ficava desperta eram passados nos sonhos — pesadelos nos quais crianças se transformavam em fragmentos de animais sangrentos, alucinações nas quais o céu da noite caía dentro de um oceano em chamas.

Então, na madrugada da noite de Pentecostes, sentei-me de repente na cama, os cabelos grudados na testa e as penas úmidas de suor.

Uma jovenzinha apareceu em minha janela, de costas para o quarto. A renda no vestido branco e antigo que ela usava arrastava-se na parte de trás, rasgada e suja. Seus cabelos pretos, uma massa emaranhada de tranças, caíam como cascatas em suas costas. Ela se virou para me encarar e eu pude ver as estrelas brilhando intensamente através de sua cabeça.

Ela gesticulou para que eu a seguisse e atravessou a parede.

Joguei para trás as pilhas de edredons e cambaleei até a janela. Espiando para fora, pude vê-la esperando-me no gramado abaixo, com sua forma fantasmagórica brilhando prateada sob o luar. Sem pensar duas vezes, apanhei minha capa verde e subi na janela, descendo pelos galhos da cerejeira até o quintal.

As chuvas ainda não haviam chegado. A grama estava marrom e seca e emitia ruídos sob os pés. O nível da baía tinha ficado tão baixo que os adolescentes conseguiam atravessá-la caminhando sem que as garotas molhassem as bainhas de suas saias.

Segui meu guia fantasmagórico até a igreja luterana, e nós passamos pelas pesadas portas duplas. A igreja estava decorada para Pentecostes, com tecidos e cestas vermelhas cheias de crisântemos de seda vermelhos. Havia meses não brotava uma flor nova. Era a primeira missa à meia-noite do domingo de Pentecostes de que alguém podia lembrar em que não se formaram poças mortais à frente das passagens, à espera de alguém quebrar o quadril ou fraturar a bacia. Até mesmo as senhorinhas deixavam seus gorros de chuva em casa. Faixas vermelhas tremulavam levemente no teto. Alguém tinha preparado uma porção de biscoitos açucarados tingidos com corantes que pareciam mais laranja do que vermelhos. Os paroquianos estavam se unificando no vestíbulo da igreja, segurando seus pratos de biscoitos alaranjados, quando entrei. Derrubei a capa no chão e todas as conversas pararam quando os presentes viram minhas asas descobertas.

O fantasma de olhos pretos me conduziu até o santuário, onde o líder da Quilda do Altar, Nathaniel Sorrows, estava reunindo as hóstias não abençoadas e o que sobrou do vinho para armazená-los na sacristia, próximo ao altar.

Ele se virou e me viu, minhas asas expostas. Ficou pálido. Por razões que até eu mesma continuo sem entender, caí de joelhos, ergui o queixo e abri a boca. Por um instante, ele permaneceu imóvel, possivelmente aterrorizado pela proximidade da exuberância de meus lábios. Em seguida, ergueu uma hóstia fina como papel e a levou até minha boca. Abocanhei-a e a toquei com a língua.

Um estranho fogo rosa faiscou e saltou de meus lábios rachados. Um suspiro acentuado veio do corredor da nave, onde o restante dos paroquianos estava agora de pé.

O fogo ainda estava dançando em minha língua quando Nathaniel, recuperando os sentidos, derrubou a hóstia em chamas de seus dedos chamuscados. Apagou as chamas com os pés, imortalizando na mesma hora o incidente com uma marca preta no carpete. Pisquei como se estivesse saindo de um transe, fiquei de pé com dificuldade e saí cambaleando da igreja.

Cardigan Cooper lembrava-se do momento seguinte com mais nitidez do que qualquer outro em sua vida. Ela estava caminhando sozinha na rua e passou em frente à igreja, pois encontraria Jeremiah Flannery no reservatório, quando me viu com minha capa verde cambaleando pelo caminho de pedras da igreja. Ela sabia que eu estava doente. Curiosa, entrou logo atrás de mim na igreja e assistiu a todo o desenrolar da cena dos fundos da nave. Passei correndo por ela quando fugi. Ela apanhou a capa que eu derrubara antes, já dentro da igreja, e se juntou a mim em minha fuga. Corremos todo o caminho de volta até minha casa na colina na Pinnacle Lane, onde ambas caímos no chão, nossos rostos ruborizados voltados para o céu. Nossa respiração formava minúsculas nuvens de condensação em contraste com as estrelas.

Cardigan virou-se para mim.

— Nossa, menina. O que foi aquilo?

Mas o espectro de cabelos escuros e vestido branco surrado também estava ali. Levou um dedo transparente até os lábios e sorriu sinistramente para mim antes de desaparecer na noite.

Virei minha bochecha febril para a grama e suspirei.

— Não sei.

Em junho, eu era um rosto familiar entre a multidão noturna que se reunia no reservatório. Embora sempre vestisse a capa, minha visita inicial e exposição haviam deixado sua impressão. Assim como minha febril visita à igreja. Muitos ainda olhavam admirados. Alguns até apontavam, dizendo "Olhe! Lá está ela!"

Olhei feio e tentei, sem sucesso, ignorar todos os sussurros dissimulados.

— D-deixa eles para lá — Rowe disse. — O que eles p-pensam não importa.

— Talvez não para você — resmunguei.

Ele prendeu meu olhar por um instante. Fiquei corada com um tom de rosa escuro ao lembrar da sensação de seu casaco de lã em minha bochecha naquela primeira noite no reservatório. E, por um breve instante, comparei como estava me sentindo naquele momento com o que senti quando pensava em Nathaniel Sorrows. Pensei na vida que eu tinha criado para nós em minha cabeça: os coquetéis, o cachorro chamado Noodle. Mas era uma ilusão, um sonho pré-fabricado, enquanto Rowe era real. Eu podia tocá-lo. E ele podia me tocar. Um calafrio percorreu minha espinha quando pensei no quanto eu gostaria de sentir o calor de minha palma pressionada contra a de Rowe, nossos dedos entrelaçados. Era essa a diferença entre paixão e...?

— Como assim? — Rowe perguntou.

— As pessoas não olham para você como se você fosse...

— Um monstro? — Rowe sugeriu.

— Sim.

— Está vendo minha irmã? — Rowe gesticulou para Cardigan, que estava rindo com um grupo de pessoas. — Assim que ela a-abre a boca, todo mundo p-passa a gostar dela na mesma hora. Quando e-eu abro a minha, todo mundo t-tem pena de mim.

Estremeci.

— O fato é que, se eu me importasse com o que todo mundo p-pensa, eu me enxergaria c-como lamentável, mas não me enxergo assim. — Ele sorriu. — Acho que sou bem legal.

Eu ri.

— Eu só acho que você não poderia deixar as outras pessoas d-definirem o que você é — disse Rowe rapidamente. — Acho que você pode ser qualquer coisa que quiser.

Havia muito poucas pessoas que me faziam sentir como se elas me enxergassem como *sou* e não como uma aberração de asas. Minha mãe era uma delas. Henry era outra (não que ser considerada "normal" por Henry fosse algo para se gabar). Rowe, como eu estava prestes a compreender, era outra.

— Obrigada — eu disse gentilmente.

Caminhamos devagar ao redor do reservatório. Equilibrei-me na borda, mergulhando de vez em quando um pé na água enquanto andava. Eu podia sentir os olhos de Rowe em mim. Virei-me para ele e fiz uma careta.

— O que foi? — perguntei.

Rowe deu de ombros.

— Você. Só... você.

Quando passei pela casa da viúva Pie naquela noite, esqueci-me de imaginar Nathaniel à minha espera atrás dos arbustos. Tentei dizer seu nome em voz alta para mim mesma e fiquei surpresa por notar como ele parecia estranho à minha língua. E, com isso, o amor que eu achava que sentia pelo sobrinho de Marigold Pie escapou de mim como água de gelo derretendo. Assim como tantos outros, Nathaniel Sorrows estava interessado apenas em minhas asas. *Ao contrário de Rowe,* refleti ponderadamente.

Estiquei o braço, fechei as cortinas com um movimento determinado e fui para a cama.

Naquela noite, sonhei que conseguia voar.

De vez em quando, Emilienne permitia-se pensar no que poderia ter feito de sua vida se nunca tivesse se casado e, em vez disso, tivesse crescido no apartamento na Manhatine de Beauregard; se não tivesse se apaixonado pelo modo como os possíveis pretendentes elogiavam as meias-luas das unhas dos dedos de sua mão; se tivesse, em vez disso, permitido que subissem pelos frágeis patamares da escada de incêndio que davam acesso a seu andar e ela desprendesse os dedos deles e uivasse de rir quando caíssem.

Ela se esticou e tocou as bordas da aba de seu velho chapéu cloche — aquele pintado com papoulas vermelhas —, e a casa na Pinnacle Lane desapareceu gradualmente, sendo substituída pelas paredes de gesso se desintegrando daquele apartamento abandonado: a pia da cozinha, com sua porcelana rachada e os traços de ferrugem circulando o ralo; o refrigerador antiquado, com suas dobradiças de metal e o bloco quadrado de gelo que os fazia se sentirem ricos mesmo quando os armários estavam vazios; a cômoda onde Pierette dormia e os cantos onde suas penas se acumulavam; o sofá que René equilibrava nos antebraços.

Embora ela ainda não conversasse com seus irmãos e irmãs fantasmagóricos, Emilienne conseguia, de certa forma, comunicar-se com eles do jeito que eles deviam ter sido.

Começou examinando o filho de Margaux. Quando Margaux exibiu sua criança, Emilienne, a princípio, sorriu, antes de se virar quando viu os olhos dele — um verde, o outro azul. Margaux segurava o filho de forma protetora contra o buraco onde costumava ficar seu coração. Ela estava demasiado orgulhosa de sua prole; ele era a maior coisa que ela já tinha alcançado em sua vida. E em sua morte.

Onde estava *Maman*? Beauregard? Eles não sabiam. Sempre foram só os três e o bebê — e, às vezes, uma menina de olhos pretos. Como era a morte?, ela perguntou. Eles pareciam não ser capazes nem de responder; tampouco eram capazes de lhe dizer por que, na vida após a morte, continuavam a carregar a evidência de seus pecados de forma tão pavorosa.

— Talvez vocês estejam no purgatório — Emilienne sugeriu.

René deu de ombros. Talvez.

Às vezes, Margaux apontava para o cravo no canto da sala, como que pedindo para Emilienne tocá-lo. Era quando as paredes do apartamento de Manhatine se derretiam — junto com as vozes onduladas de seus irmãos — e as paredes da casa no final da Pinnacle Lane surgiam de volta ao seu redor, o cravo sem uso amarelando num canto.

Do diário pessoal de Nathaniel Sorrows

26 de maio de 1959

Parece que o Anjo passou seu fogo para mim — de sua boca através da hóstia flamejante até meus dedos. A princípio, a febre mostrou-se com um tom corado de rosa em minhas bochechas e em meu pescoço. Gotas de suor brotaram em minha testa. Acordei à noite coberto com uma irritadiça e quente erupção cutânea e me sentei em uma banheira cheia de cubos de gelo até a água derretida sair em forma de vapor por meu corpo. Tentei conter a erupção por meio de jejum e de chibatadas e de orações desesperadas, passando uma semana ajoelhado em escova de cabelo, tábua de pregos, alfineteira. Tentei me livrar do calor com uma taça de vinho ou um bocado de comida, mas as únicas coisas comestíveis na cozinha de Marigold me fizeram engasgar.

Talvez esse calor seja a punição por meus pensamentos impuros. E, mesmo assim, ainda a observo todas as noites. Fico no quintal escuro de minha tia Marigold, enxugando o suor em meu rosto e debaixo dos meus braços com um lenço vermelho, e espero. Preparo cuidadosamente alguns diálogos para compartilhar com ela, mas, toda vez que ela passa, entre os outros dois — a menina que veste a roupa que a deixa de barriga de fora e o menino com jaqueta de marinheiro de lã —, fico paralisado pelo modo como o vento arrepia as penas dela, e todas as palavras planejadas descem deslizando pela minha garganta.

Não consigo me concentrar. Em um momento, estou trocando o mural no pátio da igreja — certificando-me de que cada letra esteja adequadamente alinhada e posicionada e de que não cometi nenhum erro de escrita —, e, no momento seguinte, estou deitado em uma cama de penas imaginárias.

Quando o assunto é a tia Marigold, admito que estou fracassando de forma espetacular. Ela aumentou — deve-se deixar registrado — até quase o tamanho e o formato do colchão de sua cama. Agora acredito que a razão de minha presença aqui em Pinnacle Lane não tenha nada a ver com minha tia e tudo a ver com o Anjo. Comecei a colocar tranquilizantes nas bombas de chocolate que ela come aos montes. É a única forma com a qual posso controlar o número de visões do Anjo que o Senhor me envia. As horas que eu costumava gastar em orações agora uso lembrando de sua boca molhada. É assim que eu rezo agora.

Talvez esse calor não seja uma penitência que eu deva sofrer. Talvez seja um dom, cada gota de suor, um beijo do Anjo, avançando docemente por toda a minha espinha.

Capítulo 18

Passadas três semanas de junho, os meteorologistas apresentaram seus luxuosos pluviômetros e mostraram ao público o que já sabíamos — ainda não tinha chovido. O rico solo de Seattle secava nos canteiros e os ventos sopravam grandes rajadas de poeira nos olhos daqueles que passavam pela Pinnacle Lane. Até mesmo os jardins de rosas em Portland estavam sofrendo. Já fazia três meses que nenhuma flor nova ornava o altar da igreja luterana. Não haveria flores para as mulheres usarem nos cabelos na comemoração do solstício de verão, o que as fez chorar. Bem, ou estavam chorando ou era apenas o vento que tinha soprado partículas de terra em seus olhos.

Desde a noite da tentativa de voo de Gabe com as asas inspiradas no morcego — uma tentativa que acabou sendo sua última —, quanto mais distante Gabe ficava da casa no final da Pinnacle Lane, melhor parecia sua sensação. Antes, ele não estava disposto a aceitar empregos que o fizessem morar longe do bairro; agora, passava o máximo de tempo possível longe de casa: em Mercer Island, em Silverdale, em Belltown. Saía antes do amanhecer e voltava ao anoitecer, vendo Henry, minha mãe e eu apenas quando espiava em nossos quartos enquanto dormíamos. Henry dormia deitado de costas, os dedos presos à borda acetinada do edredom, Trouver enrolado em uma grande bola de pelos nos pés da cama. Eu sempre dormia com a ponta de uma asa cobrindo o nariz. Nas noites em que Viviane conseguia realmente dormir, enrolava-se de lado, os braços envolvendo protetoramente o peito, como se estivesse segurando o coração no lugar.

Quando via Viviane dormindo, o coração de Gabe batia como quando a vira pendurando os lençóis no quintal ou descendo as escadas. Mas então se lembrava de como era tolo amar alguém que não retribuía seu amor. Ia para seu quarto, subia na cama e contava os pontos pretos nas pálpebras fechadas até cair em um sono intermitente, acordando de hora em hora para parar de sonhar com os cabelos de Viviane Lavender.

Desapaixonar-se era muito mais duro do que Gabe teria gostado que fosse. Normalmente conduzido pela vida com o coração protegido, encontrar lógica no amor se mostrou um pouco similar a ser vacinado contra alguma doença terrível: uma boa ideia no final, mas a dor inicial certamente não tinha graça alguma. Ele veio a perceber que havia modos piores de viver do que viver sem amor. Por exemplo, se não tivesse braços, Gabe não seria capaz de se esconder em seu trabalho. Sim, uma vida sem braços seria realmente muito trágica.

Em sua visão, o mundo todo tinha desistido do amor e se apegado aos primos malformados deste: luxúria, narcisismo, interesse egoísta. Somente seu estúpido coração soltava rojões quando ele pensava em qualquer mulher além de Viviane Lavender.

Quando junho chegou, ele se forçou a convidar para sair uma garçonete de Bremen, Maine, que morava sozinha em um galpão atrás da escola de ensino fundamental. Nas noites de sexta-feira, ele e a garçonete sentavam-se em volta da fogueira, dividindo bandejas de biscoitos Ritz com pasta de lagosta Newsburg, enroladinhos de bacon e bombas de queijo quente. Gabe observava os joelhos dela — expostos por causa da saia elegantemente curta — ficarem vermelhos devido ao calor das chamas.

No final, Gabe tinha certeza de que seu coração se acostumaria com a ideia e permitiria que ele, enfim, a tocasse. Afinal de contas, era isso que as pessoas geralmente faziam quando não podiam estar com o ser que amavam.

Não era?

Henry continuou desenhando mapas do bairro. Desenhava-os no verso de cartas antigas, na folha de rosto dos livros, na terra, usando um pedaço de pau ou a ponta afiada de uma espátula. Assim como sua mudez e posterior fala sem sentido, a cartografia compulsiva de Henry era considerada outra idiossincrasia que não deveria ser compreendida. Nunca consideramos que devesse haver uma razão ou propósito para os mapas. Não importava: Henry sabia para que os fazia e isso era o bastante, pelo menos por um tempo.

Até a chegada de Trouver, pensamos que Henry não conseguia falar. Acontece que ele conseguia; só não gostava. Criou uma regra para si mesmo segundo a qual dizia somente coisas que julgava importantes. Ninguém — nem mesmo sua própria família — conhecia essa regra. Ninguém precisava conhecer.

Na manhã do solstício de verão, Henry acordou e esticou os dedos dos pés na direção do lugar na cama onde Trouver ainda estava enrolado, dormindo. Gostava de sentir os pelos do cão nos pés, que sacudia prazerosamente até o cachorro suspirar e descer ao chão. Os pelos de Trouver era uma das poucas coisas que Henry gostava de tocar. Ele gostava de sentir minhas penas e a macia borda surrada de seu edredom. Gostava do capô quente da caminhonete, do motor fazendo *tec-tec-tec* bem depois de Gabe voltar da cidade. Gostava disso também, do motor fazendo *tec-tec-tec*. Gostava do fato de alguns troncos de árvore serem ásperos, como a cerejeira em nosso quintal, e de outros serem macios, e alguns serem um meio-termo, como as bétulas na frente da padaria de nossa mãe. Devia haver outras coisas que ele gostava de tocar, mas eu não sabia bem. Ele não tocava muitas coisas.

Henry saiu da cama e vestiu sua camiseta listrada vermelha e azul — listras desbotadas depois de tantas lavagens. Trouver esticou-se e se lambeu em lugares *inadequados*. Henry não gostava dessa palavra. Quando Henry ouvia uma palavra que não gostava, precisava se deitar no chão com o rosto virado para baixo até a sensação ruim passar. Zumbir também funcionava às vezes.

Henry e Trouver dividiram um pedaço de torrada com geleia de laranja como café da manhã. Se aquele dia fosse qualquer outro, ele talvez tivesse ido até o quintal contar os insetos depois. Não precisava mais pegá-los para alimentar o morcego, mas gostava de contar as coisas e ainda apreciava saber quantos havia lá. Gostava de saber que havia dezesseis degraus até seu quarto e oito tigelas nos armários da cozinha que ficavam sobre a pia. Gostava de bater palmas cinco vezes seguidas, até nove vezes se precisasse, e sabia que, se batesse palmas dez vezes, nossa mãe lhe pediria que parasse com sua voz alta de mãe. Se aquele dia fosse como qualquer outro, Henry talvez tivesse voltado para seu quarto para encontrar o caderno no qual escrevia suas palavras favoritas, esforçando-se para manter todas as letras entre as linhas azuis. Mas aquele dia não era como qualquer outro dia.

Henry de fato voltou para seu quarto, mas, em vez de pegar seu caderno, ele esvaziou seu baú de brinquedos. Enfileirou todos os bichos de pelúcia ao longo da parede em ordem de tamanho, colocando em seguida os jogos de montar e os carros de brinquedo nas fendas das tábuas do assoalho.

Quando o baú de brinquedos ficou vazio, Henry subiu nele. Embora o baú fosse razoavelmente grande e Henry, um menino de quinze anos razoavelmente pequeno, só coube na caixa deixando as pernas do lado de fora. Estar dentro do baú o fazia se sentir seguro. E seguro era como ele precisava se sentir naquele momento. Com os joelhos na direção do queixo, Henry podia conversar com o Homem Triste sobre os mapas e sobre o gato na parede e sobre a abelha no arbusto.

Havia pessoas boas e pessoas más, disso Henry tinha certeza. Sua mãe era boa. E eu, é claro. Gabe. Trouver não era uma pessoa, mas era igualmente bom. Os policiais eram *boas* pessoas também. Ele tinha descoberto isso alguns dias antes, quando um policial foi até a padaria. A bela loira que trabalhava atrás do balcão lhe servira uma xícara de café e um *croissant* recém-tirado do forno. Quando o policial tentou pagar, Penelope disse "É por conta da casa". Quando ele saiu, a mulher virou-se para Henry e disse: "O trabalho dele é digno. Ele é um bom homem por fazer isso."

Quanto às pessoas más, Henry só conhecia uma. Sabia que ele era uma pessoa má porque o Homem Triste havia lhe dito isso. Também sabia que, por mais que tentasse contar aos outros, ninguém o compreendia. Nem sua avó, nem sua mãe, nem eu, nem Gabe. Trouver provavelmente compreendia, mas ele não era uma pessoa. Trouver era um cachorro, e, mesmo se compreendesse, de que adiantaria?

De alguma forma, ele tinha de encontrar uma maneira de deixar a casa na colina antes que a chuva chegasse. Porque a chuva estava vindo e tudo acontecia depois da chuva. Foi o que o Homem Triste disse.

Do diário pessoal de Nathaniel Sorrows:

21 de junho de 1959

Não deixo a sala de estar de minha tia desde 18 de junho. Três dias. Não como nem durmo; em vez disso, fico de pé diante da janela e observo e espero. Às vezes escrevo. Às vezes ando de um lado para o outro. Quando preciso me aliviar, apenas abro a janela e urino no canteiro de flores ressecado abaixo.

Comecei essa vigília no dia em que o carteiro entregou uma carta do Pastor Graves. A carta, datilografada pela secretária da igreja em um papel de pergaminho de aparência solene, declarava que minha assistência não era mais necessária. Ela também pedia para eu me afastar dos recintos da igreja. A reprimenda do pastor mal provocou uma escoriação em minha pele febril.

A mudança veio quatro dias atrás, no meio do sermão. Percebi que a igreja, as doutrinas sagradas, as divagações religiosas que tentei tanto seguir um dia, eram apenas partes de uma mentira criada por humanos tão cegos e imperfeitos que confundiram um ser divino com um de seus próprios miseráveis.

Meus vizinhos estão satisfeitos em cantar cânticos inúteis sobre rios, fontes e pedras, mas suas devoções são vazias.

Nenhum deles sabe coisa alguma sobre devoção! Abri caminho entre os paroquianos e segui até a frente da igreja. Do púlpito de madeira, disse-lhes tudo isso, batendo com o punho de raiva. Atrás, de olhos fechados, eles oravam por promoções e eletrodomésticos de última geração. O que poderiam oferecer com seu amor humano, imperfeito? Eu soube o que ela era desde o início. Um Anjo — um dos verdadeiros mensageiros de Deus — vivia no final da minha rua. Toquei suas penas com meus dedos esticados, contraí febre só de tocar sua bela língua.

Sei o que eles viram: minhas roupas amarrotadas; os círculos escuros sob meus olhos, frágeis e vermelhos de tantas noites sem dormir; os cabelos emaranhados de sujeira. O Pastor Graves se aproximou de mim e cobriu minha mão com a sua. Consegui enxergar o medo em seus olhos, vi como as íris mudaram de preto para marrom.

— De quem você está falando? — ele perguntou em tom baixo.

Comecei a rir.

Puxei minha mão de debaixo do aperto de mão do Pastor Graves. Como lamentei pelo reverendo, por ele ter passado a vida com um amontoado de enganos! Saí da igreja em seguida, ciente, mesmo antes de receber a carta, de que jamais retornaria ali.

Capítulo 19

Por quatorze anos, pude apenas observar de minha janela cada vez que a Pinnacle Lane era transformada para a comemoração do solstício. A distância, eu via os homens do bairro montarem barracas onde trufas de chocolate, pratos de *krumkake* e espigas de milho amarelas seriam vendidos por uma moeda; via um bando ruidoso de meninas do Key Club chegar na companhia de suas mães, carregando tortas para vender em benefício do Hospital de Veteranos do centro da cidade; via músicos se reunirem, trazendo bandolins, acordeões, violinos, xilofones, clarinetes e cítaras; via a fogueira gigante no estacionamento da escola inflamando em contraste com o céu noturno e amaldiçoava cada ser vivo com penas.

Mas, naquele ano, a coisa seria diferente.

Cardigan vinha secretamente se preparando para o solstício havia semanas. Não deixara nem Rowe nem eu a par de seus planos até a véspera do solstício, quando disse para o irmão nos encontrar não na parte baixa da colina, como era o costume, mas no próprio festival.

— Você logo vai descobrir por quê! — Cardigan lhe disse, rindo.

Fiquei de pé em frente à janela de meu quarto, observando os magníficos matizes do pôr do sol em laranja e roxo através do céu enquanto Cardigan penteava meus cabelos. As festividades já estavam em andamento havia algum tempo, mas eu insistira em esperar até o sol se pôr para dar minha escapada. Isso já seria bem antes do horário em que eu jamais saíra de casa — era arriscado.

Mas que risco eu vou correr, pensei, sorrindo para mim mesma.

Cardigan levou algumas horas de importunação persistente para me convencer a cortar e tingir os cabelos.

— Apenas pense que ninguém vai reconhecê-la — Cardigan disse.

— Acho que as asas provavelmente vão me entregar — respondi secamente.

— É para isso que *elas* servem — Cardigan apontou para um par de asas num canto, o mesmo par que Gabe fizera quando ainda tinha esperanças de me ensinar a voar. Ver aquelas asas fez meu peito doer. Desviei o olhar. Não queria ficar triste. Não naquele dia.

Cardigan e eu suspeitávamos de que Gabe tinha uma nova paixão. Ele raramente ficava em casa havia semanas. Quando eu o via, parecia que estava sempre de saída, as mãos lavadas, a gola da camisa recém-passada, seu cheiro amadeirado trocado pelo forte cheiro de colônia com o qual minha mãe sempre fingia se sentir ofendida. Deixava sua caminhonete malconservada na frente de casa. Talvez sua paixão fosse muito delicada para se sentar naqueles bancos surrados, esfarrapados. Seja lá quem fosse ela.

Torci o nariz.

— E como elas podem ajudar?

— Se eu as vestir, haverá dois anjos, e não apenas um — Cardigan disse, na defensiva. — Vou desviar a atenção das pessoas. — Ela exibiu a bagunça destroçada com os dedos. — Colei um maço de penas nelas. Está vendo? Ninguém pensará que suas asas são de verdade. Vão pensar que nós duas estamos usando fantasias. Além do mais, muitas pessoas ainda acham que o Anjo nunca sai de casa. *E* que apenas usa roupas brancas. *E* que tem garras...

— Eu não tenho... o quê?

— Garras — Cardigan fez um gancho com o dedo. — Sabe, como uma águia.

Cruzei os braços na altura do peito.

— Eu não tenho... essas coisas.

Cardigan deu de ombros.

— Eu sei, mas há especulações. Especulações que apenas sustentam o que eu acabei de dizer: ninguém saberá que é você porque você não será o que eles estão esperando que seja — ela rapidamente acrescentou.

Assisti nervosa enquanto os cachos escuros de meus cabelos caíam junto a meus pés.

— Continua grudando nas penas — Cardigan disse, certificando-se de que havia cortado cada lado uniformemente.

A água oxigenada demorou mais, e, por um instante, ambas tememos que eu acabaria com os cabelos alaranjados. Todavia, quando o cheiro de água oxigenada finalmente parou de fazer meus olhos arderem, Cardigan deu um passo para trás e assoviou.

— Jesus, Ava. Você ficou uma loira maravilhosa!

• • •

Na antiga Gália, a comemoração de solstício de verão era chamada de Banquete de Epona, em homenagem à deusa da abundância, soberania e colheita, que era retratada como uma mulher montada em uma égua. Os pagãos celebram o solstício com fogueiras que supostamente possuem uma forma de mágica terrestre, oferecendo às donzelas a imagem de seu futuro marido e banindo os espíritos maus e os demônios. Os homens da tribo Hopi usam máscaras tradicionais para honrar os *kachinas*, os espíritos dançantes da chuva e da fertilidade que, acreditava-se, deixavam as aldeias no solstício de verão para visitar os mortos no subterrâneo e realizar cerimônias em sua honra. Na Rússia, moças jovens jogavam suas grinaldas nos leitos dos rios e liam a sorte umas das outras pelo movimento das flores na água. Na Suécia, os vizinhos se reuniam para subir e dançar ao redor de um enorme mastro enfeitado com vegetais e flores. Em Roma, essa comemoração era chamada de Litha ou Vestália; no País de Gales, de Dia da Reunião; na Grécia, Dia de Todos os Casais. Também é conhecida como *Sonnwend*, *Feill-Sheathain*, *Thing-Tide*, festival de São João Batista.

Para as pessoas da Pinnacle Lane, a comemoração do solstício era a oportunidade de se livrar de seus mantos de modéstia e decoro e substituí-los por flores selvagens entrelaçadas nos cabelos. Somente durante o solstício de verão é que as irmãs Moss tiravam suas cruzes de entre os seios caídos e bebiam grandes copos de licor de malte até cair. Somente durante o solstício o Pastor Graves era capaz de se perdoar por comer seu doce favorito, esbaldando-se com o chocolate branco que recheava a trufa. E somente durante o solstício Rowe Cooper pôde chegar ao festival e encontrar duas meninas idênticas de asas à sua espera.

— Como v-vocês...? — Rowe bateu de leve os dedos nas penas que brotavam dos ombros da irmã.

Cardigan bateu na mão dele, afastando-a.

— Não toque. Elas não estão secas ainda. Incrível, não?

Rowe virou-se para mim.

— Gostei do seu cabelo.

Sorri.

Rowe ficou olhando para uma menina e depois para a outra.

— Mas por que vocês estão iguaizinhas?

Cardigan passou um braço ao redor da minha cintura.

— Estamos nos misturando na multidão.

Enquanto caminhávamos pela festividade, eu via algo novo ou estranho a cada volta: uma tocaia de minúsculos tigres e pandas com os rostos sujos de tinta, os dedos segurando varetas gigantes de algodão-doce; homens e mulheres em trajes medievais; uma garotinha em uma cadeira de rodas com as pernas envolvidas por uma cauda de sereia feita de tecido brilhante. Havia vovozinhas norueguesas vestidas com seus *bunads* de lã, e Bottom, o personagem de Shakespeare, com corpo de homem e cabeça de burro, cambaleando em tendas turquesa e brancas. As multidões de farristas do solstício eram tão estranhas que, talvez pela primeira vez na história, eu me adaptei. Agarrei Cardigan e a virei bem ali, em frente a uma barraca que vendia carrilhões de vento. Depois, ri bem alto porque ninguém sequer olhou para os anjos dançando para os carrilhões que soavam com a crescente brisa. Cardigan tinha razão. Estávamos nos misturando maravilhosamente.

Eu tinha passado tantos anos imaginando o evento, colocando-me no lugar da multidão, que pensei que talvez, no final, não importaria se eu sentisse realmente as chamas da fogueira em meu rosto. Pensei o mesmo sobre ser beijada. Ou sobre me apaixonar. Eu precisava experimentar essas coisas se eu podia imaginá-las? Uma parte de mim temia que a comemoração do solstício de Pinnacle Lane não era capaz de corresponder a *la* fête em minha cabeça.

Eu estava emocionada em descobrir que estava errada. De minha janela, nos últimos quatorze anos, eu não era capaz de ouvir as multidões cantando junto com os músicos de rua quando eles tocavam canções báquicas e arruaceiras em seus bandolins e cítaras; não conseguia observar os amantes encontrando sombras perfeitas para encontros amorosos particulares; não sabia como seria evitar ser vista por minha avó, o calor dos fornos obscurecendo as janelas da padaria durante toda a noite. Ou que eu morreria de rir quando Rowe deixou as meninas do Kiwanis Key Club pintarem um arco-íris tricolor em sua bochecha esquerda. E não sabia como meu coração bateria quando Rowe me puxou de lado, levou as mãos delicadamente ao meu rosto e pressionou os lábios contra os meus.

Quando a comemoração chegou ao fim, o fogo foi apagado com baldes preenchidos de água da baía. As mães reuniram seus filhos e maridos. Os ursos pandas e os tigres voltaram a se tornar garotinhos sujos outra vez. E os dois anjos e um menino com um arco-íris pintado na bochecha fizeram o caminho de volta à Pinnacle Lane.

Minha mãe insistiu que tinha sentido o cheiro da chuva antes de ela chegar. Era um belo dia, de céu azul, calor e sol. Não havia nenhum sinal de que aquela não passaria de uma pitoresca noite de solstício de verão, com exceção do cheiro. A chuva que estava por vir tinha um cheiro diferente de qualquer outra que minha mãe já havia sentido. Não exalava um odor de chuva de verão ou até mesmo da chuva de primavera que esperava escapar de carregadas nuvens desde fevereiro. Não tinha o cheiro sombrio como a chuva do último inverno que inundara os porões e deixara os cães da vizinhança isolados nos telhados de suas casinhas. Essa chuva tinha um cheiro sinistro como nenhuma outra. Ou, no mínimo, exalava o cheiro que minha mãe suspeitava ser o de um prenúncio: um eclipse lunar, o mau-olhado, o número 13. E exalava também o cheiro de medo.

Quando Viviane sentiu a chuva chegando, precisou oprimir o instinto de se esconder. O medo tinha aquele resultado. Em vez disso, ela lavou os pratos na pia. Fez um ensopado, não que houvesse alguém ali para comê-lo. Minha avó ainda estava na padaria — desde cedo naquela manhã — preparando-se para o festival de solstício daquela noite. Viviane não via Gabe havia algum tempo, havia dias, embora a caminhonete dele continuasse estacionada na entrada da garagem. Ela tentou não pensar em onde ele poderia estar. Cardigan e eu tínhamos insistido que não estávamos com fome, e minha mãe supôs que estávamos escondidas em meu quarto para passar a noite. E havia Henry.

Henry estivera particularmente agitado nos últimos dias. Viviane o surpreendera fugindo da colina — e ainda por cima sozinho! — pelo menos três vezes naquele dia. Parecia que, sempre que ela olhava para fora, lá estava ele, descendo lentamente a colina com aquele grande cachorro branco perambulando a seu lado. Pelo menos ela sabia agora que tanto ele quanto Trouver estavam no quarto, dormindo profundamente. Só para garantir, espiou-os uma vez mais, aliviada ao ver a cabeça adormecida do menino repousando sobre o travesseiro.

O cheiro árido da chuva que estava por vir a induziu a colocar um prendedor de roupas no nariz. Viviane tentou se lembrar do que sua mãe tinha dito sobre neutralizar maus agouros: um tordo americano que entrasse em casa era considerado sorte. Assim como era considerado sorte encontrar três ovelhas ou sentir coceira no topo da cabeça. Nenhum parecia uma solução muito relevante (*ou prática*, Viviane pensou) até que ela se lembrou de algo relacionado com sal. Voltando à cozinha, Viviane, de forma hesitante, apanhou o saleiro, despejou lentamente um pouco de sal na mão e o jogou pelo ombro esquerdo. Hesitante, tirou o prendedor de roupa do nariz e respirou fundo, mas, infelizmente, o fedor do iminente desastre ainda estava lá.

No intervalo de uma hora, Viviane apanhou um alfinete, derrubou uma luva e virou o vestido do avesso, deixando os bolsos expostos e tremulantes nas laterais. Bateu na madeira até as articulações dos dedos doerem e engatinhou pela casa procurando até encontrar um centavo, que, aparentemente, ao ser recolhido, garantiria algum tipo de boa sorte durante todo o dia. Virou-se sete vezes em sentido horário. Cruzou os dedos. Pulou uma vassoura de costas. Depois de tudo isso, soltou o prendedor do nariz e respirou fundo, à espera de ser preenchida com uma sensação de alívio. Mas tal sensação nunca veio.

No final, rendeu-se e recuou para se esconder no porão com as pilhas de toalhas e a secadora e um dos charutos de sua mãe.

Jogando o prendedor de lado, Viviane deu algumas baforadas no charuto. Sentiu-se mais calma e ficou aliviada ao descobrir que a única coisa que conseguia sentir naquele momento era o odor tosco do charuto. Esfregou os olhos. *Imagine só, ficar alterada assim por causa de um cheiro*, ela pensou. Sentindo-se, de certa forma, constrangida e tola, apagou o charuto e voltou para a parte de cima da casa.

E foi então que a chuva começou a cair.

A chuva aumentou constantemente ao longo da hora seguinte, caindo em *staccato* contra os telhados. Pessoas sob o mesmo teto precisavam gritar para perguntar se havia um balde para colocar sob as goteiras que estavam aparecendo nos corredores, cozinhas e quartos.

Na casa dos Lavender, a água entrou em volta das janelas insuficientemente vedadas, inundou a entrada com poças e encheu os cômodos com um fedor desagradável de medo.

Antes de subir pelos frágeis degraus e checar o segundo andar, Viviane preparou mentalmente uma lista de coisas que Gabe deveria verificar — água escorrendo nos carpetes, assoalhos de madeira e paredes; teto com goteira e janelas com vazamento.

Ela bateu de leve na porta de meu quarto.

— Ava? — ela me chamou. — Cardigan? — continuou.

Ao não obter resposta, abriu a porta. Tufos de meus cabelos escuros e compridos eram soprados pelo vento no chão. A fragrância da água oxigenada fez seu nariz arder. O quarto, Viviane percebeu com total pavor, estava vazio. Ela enfiou a cabeça para fora da janela aberta e espiou a chuva. Na casca da cerejeira do lado de fora de meu quarto havia várias penas marrons e brancas agora úmidas.

Ela fechou a janela e saiu. Enquanto fazia o caminho de volta pelo corredor rumo à escada, os pés afundados no carpete ensopado, ela parou diante do quarto de Henry. Com um impulso, empurrou a porta. O quarto dele também estava vazio.

Passou as mãos nos cabelos molhados.

— Merda — soltou.

Do diário pessoal de Nathaniel Sorrows:

22 de junho de 1959

Meus passos já desgastaram o tapete. Minhas roupas começaram a cheirar mal. Não importa. Hoje é o solstício de verão. O fato de eles se esforçarem tanto para comemorar um feriado pagão parece tão adequado! Monstros.

Ela já passou uma vez, caminhando de mãos dadas com outra garota, que tinha um ridículo par de asas feitas em casa preso às costas. Decidi esperar até elas retornarem. O máximo que tenho de esperar são algumas poucas horas; isso eu posso aguentar.

Enquanto escrevo isto, espio na direção do céu, que está escurecendo, perturbado por... isso é chuva?

Embora eu geralmente deixe a luz da varanda da frente apagada, acendi-a. No raio de luz que ilumina a calçada vi um, depois dois pontos escuros aparecerem no concreto. Talvez eu a chame para entrar. E se ela não quiser vir... Não, ela virá. Ela terá de vir.

Capítulo 20

PELA PRIMEIRA VEZ, minha mãe entendeu como os pais perdem o controle. Depois de tudo o que passara — a solitária gravidez, os quinze anos de noites em claro —, tinha aprendido a manter o controle. Tinha aprendido a se adaptar a qualquer coisa que surgisse: o mundo intocável de Henry, minhas asas. Se planejasse algo e o plano se mostrasse impossível, ela criava um novo. Nunca entendeu como os outros pais se *perdiam*. Agora ela entendia: os filhos traíam os pais ao se tornarem donos de si mesmos. Nunca tinha pensado que isso poderia acontecer com ela, cujos filhos eram tão... estranhos. Será que os estranhos eram capazes de sobreviver sozinhos? Viviane não tinha considerado essa possibilidade até aquele momento.

O único telefone em nossa casa ficava sobre uma cômoda velha e esquecida no corredor ao lado das escadas. Fora instalado em alguma época no início dos anos 1940. Era pesado e desajeitado e tocava tão raramente que, quando tocava, Viviane mal reconhecia o som. E foi com tremendo espanto ao ouvi-lo tocar que ela parou para atendê-lo.

Foi saudada por uma velha e familiar voz — é engraçado agora que, depois de todo esse tempo, ele ainda soasse exatamente igual — dizendo que tinha encontrado o filho dela caminhando em uma estrada.

— Ele deve ter caminhado quase três quilômetros e meio nesta chuva. Encontrei-o aqui perto da casa. O cachorro também. Tentei secar o menino, mas ele não quis.

Viviane balançou a cabeça.

— Ele está bem? Henry, eu digo.

— Ah, sabe, talvez você queira correr até aqui. Ele está agindo um pouco estranho.

— Estou indo para aí — ela garantiu, desligando o telefone.

Não teve coragem de dizer-lhe naquele momento que seu filho estava provavelmente agindo de forma perfeitamente normal. Para Henry, pelo menos.

Viviane abriu com tudo o armário do corredor e apanhou a primeira coisa que viu — uma jaqueta de lã vermelha que aparentemente estava ali havia um século. Abotoou-a com as mãos trêmulas, grata pelo fato de a roupa ser comprida o bastante para cobrir o vestido, que estava usando do avesso para dar sorte. Quando chegou à caminhonete, a chuva já havia encharcado a lã. *Quem é que não tem uma capa de chuva?*, ela pensou.

A caminhonete estalou e começou sua lenta ascensão à vida. Enquanto esperava, Viviane enfiou a mão na bolsa e puxou um estojo de pó de arroz e um batom. Segurando o espelho próximo ao rosto, lentamente deslizou o brilho vermelho nos lábios. Estava muito escuro para verificar como estava seu cabelo.

Viviane tentou descer a colina de ré com a caminhonete, mas parou quando sentiu os pneus deslizarem na lama. Então, engatou a primeira marcha da caminhonete e deu a volta na parte de trás da casa, passando bem por cima do canteiro que um dia ostentou as mais gloriosas dálias do bairro.

Quando a caminhonete alcançou a rua, Viviane empurrou a embreagem até o limite, colocou a segunda marcha e planou sobre o dilúvio.

Quando deixamos a comemoração do solstício, Cardigan, Rowe e eu percebemos uma mudança no ar. Inclinamos os rostos na direção do céu, confusos.

— Acho que vai ch-chover — Rowe disse.

Quando passamos na frente da padaria, estava caindo um pé-d'água e a maioria das pessoas conseguiu escapar a tempo de entrar em suas casas e carros aquecidos, deixando as ruas vazias.

Ficamos protegidos sob o toldo da farmácia. Cardigan levou a mão até as costas e fez uma careta.

— Estraguei minha camisa. Está toda pegajosa. —As asas de Cardigan tinham se dissolvido em uma bagunça molhada e grudenta de penas e cola. Todos estávamos com os sapatos encharcados.

O vento recuperou sua velocidade consideravelmente. Arrancou a casca das bétulas em frente à loja. As tiras ficaram penduradas nos galhos, batendo e torcendo com o furioso vento. Embora a jaqueta de marinheiro de Rowe estivesse cobrindo meus ombros, senti um calafrio ao ver as árvores desprotegidas.

— Está piorando. É melhor você ir embora — Rowe apertou minha mão antes de soltá-la.

Ele precisava levar sua mãe de carro de casa para o trabalho naquela noite, e todos concordamos que era muito arriscado eu me esconder na caçamba da caminhonete. A chance de ser pega era muito grande, embora eu tenha achado essa ideia um pouco emocionante.

— Tem certeza de que consegue ir para casa sozinha? — Mesmo ao meu lado, Rowe teve de gritar para se fazer ouvir com a pesada tempestade que caía.

Coloquei as mãos na cintura e fingi irritação.

— Ouça. Posso ser um pouco estranha, mas isso não quer dizer que tenho medo do escuro.

Ele abriu um sorriso.

— Só estava t-tentando ser educado.

Cardigan sorriu intencionalmente e correu na direção da chuva. Desapareceu sob a cascata de água. Virei-me para segui-la.

— Ei. Onde você pensa que vai? — Rowe caçoou.

Sorri quando ele colocou as mãos na minha cintura e me puxou para perto. Alisou com ternura meus cabelos, colocando-os atrás de minhas orelhas, e passou as pontas dos dedos em meu rosto, como se tentasse memorizar cada detalhe. Fechei os olhos e ele me beijou novamente.

Então, com os lábios ainda formigando, corri na direção da chuva atrás de Cardigan.

Por toda a cidade, a chuva estava provando ser um desastre. Largas poças formavam-se em bueiros entupidos e tomavam as esquinas das ruas, os estacionamentos, os parques, os vasos vazios e os canteiros sem poda. Galhos de árvores quebravam-se e caíam no chão com ríspidos estalos. Cardigan e eu corremos na direção da Pinnacle Lane. A água escorria por nossos braços e pernas, e minhas franjas recém-cortadas grudavam na testa. A maquiagem de Cardigan descia por seu rosto. Quando passamos debaixo dos tênis surrados pendurados em um fio de eletricidade, ambas assistimos boquiabertas aos sapatos se soltarem e escaparem noite adentro.

Perto da entrada da garagem dos Cooper, Cardigan me agarrou e me deu um apertão bem forte.

— Vamos ser cunhadas! — ela gritou mais alto do que a chuva, correndo para casa em seguida.

Se não fosse por um turvo brilho nas janelas do primeiro piso, minha casa estaria com a aparência de apenas outra parte escura do céu. Olhei de relance para o alto, na direção das janelas do segundo piso. Sorri ao pensar em Henry dormindo, os dedos presos à borda do edredom. Verifiquei meu bolso à procura do chocolate que havia comprado para ele, certificando-me de que não havia derretido. A mulher da barraca tinha dito que o chocolate era dos maias, um povo antigo que acreditava que tomar chocolate quente poderia trazer sabedoria e poder. Consideravam-no um manjar de seus deuses. Não contive o riso ao pensar nos deuses maias rasgando sacos de cacau em pó para misturá-lo em suas canecas de leite, mas a mulher tinha dito que os maias faziam o chocolate quente de grãos de cacau e o chamavam de *xocoatl*. Eu não sabia se Henry iria gostar realmente do doce, mas sabia que apreciaria a nova palavra que eu tinha aprendido.

O som de uma porta de carro me fez pular. Na lateral da casa, vi as luzes traseiras da caminhonete de Gabe acesas, brilhando em vermelho no escuro e na chuva. Gabe não aparecia em casa havia alguns dias. Tentei não pensar em onde ele poderia estar. Ou *com quem* ele poderia estar.

A caminhonete desapareceu atrás de casa. Corri para me esconder quando ela desceu a colina e alcançou a rua. Continuei escondida até o veículo sumir de vista.

— Parece que sua mãe está louca para encontrá-la.

Virei-me.

Nathaniel Sorrows estava atrás de mim, segurando um guarda-chuva preto sobre a cabeça.

— Não pode ser minha mãe — gritei na chuva. Minha mãe não saía de casa havia quinze anos. Ela nem sabia dirigir, sabia?

— Ela provavelmente diria a mesma coisa sobre você se a visse aqui, agora.

Fiquei ruborizada. Ele tinha razão.

— Mas é ela — ele disse. Eu a vi sair de casa e entrar na caminhonete.

— Mas o que faz você pensar que ela está por aí me procurando? — perguntei baixinho.

Nathaniel deu de ombros.

— Por que ela sairia de casa?

Quando pensei nas poucas coisas que poderiam motivar minha mãe a se aventurar fora da segurança da casa na colina, como descobrir que sua filha tinha fugido sem permissão, senti como se uma faca cortasse profundamente meu peito. Eu não sabia bem o que fazer. Deveria ir para casa e esperá-la voltar? Ir para a casa de Cardigan? Mas então pensei em como minha mãe estaria zangada comigo, com o olhar injuriado no rosto ao perceber o que eu havia feito. Queria evitar enfrentar esse olhar o máximo possível.

Como se lesse minha mente, Nathaniel disse:

— Por que você não entra? Estou com a lareira acesa. Você pode se secar aqui enquanto espera sua mãe voltar — ele sorriu.

Mordi o lábio e pensei. Claro que eu poderia ir à casa dos Cooper, porém, por mais tolerante que o pai de Cardigan fosse, ele provavelmente não ficaria satisfeito em saber que eu tinha fugido. E eu poderia até mesmo colocar Cardigan em apuros.

Nathaniel estava me observando pacientemente. Ele parecia diferente, notei. Menos devoto. Mais normal. Nem de perto tão atraente quanto imaginei que era. Com uma pontada de vergonha, lembrei-me de minha paixão passageira de apenas algumas semanas atrás. No que eu estava pensando?

— Não tem por que você ser repreendida por fugir e se arriscar a pegar uma pneumonia. Sei como as mães podem ser. Eu poderia ajudá-la inventando algum modo de você explicar seu desaparecimento momentâneo — ele disse.

Acenei com a cabeça.

— Certo — cedi finalmente.

Capítulo 21

Minha avó estava nos fundos da padaria tentando dar conta da demanda criada pela comemoração do solstício. Parecia não importar quantas bandejas Penelope deslizava na vitrine, as bocas famintas para alimentar não terminavam. Então, elas as alimentavam. Éclairs au chocolate, mil-folhas, pâté sucrée. Até inventaram um *cookie* especial de solstício com o formato do sol e cobertura amarela. Enquanto fazia um intervalo rápido, Emilienne assistia com orgulho às meninas cuidadosamente dobrarem as caixas das encomendas, anotarem os pedidos, darem o troco, sorrirem para clientes impacientes — tudo com um eficiente encanto. Emilienne ria sozinha. Não era muito certo referir-se a elas como meninas. Wilhelmina a ajudava a administrar a padaria havia mais de trinta anos, e os filhos de Penelope já eram adolescentes. Embora seu próprio reflexo a assustasse constantemente — as delicadas rugas ao redor dos olhos e da boca, os grosseiros tufos brancos de cabelo despontando entre os pretos —, Emilienne não percebeu como o tempo havia mudado as mulheres com quem ela passara todos os dias por tantos anos.

Na frente do estabelecimento, Ignatius Lux flertava com Penelope enquanto ela amarrava o cordão em sua encomenda com um floreado. *Aquele pobre marido dela*, Emilienne pensou com um sorriso. O casamento de Penelope com Zeb Cooper poderia ser instável, considerando o comportamento paquerador de Penelope, mas Zeb era um camarada confiante e adorava sua esposa brincalhona. Até onde Emilienne era capaz de ver, eles tinham também feito um bom trabalho ao criar os filhos. *Tanto Cardigan quanto Rowe provaram ser bons amigos para Ava*, ela pensou. Rowe faria dezoito anos dentro de dois meses. E partiria para a faculdade logo em seguida. *Como o tempo voa*, Emilienne refletiu. Embora isso significasse perder o motorista de seu furgão de entregas, ela estava contente por ver que Rowe queria fazer algo com sua vida além de dirigir uma caminhonete de produtos de panificação. Era inteligente aquele garoto.

Wilhelmina, carregando outra bandeja vazia sobre a cabeça, passou correndo por Emilienne.

— Aquele Ignatius Lux acabou de comprar o último *congolais* — ela disse. O biscoito de coco era um dos prediletos dos fregueses.

A longa trança de Wilhelmina estava coberta por um pó branco, mas se era de farinha ou da idade Emilienne não tinha mais certeza. Wilhelmina atirou a bandeja sobre uma pilha de bandejas já vacilante dentro da pia à espera de serem lavadas. Emilienne queria tirá-las dali, começando por aqueles pratos que ela sabia que levariam a noite toda para limpar, mas seus pés pareciam incapazes de se mover. Inclinou-se pesadamente na mesa de madeira do meio do cômodo. Nostalgicamente, passou as mãos sobre a superfície, sentindo as pequenas fendas e cortes que a cobriam. Ao longo dos anos, aquela mesa tinha sido usada para bater a massa de baguetes, *croissants*, pães da manhã e pães de canela. Quando Viviane era um bebê, era debaixo daquela mesa que Emilienne deixava o berço de vime enquanto preparava todas aquelas fatias de pão que ninguém compraria.

— Deus sabe que aquele homem poderia ficar sem alguns doces de vez em quando — Wilhelmina acrescentou, esbaforindo-se e fazendo um grande arco sobre o próprio abdome liso para indicar a circunferência pendurada sobre o cinto de Ignatius Lux.

As mãos de Wilhelmina eram rápidas enquanto ela arrumava uma bandeja de *tartes tatins* para levar à vitrine.

Ela olhou de relance para Emilienne.

— Você está tão quieta hoje, chefinha.

Emilienne esfregou os olhos.

— Só um dia longo e estranho. Só isso. — Para Emilienne, parecia que mais do que seus três irmãos falecidos a assombrava naquele dia. Mais cedo, ela podia ter jurado que tinha visto Levi Blythe, o primeiro amor de sua vida, pedindo um *cookie* de solstício. O menino que ela conhecia apenas como Dublin tinha piscado para ela através da janela. Satin Lush a observava de uma das cadeiras forjadas a ferro no meio da padaria. E cada passo que ela dava era ecoado pelo baque vazio da bengala de seu marido Connor. Todos os amores de sua vida.

Wilhelmina assoviou.

— O solstício pegou você, foi? Deixou-a toda nostálgica e chorosa? — Ela jogou o pano de prato que tinha amarrado nos cordões do avental para Emilienne, que não sabia que estivera chorando. Minha vó rapidamente enxugou os olhos com a toalha levemente úmida. Ela odiava admitir, mas o dia agitado tinha sido especialmente duro com ela. As partes de trás de seus joelhos palpitavam de fadiga, os pés e os pulsos doíam e ela podia sentir que uma dor de cabeça estava por vir. A dor era tão aguda que brilhava atrás das pálpebras dos olhos. Talvez fosse a chuva.

— Sabia que eu fui criada pela minha avó? — Wilhelmina perguntou.

Emilienne balançou a cabeça.

— Pois é. Eu tinha cinco anos de idade quando me tiraram dela. Nós duas gritamos e berramos. Eles me tiraram de minha casa e me colocaram naquela escola onde eu era espancada só por pensar em meu próprio idioma — Wilhelmina abriu um triste sorriso. — E, às vezes, quando estou me sentindo bem para baixo, quando sinto falta de minha avó, preciso me lembrar de que o amor vem em todos os tipos de embrulhos — ela gesticulou para a padaria. — Tenho este lugar. Caramba, Emilienne, eu tenho você.

Wilhelmina aproximou-se para colocar uma mão em sua bochecha.

— Só porque o amor não aparenta ser do modo que você pensa, não quer dizer que você não o tenha.

Emilienne mal conseguiu enxergá-lo quando ele apareceu, com sua forma tremeluzente sob o resplendor das luzes acima. Apesar disso, ainda conseguia distinguir o rosto destroçado de René, o rosto que um dia fora tão belo.

O último freguês despediu-se delas com um boa-noite e saiu na chuva. Penelope trancou a porta assim que ele passou e trocou a placa na janela para FECHADO.

— Como nos saímos hoje? — ela perguntou, tirando um dos sapatos e fazendo cara de dor enquanto esfregava os pés vermelhos.

As mãos de Wilhelmina esvoaçaram enquanto ela contava o dinheiro na gaveta do caixa, acenando com a cabeça para Penelope de que tinham se saído bem.

— Sobrou alguma coisa para amanhã? — Penelope perguntou, balançando seu vigoroso rabo de cavalo loiro.

Mesmo após um dia cheio de trabalho, Penelope conseguia parecer revigorada — sua pele úmida, seu nariz levemente tocado por um punhado de sardas. Emilienne não conseguia deixar de invejar a mulher por sua juventude, embora muitas pessoas alegassem que, em termos de beleza, Emilienne superava Penelope de longe.

— Temos ainda umas duas fornadas de *pain au chocolat* — Emilienne disse a elas, sem prestar muito atenção, distraída pelo modo como René caminhava a passos ligeiros ao redor da padaria, passando pelas mesas e cadeiras de ferro fundido. Ela estava absolutamente certa de que a maioria dos clientes do dia seguinte seria composta de donas de casa do bairro usando óculos escuros e carregando crianças irritadas. Os *croissants* de chocolate manteriam as crianças quietas; para a ressaca dos pais, Emilienne preparou um chá especial que guardou escondido atrás do balcão. Era apenas hortelã, mas Emilienne acreditava que as doenças autoinduzidas eram coisa da cabeça; ou seja, se alguém acreditasse que o "chá especial" de Emilienne podia curar, ele geralmente curava.

— O que vamos servir quando o estoque se esgotar? — Penelope perguntou, unindo as belas sobrancelhas com preocupação. — As pessoas vão querer mais do que duas fornadas de *croissants*.

Emilienne suspirou, sentindo repentinamente que não dormia desde a mudança para a casa no final da Pinnacle Lane, como se tivesse sido forçada a passar os últimos trinta e quatro anos sem o conforto de um único repouso noturno.

— Vamos fechar — ela respondeu.

As duas mulheres olharam fixamente para Emilienne; Wilhelmina perdeu a conta do dinheiro do caixa.

— Nós nunca fizemos isso antes — ela disse, misturando as notas amarrotadas em uma única pilha e recomeçando o cálculo.

— Bem, há algo que também nunca fizemos — Emilienne tirou a corda de couro com chaves do pulso e a colocou no balcão diante de Wilhelmina. — Você abre.

Wilhelmina olhou para cima, demonstrando surpresa. Desta vez, porém, ela não perdeu a conta. Emilienne conseguia ver o número equilibrado na ponta de sua língua. Ela deu um tapinha no ombro de Wilhelmina.

— Estou indo para casa — ela anunciou, tirando seu avental com um grande gesto e o batendo no balcão ao lado das chaves.

— Bem, você não pode caminhar para casa com essa chuva. Rowe vai levá-la — Penelope disse, gesticulando para a porta dos fundos, onde Rowe a esperava em silêncio.

— Não. Ficarei bem — Emilienne insistiu. O toldo de pano acima da porta fazia fortes ruídos quando o vento batia no tecido.

— De qualquer forma, temos que nos preparar para amanhã — Wilhelmina disse. — Você vai com Rowe. Um dos homens do festival pode levar Penelope e eu para casa mais tarde.

Emilienne deu o braço para Rowe. Juntos, eles caminharam até a caminhonete. René seguiu silenciosamente atrás deles.

Emilienne sentiu cada passo em suas articulações doloridas. Ela torceu para que Rowe não percebesse o quanto ela precisava de sua ajuda. Se ele percebeu, não deixou transparecer. Ela o admirava por isso.

— A sua c-c-carruagem a aguarda — ele disse, abrindo a porta do passageiro da caminhonete com um floreio.

Ele era engraçado também.

— Espero que minha neta se apaixone por você — ela brincou e, quando ele ficou com o rosto vermelho, ela se arrependeu na mesma hora de ter dito tal coisa. — Desculpe — emendou.

— Não sei o que está acontecendo comigo... — Tentou ignorar a sinistra sombra de René na parte de trás da caminhonete.

— Wilhelmina disse que o solstício pode causar isso nas pessoas — Rowe comentou.

Emilienne sorriu.

Eles ficaram em silêncio durante o percurso, ouvindo a chuva bater no teto da velha caminhonete Divco. Rowe dirigiu até o final da entrada da garagem dos Lavender e, em seguida, acompanhou Emilienne a pé até a porta da frente. Da sala, Emilienne observou Rowe pilotar a caminhonete de volta pela colina escorregadia. Virou-se e olhou diretamente para René.

— Espero que ele se apaixone pela minha neta — confidenciou.

Capítulo 22

A CASA DOS GRIFFITH ERA completamente diferente de tudo de que Viviane se lembrava, o que a fez notar como as coisas mudavam rapidamente e como era ela insignificante no grande panorama da vida. Ela achou injusto que sua vida devesse ser tão irrelevante quando difícil. Uma coisa ou outra já lhe parecia suficiente.

Enquanto seguia até a entrada da casa, uma rajada de vento frio e chuvoso entrou pela parte de baixo de seu casaco. Foi preciso juntar a força de Viviane e da empregada para segurar a porta aberta.

— Que baita tempestade lá fora, não? — a empregada disse, recolhendo o casaco de Viviane.

Viviane acenou com a cabeça e viu seu casaco vermelho ensopado ser pendurado cuidadosamente no armário da entrada, ao lado de várias estolas de vison e de um regalo de pele de chinchila. A empregada ofereceu-lhe uma caixa de lenços. Ela pegou alguns e enxugou o rosto e os cabelos com eles. Se seus cabelos ainda não estavam uma bagunça, agora certamente estavam.

Quando ela terminou, a empregada acenou com a cabeça de forma educada.

— Por favor, por aqui.

Viviane a seguiu pela casa. Já não existiam mais os quartos apertados, os assoalhos apodrecidos, a lareira caindo aos pedaços. Tudo era tão *chique* — a sala de estar rebaixada, o minibar, o grande aparelho de televisão. Já não existiam mais os detalhes que faziam deste lugar um *lar*: as minúsculas tigelas de pot-pourri, as cortinas de renda que Beatrix Griffith lavava a mão a cada primavera com as cinzas do tojo. E não havia sequer uma foto da família. A casa parecia pertencer a um catálogo.

A empregada deixou Viviane esperando na cozinha — um cômodo cheio de eletrodomésticos brilhantes, alguns que Viviane nunca havia visto antes. As superfícies dos balcões tinham um tom ridículo de verde. Uma grande porta envidraçada dava acesso ao quintal dos fundos. Olhando para fora, Viviane viu uma piscina no local que um dia deu acesso aos mistérios dos restos do Rei Tut. A chuva castigava a superfície daquela área.

Em um lado da cozinha havia uma mesa retangular cromada. Em uma cadeira plástica azul-petróleo na ponta da mesa estava Henry, terminando energicamente um detalhado mapa do bairro. Outros oito mapas estavam espalhados pela mesa. Trouver estava deitado aos pés de Henry e ergueu a cabeça quando Viviane entrou. Bateu o rabo molhado no chão, espalhando lama na parede.

Atrás de si, ouviu-o entrar na cozinha.

— Ele é muito bom com esses mapas, não é? — ele perguntou.

Viviane virou-se. Embora a gravata estivesse solta, seu terno estava impecável: limpo e bem vincado, nenhum botão faltando, nenhum fio solto. Quem era aquele homem desconhecido?

— Você sabia que um dos cartógrafos norte-americanos mais ilustres do século dezenove também se chamava Henry? Henry Schenck Tanner.

— Você leu isso em algum lugar? — ela perguntou, baixinho.

Ele sorriu afetado, demonstrando repentina arrogância.

— Devo ter lido.

Tirou o paletó e o arremessou friamente sobre uma das cadeiras. Viviane ficou se questionando se ele se sentava na cama toda noite para polir seus sapatos e suas caras abotoaduras ou se tinha alguém que fizesse isso por ele.

— Encontrei-o em Phinney Ridge. Não faço ideia de para onde ele estava indo. E com esse tempo — ele deu de ombros. — Imaginei que deveria pegá-lo e ligar para você.

Os últimos quinze anos tiveram seu preço para Jack Griffith: havia manchas de cabelo grisalho perto de sua têmpora, mas não foi isso o que a surpreendeu. Não fora nem mesmo a casa impessoal ou os ridículos suspensórios listrados de vermelho e branco que ele vestia sob o paletó. Era a maneira como ele parecia incapaz de olhar em seus olhos.

— É bom vê-la novamente, Viviane — ele disse, e Viviane interpretou isso como uma tentativa de soar espontâneo.

Ela tinha imaginado aquele momento muitas vezes. Tinha rezado e desejado uma chance de vê-lo novamente, e agora, quando estava ali com ele, não conseguia pensar em nada para dizer. Era estranho. Ele estava estranho. Diferente.

Minha mãe acenou com a cabeça e limpou a garganta.

— Sim. Bem, obrigada por encontrá-lo — ela murmurou. Em seguida, virou-se e começou a recolher os mapas espalhados pela mesa. — Vamos sair daqui num instante.

Com o canto dos olhos, ela viu Jack ficar com a cara no chão.

— Vocês não precisam ir imediatamente — ele disse, apressado.

— Posso pedir para Rita preparar algo para comermos. Vocês não me incomodam de jeito nenhum. — Ele caminhou atrás dela, parando tão perto de seu corpo que as pontas de seus sapatos tocaram levemente a parte de trás dos saltos dela. — É tão bom vê-la — disse, com a voz rouca.

Viviane virou-se. Ele sorriu, revelando o espaço entre os dentes, o espaço que assombrava tanto os sonhos de Viviane.

— Ouça, eu... — ele hesitou. Depois, apontou para Henry. — Ele é meu, não é?

Viviane congelou, acenando com a cabeça em seguida. Sim. Ele era dele. Assim como ela, pensando bem. Havia quinze anos, na verdade, ela era dele.

— Meu Deus, Viviane! — Jack exclamou. — Eu tenho um filho. Você não faz ideia de como isso é emocionante! — Ele estendeu o braço e desarrumou os cabelos de Henry. O menino encolheu-se de medo e se afastou. — Ele é igualzinho a mim, não acha?

— Ele não gosta de ser tocado — Viviane explicou, em voz baixa.

Jack parecia não ouvi-la. Virou-se de repente e levou as mãos ao rosto dela.

— Penso em você o tempo todo. Você tem que acreditar nisso. Penso em você o tempo todo. — O rosto de Viviane ficou com um agradável tom rosado ao toque dele. Ela fechou os olhos e respirou fundo, encantada por descobrir que ele ainda cheirava a sabonete e cera de carro.

— Ninguém nunca me amou como você me amou, Vivi. E só de pensar em você tendo que criar nosso filho sozinha...

Vivi? Viviane olhou para cima rispidamente. Havia apenas uma pessoa que a chamava de Vivi, e essa pessoa era Gabe. Ouvir o apelido que Gabe lhe dera — *apenas* para ela — na voz de Jack foi perturbador. Sua cabeça encheu-se de dúvidas. Ela tentou ignorá-las.

— Não fiquei exatamente sozinha — Viviane respondeu, baixinho, irritada por de repente pensar em Gabe quando finalmente tinha Jack bem à sua frente. Gabe, com seus simpáticos olhos, suas mãos fortes, seu inabalável...

— Mas eu não estava lá — Jack encostou a testa na de Viviane.

Por que eu não enxerguei isso antes?, ela pensou. *Gabe me ama.*

— Eu posso ajudá-la agora — Jack se gabou. — Olhe ao seu redor. Posso lhe dar tudo o que você puder precisar!

Ela olhou de relance para Henry. Era engraçado. Henry lembrava muito Jack, mas, quando ela olhava para seu filho, a outra pessoa que vinha à sua mente era Gabe: Gabe ajudando Henry a subir na caminhonete antes de partir em outra de suas aventuras; Gabe e Henry perseguindo aquele morcego ridículo; Gabe olhando para ela timidamente quando carregara Henry nos braços pela primeira vez, quinze anos antes.

— Você me perdoa?

Viviane suspirou e fechou os olhos. É claro que ela o perdoaria e ficaria feliz pelo resto de sua vida.

— De certo modo, poderíamos até formar uma família — ele acrescentou.

Viviane abriu os olhos.

— Como assim *de certo modo*?

Jack gesticulou para o cômodo ao redor deles.

— Veja o que eu fiz com a minha vida! Finalmente sou alguém importante nesta cidade. Não é possível que você espere que eu perca tudo isso.

Viviane cerrou os olhos.

— Não me diga que você ainda está em busca da aprovação do seu pai. Ele não está mais aqui há anos, Jack!

— Isso é irrelevante — Jack discutiu. — As pessoas que nunca respeitaram meu pai agora *me* respeitam — ele disse.

— Elas *me* admiram; pedem *minha* opinião. Não vou desistir de tudo isso para assumir uma...

Viviane encolheu-se, antecipando a velha e feia expressão.

Jack passou as mãos no rosto, suado de irritação.

— Veja, me desculpe por ser tão grosseiro. Mas, minha nossa, Viviane, eu pensei que, de todas as pessoas, você me compreenderia.

Viviane ajudou Henry a colocar seu casaco e os dois saíram em silêncio da impressionante casa, seguidos de perto por Trouver. Ela esqueceu o casaco vermelho pendurado no closet da entrada.

De volta à caminhonete, envolveu Henry com dois cobertores velhos e esfarrapados que encontrou debaixo do assento. Usou um terceiro para secar Trouver. Os cobertores exalavam um pouco de cheiro de mofo, mas nem Henry nem Trouver pareciam se importar. Virou a chave no contato e a caminhonete estalou, arfou e morreu.

E então ela teve um estalo. Ela *compreendeu*. Finalmente, quando o assunto era Jack, ela podia dizer que compreendia completamente. A casa estava reformada. Havia uma piscina no quintal do fundo. E havia aquelas roupas ridículas e caras. Um monte de coisas havia mudado. Apesar de tudo isso, Jack não tinha mudado nada. Percebendo isso, minha mãe começou a rir. E ela riu.

E riu.

E riu.

Riu até Henry cobrir os ouvidos com as mãos e Trouver começar a uivar. Riu até suas bochechas ficarem doloridas e sua garganta doer e seus olhos lacrimejarem. Riu por sua vida arruinada e difícil, que, para começar, não precisava ter sido arruinada e difícil. Riu por seus dois filhos gloriosamente belos, mas estranhos, e por um carpinteiro que ela deveria ter amado desde o momento em que sua mãe ouviu o canto de passarinho anunciando a chegada do bom amor.

Mais importante de tudo, ela riu porque, enfim, depois de todos aqueles anos, ela não amava mais Jack Griffith. Era um riso de alívio.

Viviane virou-se para Henry.

— Você está bem? — ela perguntou.

— Tem uma abelha no arbusto e um gato na parede — ele disse miseravelmente, empurrando um de seus mapas desenhados a mão no colo de Viviane. Era notável, ela percebeu, como o desenho era fiel. Até mesmo as placas das ruas estavam indicadas do lado correto. Em seguida, ela percebeu que aquele mapa em particular diferia em certo aspecto de todos os outros que Henry tinha feito: na porta de uma casa parecia haver uma mancha de sangue.

— O que é isso? — Você está sangrando? — Viviane verificou rapidamente os dedos e os braços, o nariz, as orelhas, a barriga e a língua de Henry.

Henry balançou a cabeça e bateu nas mãos dela, afastando-as.

— Tem sangue no chão e penas por todos os lados! — ele gritou, batendo no mapa com os dedos agitados.

— Henry, ouça... — Viviane falou lentamente. Ela odiava quando outras pessoas faziam isso: que falassem com Henry como se ele ainda fosse uma criancinha, mas às vezes era difícil saber se ele estava ouvindo.

Ela olhou o filho por um longo tempo, envolto pelas cobertas e por uma capa de chuva, o rosto preocupado projetando-se do capuz.

Você certamente foi bem esperto para vestir um casaco, ela refletiu. O dia não dava indícios de que uma violenta tempestade estava a caminho.

— Acontece depois da chuva — Henry disse.

Depois da chuva?

— Você sabia? — ela sussurrou. — Você sabia que ia chover? — Se ele sabia disso, do que *mais* sabia? *O que acontece depois da chuva?*

Henry empurrou o mapa para ela outra vez.

— Pinna machucada — ele rogou. — O Homem Triste fala para ouvir.

O motor da velha caminhonete finalmente voltou à vida.

Capítulo 23

Nathaniel me levou para os fundos da casa, onde o fogo estava aceso. A lareira era feita de pedras sobrepostas e ia do teto até o chão, onde havia uma abertura grande o suficiente para que eu pudesse sentir do corredor o calor do fogo. Havia uma pilha de madeira recém-cortada ao lado da lareira, e o machado delicadamente estava apoiado na tora de cima.

Eu nunca estivera na casa de ninguém antes — nem mesmo na de Cardigan. Era estranho fazer coisas que as outras pessoas — pessoas *normais* — faziam, mas fato é que estar naquela casa não me fazia sentir como qualquer um. Em vez disso, eu sentia como se estivesse representando uma peça, um personagem fictício que fazia um papel que outra pessoa escrevera para mim. Quando terminasse, eu tomaria meu lugar para receber os aplausos e depois iria para casa, onde eu seria real outra vez.

O chão da sala de estar de Marigold Pie estava coberto com um carpete marrom macio. Havia um sofá verde-oliva e uma mesa de centro com tampo de vidro. Em uma alta mesa de canto, havia garrafas de vidro de diferentes formatos e tamanhos, cada uma contendo um líquido de uma cor. Uma impressionante embarcação dentro de uma garrafa estava disposta na cornija da lareira. A única coisa que não entendi bem foi o enorme gatinho bordado olhando fixamente para mim de cima da cornija. Imaginei que fosse apenas um lapso isolado no bom gosto.

Nathaniel apoiou seu guarda-chuva contra o protetor de metal em frente à lareira e caminhou até a mesa de garrafas.

— Aceita algo para beber? Pode ajudá-la com o frio — ele disse.

Hesitei por um segundo.

— Pode ser.

Fiquei em silêncio em frente ao fogo, e o calor das chamas subiu por minhas panturrilhas e por minhas mãos estendidas até eu parar de sentir calafrios. Tirei as meias e os sapatos, pendurei as meias no protetor da lareira e estiquei as línguas dos sapatos antes de deixá-los secar diante do fogo. Tirei o casaco de Rowe dos ombros e o coloquei carinhosamente ao lado das meias. Chacoalhei as asas, espirrando algumas gotinhas de água pela sala e borrifando quadros e móveis.

— Um pouco de conhaque vai esquentá-la rapidinho — Nathaniel continuou, oferecendo-me um copo. Sentou-se no chão em frente ao fogo.

Sentei-me ao lado dele, observando como ele mexeu sua bebida e colocou o nariz na beira do copo antes de tomar o líquido dourado. Quando tentei fazer o mesmo, inalei muito profundamente. Minhas narinas arderam, e eu já consegui sentir o gosto do conhaque no fundo da garganta. Determinada, tomei um gole. Meus lábios arderam. Quando engoli, minha língua queria saltar da boca. Mas então um calor, como mel ardente descendo de forma lenta, percorreu meu corpo. Não era totalmente desagradável, mas não bebi mais.

O fogo crepitou; as chamas desvaneceram para pequenos triângulos roxos. Nathaniel colocou outra tora sobre elas e eu assisti ao fogo aumentar com um chiado forte. Ele se acomodou ao meu lado e despejou o restinho de sua bebida na boca, levantando-se em seguida e deixando o copo vazio sobre a lareira antes de voltar a se sentar ao meu lado.

— Estou tão contente por você estar aqui — ele disse.

Eu podia sentir o cheiro do gosto forte de álcool no hálito dele, o fedor de sujeira em sua pele. De repente, dei-me conta de que estava sozinha em uma casa estranha com um homem estranho que eu mal conhecia.

— Onde está sua tia? — perguntei.

— Por aí — ele disse, evasivamente.

— É melhor eu ir — avisei, afastando-me. — Preciso encontrar minha mãe.

— Você não pode ir ainda — ele protestou, agarrando uma de minhas asas, o que me fez gritar. Em seu rosto havia um olhar sombrio. Mas, quando olhou para baixo na direção do punhado de penas em sua mão, ele riu um pouco e a soltou. — Tenho algo para lhe mostrar — ele disse com a voz novamente amigável. — Espere só um minuto.

Engoli seco.

— Tudo bem — menti.

Levantei-me repentinamente tão logo ele saiu da sala, derrubando meu copo de conhaque. Sem fazer muito alarde, caminhei pelo corredor. Entrei no cômodo errado e descobri que estava em um lugar onde só conseguia distinguir os contornos dos móveis no escuro — um sofá, uma luminária e uma cadeira. Dei mais um passo à frente e senti o chão sob meus pés afundar e mudar. Agachei-me para espiar no carpete. Um caminho da largura de uma grande janela central tinha sido escavado no carpete, como uma trilha aberta em um bosque na floresta.

Recuei e olhei para cima. A janela proporcionava uma clara visão de minha casa, da janela de meu quarto. Então, algo no parapeito da janela me chamou a atenção. Era uma pena, não marrom e branca como as minhas, mas de um tom forte e lustroso de preto e tão comprida quanto meu braço. A pena era bela, brilhante e reluzente. Estiquei o braço na direção da luminária a meu lado e a acendi. Então eu os vi.

Pássaros. Sujando o chão, cobrindo a cadeira e o sofá, amontoados ao redor do cômodo em pilhas de dez ou vinte. Alguns tinham sido pregados na parede com as asas estendidas, como se estivessem em voo; outros estavam pendurados de cabeça para baixo no teto por minúsculos pedaços de corda amarrados fortemente em suas patas curvadas, como se estivessem sendo punidos por um crime terrível. Alguns tinham tido as penas arrancadas, outros estavam com as asas cortadas. E outros ainda estavam sem os olhos.

O conhaque que antes descera quente agora ficara frio em meu estômago. Tive ânsia, mas engoli rápido para evitar o vômito.

— Eu não queria que você os tivesse visto — Nathaniel surgiu atrás de mim. Ele gentilmente arrancou a comprida pena preta da minha mão. E suspirou.

— Como assim? — Com o pavor aumentando, notei que ele estava entre mim e a porta.

Ele recolheu um dos pássaros mortos e o chacoalhou diante de meu rosto.

— Disfarçando-se de criatura sagrada — Nathaniel disse com desgosto. Então, derrubou-o de volta ao chão, onde o animal caiu com um baque repugnante. Era um pipilo manchado macho com asas pretas e brancas e uma faixa vermelha de cada lado. Suas vísceras gotejavam de uma ferida em seu estômago.

— Abençoada com asas como os mensageiros de Deus, mas o que fazer com elas? Sujá-las em fontes ornamentais e em poças de lama. Comer lixo. — Ele chutou uma pilha de carcaças perto dos pés. — Essas monstruosidades são a razão pela qual ninguém a enxerga como você é. — Esticou os braços e alisou minhas asas. — Mas eu nunca fiz papel de bobo — disse, agora com delicadeza. — Eu sempre soube.

Fiz um movimento para me desviar dele.

O que eu me lembro mais nitidamente foi que ele me contou que me amava antes de me agarrar.

— Por favor! — implorei, debatendo-me. — Solte-me!

Chutei-o loucamente. Quando meu pé fez contato com sua canela, ele me apertou ainda mais. Joguei meu braço para trás e quebrei sua costela com o cotovelo. Ele caiu no chão com um grito, e isso foi suficiente para eu conseguir me desvencilhar. Corri até a porta, mas ele me pegou e me puxou com violência para trás.

Puxou-me pelos cabelos de volta para o cômodo da lareira. Parecia surpreso ao descobrir que eu era tão forte; para falar a verdade, eu era mesmo. Derrubou-me no chão, jogou-me de costas e pressionou os joelhos sobre meu esterno. A pressão contra meus pulmões dificultou minha respiração. Ele me amordaçou com um de seus lenços. Lágrimas quentes escoriam de meus olhos.

— Eu gostaria muito que você não me obrigasse a fazer isso. Você tem uma boca tão linda — ele disse, alisando minha bochecha.

Ele me virou de bruços, meu rosto pressionado sobre o carpete e meus braços presos atrás de mim. Apertando firme minhas asas, tirou o cinto. Minhas asas estremeceram. Senti tanto quanto ouvi meus próprios gritos, tão miseráveis e desesperados que soaram desumanos.

— Já perdi a conta de quantas vezes imaginei isso — ele sussurrou. — Quantas vezes fui estimulado pela ideia de travesseiros de penas e bolas de algodão e nuvens carregadas.

Ele esfregou minhas penas entre os dedos e afundou o rosto em meus ombros. Eu podia sentir sua respiração em minha pele.

— Pois é essa que acredito ser a sensação de tocar um anjo.

Lembro-me da dor. Uma dor intensa, incandescente. E da humilhação.

Depois, apertando minhas asas em seus punhos, ele começou a chorar.

— Você é só uma menina! — lamentou. — Jesus Cristo. Afinal de contas, você é só uma menina! — Soluços fortes e torturantes trepidaram em seu peito. — Sua cadela estúpida! — ele gritou, com a voz rouca de ódio. Rasgou as penas das minhas asas enquanto me atacava com mais força. Mais violência.

A lâmina do machado era pequena — menor do que o punho dele —, mas era afiada, e, quando ele a arrancou da pilha de toras, talvez tenha pensado que ela cortaria facilmente minhas asas. Mas as minhas não eram nada parecidas com as asas dos minúsculos pássaros que ele havia amputado. Minhas asas eram fortes e vigorosas e não tinham a menor intenção de ceder sem lutar. Elas se agitaram e açoitaram tanto que no final ele teve de dar um bote e cortá-las como um açougueiro insano.

Quando terminou, ele jogou o machado no chão, ao lado das minhas asas amputadas.

— Você me enganou — disse, olhando-me com desprezo. Eu gemia enquanto ele enxugava o sangue de seu rosto.

E então ele correu.

• • •

Emilienne caminhou em meio a uma poça no corredor de sua casa com passos lentos, cautelosos. Na cozinha, pegou um copo no armário e o colocou debaixo da torneira. Com um olhar cansado para a chuva que se infiltrava através das fendas ao redor da janela, percebeu que mais água era a última coisa de que ela precisava. Um dos gatos — o carente gato malhado laranja — esfregou-se em suas pernas e miou. Como ela batizara aquele? Tampinha? *Bem*, ela pensou, agachando-se e erguendo-o nos braços, *isso parece adequado.*

— As crianças estão lá em cima? — ela perguntou ao gato. Ele piscou uma vez com seus olhos verdes cerebrais, e ela entendeu que era um reconfortante sim. Enquanto passava com ele nos braços pela sala de estar, o gato emitiu um gemido baixo e pulou de seus braços, derrapando com as patas traseiras enquanto fugia pelo corredor. Na sala de estar, René estava sentado no banco do cravo, os dedos batendo em várias teclas em uma música calma; ele estava sozinho.

Emilienne ainda conseguia enxergar o estrago que William Peyton tinha feito no rosto de seu irmão tantos anos atrás. Um olho mirava fixa e cegamente sobre o ombro dela, a cor atenuada por uma película branca; o outro olho estava pendurado em sua cavidade e repousava na beirada da acentuada maçã do rosto exposta. Do nariz restava apenas um pedaço de cartilagem. Não tinha boca nem queixo; a mandíbula estava pendurava em um ângulo grosseiro e incompleto, o que explicava o motivo pelo qual sua voz soava tão abafada. Até onde Emilienne conseguia ver, ele não tinha língua. E nenhum dente.

— Ah, René — Emilienne ajoelhou-se ao lado dele.

Mais tarde, quando se lembrasse desse momento, Emilienne se recordaria de quão morbidamente apropriado achara o rosto deformado do irmão, de quão adequado pareceu ouvir tal horror relatado por uma fonte tão repulsiva. Pois era horrendo o que ele estava lhe dizendo. Impensável e indescritivelmente horrendo. Ela achou estranho não sentir nada quando ele tentou segurar-lhe a mão; os dedos transparentes escorregando pelos seus. Quando ele terminou de lhe contar a terrível verdade, ela se levantou do banco e alisou as dobras da saia. Saiu do cômodo e, passando pela água no corredor até o telefone, discou o número da delegacia de polícia e, com uma voz límpida, forneceu ao atendente o endereço da Pinnacle Lane onde Marigold Pie vivia com o sobrinho.

Antes de sair da casa, virou-se para René.

— Não ouse levá-la com você — ela implorou.

— Eu não quero — ele grasnou.

Capítulo 24

QUANDO MINHA AVÓ chegou ao quintal da frente da Marigold Pie, um raio rebentou sobre sua cabeça, rapidamente seguido por um estrondoso *bum!* No momento em que o raio iluminou o céu, Emilienne notou que a letra "P" do nome de Marigold Pie não estava na caixa de correio. Ela ficava sob o gigante arbusto que separava a casa da rua e deve ter caído, aterrissando de cabeça para baixo e de costas, de modo que parecia não um "P", mas uma abelha minúscula. Com desespero irônico, Emilienne pensou: *Henry, finalmente descobri sua abelha no arbusto.*

A porta da frente estava aberta e a casa, escura e silenciosa. Emilienne sentiu um calafrio, em parte por causa do frio e em parte por causa do medo. Mas então ela entrou e a resignação se instalou sobre si. Encontrou um interruptor de luz e o acendeu. O chão e as paredes do corredor estavam borrifados com o que parecia ser tinta, uma vez que o vermelho era muito brilhante. O ar estava pesado com penas salpicadas de marrom e branco. Minha avó engasgou como se elas estivessem em sua boca, em seu nariz, em seus pulmões. Freneticamente, bateu com as mãos para tirá-las do rosto.

Tem sangue no chão e penas por todos os lados.

Quando Emilienne entrou primeiro no cômodo dos fundos, seu coração galopou com certo alívio: a neta não tinha os cabelos loiros. Mas então ela viu os tocos ensanguentados em minhas costas. E viu minhas asas — uma bagunça sangrenta de tendões e penas rasgadas e ossos quebrados abandonados no carpete. A bile subiu à sua garganta e seu coração ficou partido. Era eu, afinal.

Emilienne ajoelhou-se e aproximou seu rosto do meu, recusando-se a respirar até sentir minha respiração em sua bochecha. Pronto. Rapidamente ela tirou o casaco molhado e o pressionou contra as feridas. Havia tanto sangue. O carpete estava viscoso. Círculos vermelhos vazaram de ambos os lados do casaco, e as mãos de Emilienne logo ficaram cobertas com sangue também. E, embora ela não precisasse ver para saber que ele estava ali, preferiu olhar para cima. E lá estava ele, pendurado na cornija da lareira.

O gato na parede.

"Coração na boca" era uma expressão que minha mãe nunca compreendera. Enquanto corria na direção da Pinnacle Lane, com Henry e Trouver tentando permanecer em posição vertical no assento a seu lado, o coração de Viviane não estava em sua boca. O coração dela havia saltado do peito e estava correndo um metro à frente da caminhonete. Ela conseguia enxergá-lo nos faróis, as artérias pulsando como braços pendurados ao lado. Viviane queria poder enviá-lo ainda mais à frente; queria que ele já tivesse feito a curva na Pinnacle Lane; queria que estivesse a meu lado, onde quer que eu estivesse.

Henry choramingou de preocupação.

— Logo chegaremos — Viviane sussurrou, criando uma breve canção com as palavras, algo que ela costumava fazer para acalmá-lo quando ele era pequeno. Mesmo naquele momento, quando Henry começara a cantar com os lábios fechados a canção para si próprio, ela podia ver a tensão no rosto dele.

A caminhonete passou voando pela escola primária, pela igreja e pelo correio como um borrão úmido. A chuva aumentou; os limpadores do para-brisa mal davam conta. Viviane inclinou-se para a frente, as articulações dos dedos brancas sobre o volante, e espiou no escuro.

Quando ela o viu — o homem correndo diretamente em sua direção —, pisou com tudo nos freios. Os pneus derraparam com força através da chuva pesada, soltando um estrondoso ruído, e ela jogou o braço para fora do carro para impedir que Trouver e Henry colidissem no para-brisa. O homem parou em frente à caminhonete e olhou fixamente para ela com os olhos negros arregalados e o rosto marcado de vermelho. *Sangue*, ela percebeu com horror.

Antes que tivesse tempo de reagir, duas pessoas apareceram atrás dele. Transparentes e pálidas, brilharam diante dos faróis da caminhonete. Seus olhos eram opacos e cegos; a água escorrendo nas monstruosas peles cinza. Um vulto carregava um bebê sobre o lugar onde um dia estivera o coração; o outro tinha a forma de canário e se transformou em uma menina, esticando, furiosa, o braço para agarrar o homem.

E eis que estavam sobre ele.

Viviane observou, aterrorizada, enquanto os vultos transparentes o engoliam. Os gritos dele, roucos e desumanos, preencheram a noite.

Com um *flash* repentino, a rua explodiu em chamas. O calor chamuscou o vidro do para-brisa. O homem tentou fugir, agitando loucamente os braços, mas seus movimentos apenas pareciam alimentar ainda mais o fogo.

E então, da mesma forma repentina, o fogo e sua vítima desapareceram, deixando apenas o forte odor de pele queimada.

Nervoso, Trouver virou-se no assento da caminhonete, latindo e pisando em Henry.

— Fique aqui. Não se mexa — Viviane disse a Henry. Ela estacionou o veículo de forma brusca e abriu a porta com tudo. O cachorro saltou atrás dela e andou em círculos ao redor da caminhonete, com passos apressados, o corpo rente ao chão. Na frente da caminhonete, uma marca preta assinalava o pavimento onde o infeliz homem estivera. Viviane caiu de joelhos no chão, afundando em uma poça de água ao redor do veículo, e passou os dedos sobre a marca. O lugar ainda estava quente.

Em seguida, olhou para cima a tempo de ver as aparições desvanecerem na escuridão.

A ambulância chegou à casa de Marigold Pie seguida de perto pela polícia local. As luzes brilhantes tinham atraído toda a Pinnacle Lane para a cena. Estavam ali as velhas irmãs Moss com seus sapatos e casacos combinando e um único guarda-chuva protegendo seus cachos da chuva. Estavam também um sonolento Mart Flannery e seu filho, Jeremiah, de pijama. Zeb Cooper tinha pulado da cama quando ouviu a sirene da ambulância. Vestindo apenas uma calça vermelha de pijama e galochas, ele estava tentando persuadir seus curiosos vizinhos a se acomodarem na calçada. Seu filho, Rowe, estava lá na companhia de sua filha, Cardigan, aos prantos — ambos com os rostos pálidos de choque. Ao lado estava sua esposa, Penelope, que tinha chorado ao saber que sua própria família estava bem e voltado a chorar quando descobriu que a de Emilienne não estava. Lá estava Wilhelmina Dovewolf, conduzindo minha mãe para dentro da casa de Marigold, ambas em silêncio, num impassível desespero.

Estavam Constance Quakenbush e Delilah Zimmer, melhores amigas e professoras da primeira série da escola de ensino fundamental. Estavam Ignatius Lux, o diretor do ensino médio, e sua esposa, Estelle Margolis; ao lado deles, Amos Fields, que nunca tinha sido muito bondoso com ninguém desde que seu filho morrera na Segunda Guerra Mundial, mas sempre parecia ter dinheiro para um *croissant* matutino na padaria de Emilienne. Estavam o Pastor Trace Graves e alguns dos alunos da escola secundária que vieram do reservatório. Um dos meninos pensou em agarrar o grande cão branco que estava na rua e envolver o pescoço dele com seu cinto para mantê-lo longe da confusão. Uma menina enxugava as patas enlameadas do cachorro com sua jaqueta. Por fim, havia várias equipes de socorristas e mais policiais de uniforme azul, cujos veículos amontoavam-se na rua em uma caótica massa de luzes brilhantes. Quando me carregaram para fora — meu corpo sem asas deitado em uma maca, minha mãe e minha vó caminhando a meu lado com as roupas cobertas de sangue —, dizem que todo o quarteirão ficou em silêncio em respeito.

O chefe dos socorristas era um homem grande e carrancudo que levou Emilienne e Viviane para a ambulância atrás de mim, pedindo a seu parceiro para ficar de olho em ambas por causa do choque. Involuntariamente, isso deixou Henry por sua conta e risco.

Apesar de sua irmã, sua mãe e sua vó estarem a caminho do hospital mais próximo, Henry estava feliz. Estava feliz porque tudo aquilo havia acabado e ele não tinha mais a responsabilidade de tentar fazer o alerta do Homem Triste ser ouvido. Pois assim que as coisas acontecem, bem ou mal, não há nada a fazer. Simples assim. E Henry gostava de *simples assim*. Qualquer outra coisa era muito complicada.

Nossa mãe havia lhe pedido para ficar ali. *Não se mexer*. E foi o que Henry fez. Ele permaneceu na caminhonete. Depois de um tempo, porém, percebeu que, embora não visse ninguém que conhecia, via de fato muitas pessoas que não conhecia, e aquilo o deixou um pouco enjoado. Então, ele viu Trouver. Saiu da caminhonete e caminhou na direção do grande cão, contando coisas conforme caminhava: contou as luzes brilhantes, o número de pessoas reunidas na rua, os guarda-chuvas e os pingos de chuva. Contou, porque contar sempre lhe causava uma sensação boa, e não ver ninguém que conhecia lhe causava uma sensação ruim. O que também lhe causou uma sensação ruim foi ver que Trouver estava sentado com outro garoto, um garoto que Henry não conhecia. Então, ele se concentrou na contagem — contando o número de passos que levou para atravessar a rua até chegar a Trouver — até alguém pôr a mão em seu ombro.

Henry gritou. A mulher com a mão em seu ombro pulou e retirou a mão.

— Desculpe! — ela ofegou. — Só achei que você parecia perdido. — A mulher torceu uma trança de cabelos cor de cobre ao redor dos dedos. Olhou ao redor freneticamente. — Não tive a menor intenção de assustá-lo! — ela insistiu.

Wilhelmina correu até o local, Penelope logo atrás. Wilhelmina falou com Henry com uma voz tranquilizante ao mesmo tempo em que gesticulava para o garoto com o cinto preso no pescoço de Trouver para levar o cão até ali. Penelope virou-se para a mulher.

— Por que você tocou nele? — repreendeu-a. — Não acha que ele já teve o bastante por hoje?

A mulher soltou os cabelos ao redor do dedo.

— Bem, eu certamente não quis chateá-lo. Eu não sabia que ele... só pensei que poderia ajudá-lo.

— E o que a fez pensar que poderia ajudá-lo?

— Ele parecia... Ele precisava... — ela gaguejou de forma ilógica.

Quando Laura Loverlorn mudou-se para a vizinhança, cinco anos antes, ela não conhecia a história de Viviane Lavender. Nem sequer se lembrava de tê-la conhecido naquela noite no solstício de verão havia tantos anos. E, durante suas muitas caminhadas até a padaria para buscar um pedaço de *pain au levain* com casca grossa ou uma baguete para o jantar, nunca tinha notado que o neto de Emilienne Lavender se parecia com seu marido. Agora ela estava constrangida por ter sido tão cega.

Após Beatrix Griffith desaparecer, Laura mudara-se de sua querida Washington — com seus verões quentes e invernos nevados — para viver com o marido em Seattle, uma cidade conhecida pelas chuvas durante o ano todo. Foi rapidamente acolhida pela vizinhança, devido principalmente aos coquetéis temáticos com doces à vontade que oferecia. Sempre se podia contar com ela para comprar pelo menos uma caixa de biscoitos de açúcar e manteiga da tropa local das escoteiras; nunca saía de casa sem as luvas brancas, nunca servia ao marido uma refeição com restos de ensopado de forno e sempre fazia tudo o que se esperava que ela fizesse. Como Jack não quis ter filhos, ela dissera às meninas no hospital onde trabalhava como voluntária que ela e o marido precisavam cuidar do pai dele antes de construir uma família nova. Depois que John Griffith morreu, dissera-lhes que ela e Jack queriam viajar ao redor do mundo, visitar as pirâmides no Egito e percorrer o litoral em formato de bota da Itália. Depois, quando Jack se mudou para o quarto do outro lado da casa, ela parou de dizer qualquer coisa sobre ambos.

Devia estar claro para todos que Jack estava infeliz — que, talvez, ele nunca sequer a tivesse amado —, mas Laura se recusava a enxergar isso. Não enxergava como ele evitava a padaria, não enxergava como os olhos dele quase se fechavam quando eles passavam pela Pinnacle Lane. Não enxergava que ele raramente falava com alguém durante suas famosas festas, que, enquanto ela servia os convidados com bandejas de bolinha de queijo e ovos recheados, Jack passava a maior parte da noite no canto, sorrindo delicadamente enquanto o gelo derretia em seu copo de uísque. Não enxergava isso porque, quando o assunto era o amor, ela via o que queria ver. Laura sempre fora uma boa esposa. Os anos em que estivera casada com Jack Griffith, tinha passado em uma névoa estimulada pelo amor, acreditando que Jack estava feliz com a vida que tinham criado juntos e, mais importante, que ele a amava.

Naquele solstício de verão, Laura Lovelorn voltou tarde da noite para casa e encontrou o marido sentado no escuro com uma garrafa vazia nas mãos e o hálito exalando uísque.

— Sou um tolo, Laura — ele chorou. — Perdi o amor da minha vida hoje à noite.

Laura abaixou-se para alisar os cabelos do marido.

— Do que você está falando, querido? Estou bem aqui — ela beijou a testa dele.

Jack olhou para cima, na direção dela, piscando.

— Eu não estava falando de você.

Laura sorriu docemente.

— Estava falando de quem, então?

— Viviane. Viviane Lavender.

Enquanto Jack continuou a murmurar uma vida secreta, uma vida de amor e de traição, a névoa finalmente se desfez diante dos olhos de Laura.

— Ah — Laura sussurrara. — Minha nossa.

Quando ele terminou, ela entrou no quarto onde dormia sozinha agora havia tantos anos. Tirou a mala do armário e guardou suas coisas, escolhendo cuidadosamente os itens que levaria consigo e decidindo quais teriam de ficar para outra hora. Arrastou a mala pelo corredor e disse a Jack que o estava deixando. Ele só acenou desanimadamente com a garrafa, o que mostrou a Laura que ela estava errada. Jack Griffith nunca a amara, não como ela pensava que tivesse amado e jamais como ele amava Viviane Lavender.

Laura jogou a pesada mala no porta-malas do veículo e saiu da garagem. Ao sair à rua, viu as luzes brilhantes e uma multidão de pessoas amontoadas no final da Pinnacle Lane. Estacionou o carro no acostamento e saiu, protegendo os olhos da pesada chuva que caía do céu.

Viu o filho de Viviane Lavender antes de sequer ter tido tempo de descobrir o que havia acontecido. Olhando para ele, só conseguiu balançar a cabeça. Henry era uma cópia de Jack Griffith em seus primeiros anos. Ainda assim, havia um olhar atrás dos olhos do menino que era muito diferente de qualquer coisa que Laura já tinha visto nos olhos de Jack. Era como se Henry carregasse o peso do mundo, deformado e imperfeito, em suas adoráveis e dilatadas pupilas.

Como ela podia não ter enxergado isso?

Laura agarrou a mão de Wilhelmina.

— Eu só quero ajudar — ela disse. Wilhelmina espiou sobre o ombro de Laura na multidão.

— Ajudar, é? Bem, talvez precisemos de um pouco de ajuda.

• • •

Na padaria, Wilhelmina ligou a cafeteira. Pegou as xícaras e os pires de porcelana do armário, enfileirando-os no balcão da frente, cada xícara equilibrada em seu prato específico. O café teria de ser suficiente até ela conseguir aquecer o forno. Penelope enviou Zeb em busca de mantimentos enquanto Wilhelmina começou a alimentar o forno de tijolos com toras de eucalipto seco, descartando quaisquer ideias sobre doces ou outras sobremesas. O que todo mundo precisava era de pão. Pão substancioso, com sustança, saído quente do forno, com cascas espessas na superfície e miolo macio, coberto com manteiga, mel ou creme de avelã.

Quando Zeb voltou, Wilhelmina o conduziu até o moinho manual e o colocou para trabalhar, moendo trigo fresco, centeio e trigo vermelho, que eles usariam para fazer o *pain de campagne*. Deixou Rowe e Cardigan encarregados de bater a massa para as baguetes e ensinou Laura Lovelorn a cuidar do fogo.

Demorou a noite toda para a padaria ser preenchida com o aroma de pão recém-assado, mas não importava, pois ninguém tinha a intenção de sair. Além do mais, para onde eles iriam? De vez em quando, desviavam-se de suas tarefas específicas, os rostos manchados de farinha, e viam os olhares de desespero uns dos outros. Mas então Trouver começava a se mexer durante o sono ou Henry começava a sussurrar, e eles voltavam ao trabalho.

Do lado de fora, a multidão ao redor de Pinnacle Lane só aumentava, a rua úmida cada vez mais tomada por vizinhos que tinham ouvido falar do ataque. Por razões que eles próprios não conseguiam explicar bem, cada um se sentia forçado a prestar suas homenagens. Evitavam a pesada chuva em seus

Oldsmobile Sedans, seus Studebaker Starliners, suas picapes Ford Model B com o cachorro da família farejando o úmido ar na caçamba. Reuniam-se ao redor da Pinnacle Lane, espalhando-se pela rua e pelos jardins do bairro. Mantinham-se afastados do lugar na rua manchado pela marca preta que certa vez fora Nathaniel Sorrows. Chegavam com os filhos, as esposas e os maridos e os pais. Chegavam vestidos como se estivessem indo à igreja ou a um funeral, ou como se tivessem saído diretamente da cama, e a maioria deles estava. Chegavam com barracas e guarda-chuvas, chapéus e luvas; chegavam sem coisa alguma, nem mesmo uma jaqueta para se proteger da chuva. Até o amanhecer, uma caixa de doação tinha sido colocada no balcão da padaria, e as pessoas solenemente ofereciam seus trocados por em troca de um pedaço de pão, um *croissant* quente. A chuva continuava a cair. E mesmo assim as pessoas continuavam chegando.

Alguns traziam consigo suas Bíblias — com as passagens que achavam mais comoventes sublinhadas em vermelho. Alguns sentavam-se em silêncio em círculos e passavam os dedos nas contas dos terços, numa harmonia não planejada. Outros tinham levado esteiras para se ajoelhar enquanto cantos reconfortantes se elevavam de suas gargantas. Enquanto a água caía sobre seus rostos virados para cima, suas orações eram enviadas para o céu. Não eram orações por perdão ou salvação; não eram orações em agradecimento pelo anjo entre a infeliz raça humana; não eram pela alma de uma deformada e amaldiçoada criatura meio-humana que vivia no final da Pinnacle Lane: eram pura e simplesmente orações para uma menina.

Para mim.

Viviane abriu os olhos e viu um quarto branco de hospital. O sol da manhã espreitou suavemente através da janela sem cortinas. Ela esticou as pernas, apertadas depois de passarem a noite enfiadas sob a cadeira dobrável de metal, e olhou para cima, na direção da enfermeira que entrava silenciosamente no quarto. Resmunguei baixinho da cama. Largas e espessas faixas cobriam as feridas abertas em minhas costas; uma agulha pingava um líquido frio em meu braço. Uma grossa faixa de gaze tinha sido enrolada ao redor de minha cabeça. Emilienne estava adormecida em outra cadeira ao lado da cama, a cabeça apoiada na parede e a boca aberta na direção do teto.

— Tem café na sala de espera — a enfermeira ofereceu. — Está fresquinho.

Minha mãe fechou os olhos enquanto a enfermeira tirava as faixas, revelando as horríveis e irregulares feridas nas omoplatas. Engoliu uma repentina onda de náusea.

— Não. Estou bem.

A enfermeira ergueu as sobrancelhas.

— Querida, após a noite que você teve, ninguém a culpará se não estiver bem. Respire ar fresco. Ainda estaremos aqui quando você voltar.

Na sala de espera, Viviane encontrou a cafeteira, bem como Gabe, adormecido em uma cadeira, com o queixo repousando sobre o peito. Com as compridas pernas esticadas à frente, seus pés quase alcançavam as janelas do outro lado da sala.

Viviane afundou no assento ao lado dele, notando a barba por fazer em sua bochecha e os traços de preocupação recém-formados ao redor de sua boca. Uma mão repousava no colo; a outra, no braço da cadeira, os dedos enrolados na palma como se esperasse Viviane entrelaçar neles os seus. Viviane olhou para a mão, para as unhas irregulares, para os calos brancos, para as cutículas permanentemente escuras. Encontrou a linha da vida na palma dele, a longa fenda despontando do polegar, um sinal dos anos que Gabe tinha passado viajando antes de chegar a Seattle. O arco na linha principal significava uma mente criativa, e a estrela na base da linha do destino significava sucesso. A linha do coração era comprida e curvilínea, e Viviane a seguiu com os olhos várias e várias vezes. Uma pessoa com uma linha do coração curvilínea era uma pessoa suscetível a grande cordialidade e simpatia, uma pessoa disposta a se doar inteiramente ao amor, independentemente do preço.

Viviane esticou-se e enroscou seus dedos nos de Gabe.

Se ao menos eu tivesse prestado mais atenção, eu teria visto que tudo que sempre precisei estava aqui, nesta mão, ela pensou.

Os olhos de Gabe se abriram, trêmulos, com o toque de Viviane. Ele sorriu cansadamente, envolvendo os dedos nos dele.

— Como está nossa menina? — ele perguntou.

— Viva.

— Bem, já é alguma coisa.

— É? Pensei que a estivesse protegendo. Nunca me ocorreu que ela poderia viver como qualquer outra pessoa. Agora que sei que ela pode, a sensação é de que é tarde demais.

Gabe puxou Viviane para perto de si.

— E quanto a Henry? — ela perguntou.

— Deixei-o com Wilhelmina — ele respondeu. — Emilienne?

— Está com Ava. Não saiu do lado dela desde ontem à noite.

— Coisas mais estranhas aconteceram.

Viviane acenou com a cabeça. Um momento se passou.

— Aquele homem. Aquele que eu quase atropelei com a caminhonete. Foi ele, não foi? — Com um calafrio, ela se lembrou dos fantasmas monstruosos na rua.

Gabe balançou a cabeça.

— Não tenho certeza. Mas ninguém o viu. Encontraram a coitada da Marigold Pie em um dos quartos no segundo andar. Vinha sendo drogada. Há quanto tempo, ninguém sabe ao certo. Meses talvez.

Viviane suspirou.

— Sinto como se o mundo todo tivesse saído dos eixos. O simples fato de ficar de pé parece insuportável hoje.

Gabe a puxou para mais perto.

— Você pode se apoiar em mim, Vivi. Vou manter nós dois de pé por enquanto.

Muitos teriam preferido que as chuvas aparecessem mais gradualmente — por exemplo, como uma chuva quente de primavera típica de abril ou como uma névoa densa, o ar úmido aderindo aos cílios e às narinas. Como a chuva persistiu durante todos os meses de verão e por boa parte de setembro, quase reclamaram, mas, em vez disso, envolveram seus sapatos bons com papel celofane para protegê-los da lama que se acumulava nas calçadas. Sabiam que a chuva significava gramados e folhagens verdes e crisântemos para o altar da igreja nas manhãs de domingo. Lembranças melancólicas daquela primavera sem chuva iam e vinham ocasionalmente, quando, por exemplo, o carteiro se cansava de entregar cartas ensopadas ou quando Penelope Cooper ficava desanimada ao ver o chão da padaria sujo de lama outra vez. Mas aquele cansaço passaria e eles se juntariam aos seus vizinhos na coleta aliviada das pilhas de folhas molhadas do outono que se acumulavam na rua.

Minha mãe permaneceu no hospital durante toda a minha internação. Recusava-se a sair até mesmo para trocar de roupa. Após aquela primeira noite, convenceu a enfermeira a levar uma cama para ela poder ficar comigo. Foi surpreendida quando a enfermeira levou não uma, mas duas. E ficou ainda mais surpresa quando descobriu que a outra era para Emilienne.

Emilienne sentou-se na cama antes de olhar para a filha.

— O quê? Você queria essa?

— Não — Viviane disse, balançando a cabeça. — Estou um pouco confusa sobre sua presença aqui.

— Eu também vim para ficar.

Viviane ergueu as sobrancelhas.

— Por quê?

— Porque... — A voz de Emilienne falhou. — Porque eu sou sua mãe, por isso.

E era.

Capítulo 25

Retornamos à casa no final da Pinnacle Lane apenas três meses após o solstício de verão. Gabe colocou-me cuidadosamente na cama e minha avó me cobriu com um edredom que sua *Maman* tinha feito havia muitos anos. Emilienne esforçou-se para não chorar, mas vi lágrimas em seu rosto. A gaze escondia bem minhas suturas, então ela não tinha de olhar diretamente para os pontos em meu corpo frágil. Todavia, as escoriações ficaram expostas. Estendiam-se pelos lados de meu corpo, pelos braços e quadril, passando pela parte de trás de minhas pernas. E a cor — tão escura que não era roxo, mas escarlate. A própria cor da violência.

Aquelas escoriações de um tom intenso de vermelho traziam à lembrança a desbotada marca marrom que o beijo de Jack tinha deixado no pescoço de Viviane tantos anos antes. Também a faziam se lembrar do adorável rosto de René após William Peyton ter atirado nele, do buraco no peito de Margaux onde o coração dela um dia batera e de todas as cicatrizes que as vítimas do amor carregam. E então ela teria de deixar o quarto.

Minha vó não tinha pressa para voltar à padaria. Mal conseguia se dispor a cozinhar o suficiente para manter a própria família alimentada, não que alguém se importasse com isso. O apetite de todos havia diminuído tanto a ponto de cada um comer apenas quando as torturantes dores da fome faziam seus estômagos arderem. Mesmo assim, meus familiares comiam sem prazer, levando um garfo a uma frigideira fria de macarronada com queijo deixada por algum vizinho no refrigerador. Ninguém prestava atenção à origem da comida; notavam, apenas, que ela estava lá.

Algo acontecera com Emilienne. Ela não conseguia reunir a força que um dia tivera, por mais que tentasse. Enquanto esperava que algum sinal de vida retornasse a meus olhos, foi minha mãe quem manteve a família unida.

Wilhelmina e Penelope eram mais do que capazes de administrar sozinhas a padaria. Acrescentaram um doce popular ao cardápio; em minha homenagem, vendiam o *feuilletage* aos domingos. Até contrataram outra cozinheira para substituir Emilienne. Contrataram minha mãe.

A padaria estava exatamente como Viviane se recordava: as paredes com o mesmo tom dourado de amarelo, o chão de piso preto e branco ainda brilhava impecavelmente. Quando Wilhelmina entregou-lhe um avental e apontou na direção do forno, Viviane quase não ficou surpresa com a rapidez com que se lembrou dos macetes para fazer uma boa *tarte tatin* de pera ou *crème brûlée*. Logo suas bombas de chocolate foram consideradas tão boas quanto as de Emilienne.

Envergonhava-lhe admitir, mas Viviane apreciava as horas que passava na padaria, longe do terrível odor de aflição e desespero que percorria os corredores de nossa casa. O cheiro era tão forte que minha mãe costumava cobrir o nariz com um lenço só de passar por meu quarto. Precisaram contratar uma enfermeira para trocar meus curativos. O que aconteceu comigo foi tão horrível que Viviane tentava não pensar a respeito, de jeito nenhum. Em vez disso, ocupava seu tempo com tarefas humildes, como assar pães e doces, os quais ela sempre levava para casa para me servir após o almoço.

De volta à nossa cozinha, minha mãe dobrou um guardanapo de papel em dois e o colocou debaixo de um prato de pudim de pão aquecido coberto com calda de chocolate e uma concha de sorvete de baunilha. Observou o sorvete derreter até o líquido ocupar todo o prato. Ouviu os leves passos atrás de si enquanto Cardigan descia os degraus de meu quarto e se dirigia à cozinha.

— Ela está com fome? — Viviane perguntou, meio desanimada.

Cardigan balançou a cabeça. De todas nós, Cardigan foi a que mais tinha mudado desde meu ataque. Ela tinha deixado os cabelos crescerem além do elegante corte na altura dos ombros, ostentando ondulações naturais; de vez em quando, prendia-os em um rabo de cavalo casual para tirá-los do rosto. Foram raras as vezes em que ela voltou a usar maquiagem. A primeira vez que Viviane viu Cardigan sem maquiagem, não a reconheceu. A maquiagem a deixava glamorosa, intocável até; sem ela, Cardigan era bonita, mas de uma forma menos óbvia. Os cílios, loiros como os cabelos, mal eram visíveis ao redor dos olhos azuis, e os lábios tinham um pálido tom de rosa e eram muito mais finos do que a habitual abundância de batom vermelho. Ela estava se vestindo de forma diferente, indo me visitar com as velhas botas de trabalho do irmão e uma calça jeans maior que o seu número. Matriculara-se nas aulas avançadas e estava secretamente planejando assumir o velho cargo de entregador de Rowe em outubro, assim que passasse no exame da autoescola.

— Alguma notícia de meu irmão? — Cardigan perguntou a Viviane.

Rowe tinha partido para a faculdade havia um mês e não se passara um dia sequer sem que o carteiro trouxesse uma carta endereçada a mim. Minha mãe deduziu que ele me escrevia com mais frequência do que para sua própria família. Ele tinha tentado ligar algumas vezes, mas eu mal tinha falado quatro palavras nos últimos meses. Então, Rowe continuou em seu posto. A princípio, Viviane não sabia bem o que fazer com as cartas; depois, apenas as empilhou no criado-mudo.

Viviane apontou para o envelope pardo sobre a mesa da cozinha. Cardigan a pegou rapidamente e a pressionou sobre o nariz.

— Eu disse que iria espancá-lo se ele algum dia enviasse uma carta de amor perfumada para ela.

Viviane riu. Estava contente por Cardigan não ter perdido completamente o senso de humor.

— Qual é a tarefa desta semana? — Viviane perguntou, acenando com a cabeça para o livro na mão de Cardigan.

— *A Letra Escarlate*. Estou lendo para Ava, assim ela não se atrasa — Cardigan virou-se na direção da escada. — Você não acha uma boa ideia? — acrescentou, baixinho.

Viviane acenou com a cabeça. Ela tinha falado sobre minha matrícula no ensino médio com seu ex-professor, Ignatius Lux, agora o diretor da escola, no começo daquele verão. Ignatius era um homem grande, com o tórax amplo e um confuso punhado de cabelos ruivos que combinavam com seu nome. Por causa de seu tamanho, os alunos o consideravam uma força apavorante. Alguns inclusive temiam mais Lux do que os próprios pais. Mas Ignatius Lux era, na verdade, muito afetuoso, tanto que costumava constranger sua esposa. Ele chegara a chorar — literalmente! — quando ouvira o que tinha acontecido comigo. Então, quando Viviane passou para marcar um horário, ele imediatamente a acompanhou para dentro de sua sala, ofereceu-lhe uma xícara de café e instruiu sua secretária a cancelar todas as outras reuniões do dia. Ignatius sempre gostou de Viviane — anos atrás, quando ela era apenas uma aluna esforçada em suas aulas, tinha pensado: *Ora, eis alguém que provavelmente pode fazer quase tudo.*

Ignatius ficou impressionado, mas não surpreso, com o fato de o currículo de Viviane se aproximar do currículo da escola. Garantiu-lhe que eles guardariam uma vaga para mim na matrícula de outono.

Viviane colocou a xícara de café na mesa do diretor.

— Considerando a gravidade da... *condição* dela, acredito que nenhum de nós espere que ela esteja totalmente recuperada antes da primavera.

Ignatius desculpou-se com um gaguejo e deu sua palavra de que eu poderia me matricular assim que estivesse pronta. Depois daquela reunião, Viviane tinha voltado à caminhonete e chorado, sem saber que a apenas nove metros dali, com a cabeça repousando em sua grande mesa de diretor, Ignatius Lux estava fazendo a mesma coisa.

Viviane caminhou até o lado de fora da casa, onde Gabe estava sentado no balanço da varanda observando Henry recolher insetos no quintal. Entregou-lhe dois copos de limonada em suas mãos antes de se acomodar no braço dele; em seguida, pegou um dos copos e colocou a mão livre dele em seu ombro.

— Alguma melhora? — Gabe perguntou.

Viviane balançou a cabeça exaustivamente.

— Não. Nenhuma.

Gabe massageou os músculos doloridos do pescoço de Viviane com os dedos compridos até que a tensão que ela guardava dentro de si começasse a ser liberada. Viviane fora surpreendida pela rapidez com que seu corpo reagiu àquele toque, com a maneira como as linhas onde ela terminava e ele começava pareciam se mesclar sempre que se tocavam. Para ele era natural compartilhar a cama dela, passar as noites adormecido em seu travesseiro. Mas o melhor de tudo era que, depois de vinte e oito anos, Viviane estava, enfim, livre de Jack Griffith — um feito tão milagroso que às vezes ela queria gritar de cima do telhado só para ouvir o eco.

— Onde está Emilienne? — Gabe perguntou repentinamente. — Dormindo outra vez?

— Sim.

Desde a noite do solstício, as horas que minha avó passava acordada tinham diminuído para poucas por dia. Mesmo quando eu ainda estava no hospital, era comum Viviane entrar no quarto e interromper o sono de filha *e* mãe, eu em minha cama e Emilienne na cadeira ao lado, os cabelos grisalhos caindo do coque retorcido sobre a pele de sua nuca fina como papel.

Henry olhou por sobre a grama, segurando orgulhosamente algum inseto com muitas pernas ou asas preso na rede do pegador de insetos.

— Estão vendo? — ele disse.

Desde a noite do solstício, Henry falava cada vez menos. Eles tentaram não desanimar — já havia desânimo suficiente ao redor de todos. Viviane supôs que isso tinha a ver com minha condição, mas a verdade era que Henry agora achava que havia pouca coisa que valia a pena falar. E só falava quando o que tinha a dizer era realmente importante. Essa era a regra.

No dia em que me levaram do hospital para casa, Viviane tinha encontrado um grande envelope não identificado encostado à porta da frente. Dentro, havia dois cheques de quantias consideráveis — um para mim e o outro para Henry. Preso à cola do envelope havia um fio de cabelo cor de cobre. Até onde Viviane sabia, Laura Lovelorn tinha voltado para sua amada Washington assim que sua separação de Jack Griffith se tornara oficial.

— O mundo está definitivamente mudando — Viviane murmurou. Gabe apertou seu ombro.

Gabe costumava acariciar o dedo anular da mão esquerda de Viviane, dando a entender, a seu próprio e delicado modo, o quanto queria se casar com ela. Ela sabia que passaria o resto de suas noites sonhando ao lado de seu delicado gigante, o peito dele tocando suas costas, a palma dele segurando de leve seu quadril. Mas ela também sabia que jamais se casaria. Nem com Gabe nem com nenhuma outra pessoa. *Afinal, o que o coração poderia fazer com joias?* Para usar as palavras dela.

Durante o outono, eu estava deitada na cama de bruços, como estivera desde o dia em que fora levada do hospital para casa. Os dias e noites se misturavam, formando uma pesada e escura mortalha que cobria meus olhos, meu nariz e minha boca até eu não conseguir mais me lembrar de como era sentir o sol em meu rosto. Quando as folhas começaram a mudar, minha mãe pediu a Gabe que mudasse minha cama de lugar. Assim, ao virar a cabeça para o lado, eu poderia olhar pela janela. Mas, quando as folhas deixaram de ser verdes e ficaram marrons e eu as vi caírem no chão até se decomporem, descobri que elas apenas me lembravam a morte.

Em dezembro, as chuvas já tinham se acalmado; as pesadas nuvens de tempestade que alguns suspeitavam que jamais passariam se foram e o inverno chegou, trazendo consigo manhãs de ruas congeladas e janelas de carros cobertas de gelo, além de apenas algumas chuvas espalhadas. A neve viria mais tarde, em janeiro e fevereiro, pegando todos de surpresa quando acordassem e vissem a cidade coberta de branco.

O dia 21 de dezembro marcava o solstício de inverno. Também marcava o aniversário de seis meses de meu ataque e da auspiciosa morte de Nathaniel Sorrows. Pela primeira vez na história, a Pinnacle Lane reconheceu o feriado pagão do inverno, embora com tons sombrios e solenes.

Naqueles dias, eu pensei com frequência na morte, imaginei com frequência e com tanta intensidade como seria morrer que quase sentia as extremidades do meu corpo derreterem, como se eu já fosse um cadáver em decomposição. Imaginei que estar morta seria bem parecido com aqueles dias em que a enfermeira me dava uma pílula esbranquiçada que me deixava tão entorpecida que as horas desapareciam como o gelo da madrugada na janela. Como se eu fosse nada mais que uma sombra insignificante, um sussurro, uma gota de chuva deixada para secar no asfalto.

Mas, embora o pensamento de estar morta parecesse atraente, a morte de verdade não era. Morrer exigia muita ação. E, se os acontecimentos recentes tinham provado alguma coisa, meu corpo não iria se entregar sem uma boa luta; então, se fosse para me matar, eu teria de me certificar de que seria capaz de tal ação. Que estaria realmente morta no final e não mutilada ou meio demente, mas ainda terrivelmente viva. Pensei em juntar punhados daquelas pílulas esbranquiçadas, escondê-las na bochecha e enfiá-las debaixo do colchão, para mais tarde engoli-las com um gole de água gelada da torneira. Pensei em entrar sorrateiramente na cozinha e pegar uma faca de cortar carne afiada o suficiente, de modo que um único corte em um de pulsos fosse o bastante — eu não sabia bem se conseguiria tentar me matar duas vezes. Pensei bastante em pular da frágil sacada no telhado da casa. Se não fosse pelos meus frequentes visitantes, esses pensamentos poderiam muito bem ter se tornado um ato terrível e tenebroso. Talvez esse fosse o exato motivo pelo qual os frequentes visitantes estavam sempre ali.

Gabe era o encarregado do café da manhã, e todas as manhãs preparava singelos confortos culinários: panquecas do tamanho do prato com bocados de manteiga e *mapple syrup* escorrendo pelas laterais, rodelas bronzeadas de salsichas, pedaços de bacon defumado e ovos cozidos — tudo servido usando as porcelanas, os guardanapos de linho e os pesados talheres de prata de Emilienne. Além disso, Gabe colocava tudo em uma bandeja, que levava acompanhado por Henry para meu quarto, no piso superior. Calado a seu modo, Henry era o melhor para me fazer comer, e, nos dias que eu não queria, bem, sempre havia Trouver.

O almoço era preparado por Cardigan, que obedientemente batia em nossa porta todas as tardes, primeiro quando o sol se movia até a posição da uma hora e depois um pouco mais tarde, quando as aulas voltaram. Ela levava sua lição de casa e lia em voz alta os livros cujas páginas deveria ler e sussurrava planos secretos que tinha para nós duas, planos que seriam postos em prática quando eu estivesse melhor.

— Quando você estiver melhor... — ela começava.

Na maior parte do tempo Cardigan passava as horas de sua visita deitada a meu lado, segurando minha mão enquanto olhávamos fixamente em silêncio para a parede. Uma vez virei os olhos dispersos para minha melhor amiga e disse "Combina com você", referindo-me a seu novo e simplificado *look*.

Cardigan, então, respondeu:

– Não combina com você — querendo dizer outra coisa.

O jantar sempre variava. Às vezes, era levado por minha mãe; às vezes, por Penelope ou seu marido, Zeb, que fazia truques com cartas com suas mãos calejadas enquanto eu dava algumas mordidas escassas. Nos dias quando Wilhelmina ia, levava minúsculas bolsas de ervas secas, as quais entregava para Viviane com instruções específicas a respeito da temperatura da água e do horário de ingerir antes de subir para o quarto. Quando ficava pronto, Viviane trazia o chá amargo com meu jantar. Assistíamos e ouvíamos enquanto Wilhelmina ficava de pé diante da janela aberta e cantava com uma voz melódica, baixa, batendo no ritmo de seu cântico de cura em seu tambor de pele de alce. Quando Wilhelmina cantava, meu coração lentamente se transformava na batida do tambor; minha respiração se estabilizava e eu ficava em um estado de semi-hipnose semelhante àquele trazido pelas pílulas esbranquiçadas, só que muito mais agradável.

Eu frequentemente pensava que estava ficando louca — talvez não ficando, mas *já tendo ficado*. Como se meu futuro fosse apenas um quarto trancado com paredes pintadas de branco e chão pintado de branco, sem janelas nem portas ou qualquer outra forma de fugir. Um lugar onde eu abria a boca para gritar, mas não saía nenhum som.

Em vez de morrer, em vez de desaparecer lentamente até restar apenas um corpo quebrado, o que aconteceu foi exatamente o contrário: meu corpo começou a se restaurar.

Eu era grata à enfermeira que vinha todos os dias trocar meus volumosos curativos, mesmo quando estava bem claro que eu não precisava mais deles. A enfermeira nunca dizia uma palavra nem para minha mãe, nem para minha avó. Eu apreciava isso; tal atitude dava-me tempo para pensar, e eu precisava desse tempo para pensar em todas aquelas imagens de morte que desnorteavam meus pensamentos.

Então, uma noite, eu despertei e vi um homem sentado ao lado de minha cama, uma mão cobrindo o lugar onde seu rosto tinha sido desfigurado por um tiro.

— Não tenha medo — o homem disse. As palavras dele saíram grossas e deformadas, como se sua voz saísse de partes de seu corpo que não a sua boca.

— Não estou com medo — respondi, estranhando minha própria voz por causa do desuso. — Sei quem você é.

Se o homem pudesse sorrir, ele teria sorrido.

— E quem eu sou?

— Você é a morte, é claro — suspirei. — Para falar a verdade, acho reconfortante que você esteja me procurando da mesma forma como eu estou procurando você. — Vai demorar ainda?

— Não muito.

Estremeci.

— Como é? Estar morto?

— Como você acha que é?

Refleti sobre aquela pergunta, só então notando que ainda estava segurando uma das cartas de Rowe.

— Acho que a morte é algo como estar drogado ou ter febre — sussurrei. — Como estar a um passo de todas as outras pessoas. Um passo tão amplo que acompanhar o ritmo dele rapidamente se torna impossível e tudo o que posso fazer é assistir enquanto todos a quem amo lentamente desaparecem.

— É isso que você quer?

— Eu tenho escolha?

— Todos temos uma escolha.

Ri cruelmente, mas não me importei.

— Temos? E você? Você escolheu vir até aqui? Passar sua vida após a morte como um monstro deformado?

— Ah, *ma petite-nièce*, eu quis.

— Por quê?

O homem se levantou.

— O amor nos deixa tão bobos — ele disse, e seu aspecto transparente brilhou levemente antes de desaparecer por completo.

Pela primeira vez em seis meses, fiquei com o tronco superior na posição sentada. Abaixei minhas frágeis pernas até o chão e tentei andar pelo quarto, dando trêmulos passos até a janela. O carvalho selvagem do lado de fora elevava-se contra o céu escuro, e seus galhos desnudos tiritavam no frio. Olhei para baixo, na direção da rua, ciente de que era apenas questão de horas antes de Rowe voltar para casa para passar suas férias. Eu tinha lido cada uma de suas cartas tantas vezes que era como se cada palavra tivesse sido permanentemente inscrita no interior de minhas pálpebras. Eu sabia que na segunda carta ele escrevera errado a palavra *existência*, trocando o segundo *e* por um *a*, e que na quarta carta ele se esquecera de colocar o pingo no *i* em *acredito*. Eu dormia com elas não debaixo de meu travesseiro, mas agarradas em minha mão, o suor de meus sonhos respingando de minhas palmas e manchando a tinta. E eu tinha lido a última linha da carta que recebera apenas alguns dias antes — a última carta que Rowe me enviaria antes de retornar para casa — até as palavras perderem todo o sentido em minha cabeça e somente meu coração ainda as compreender.

Eu a amei antes, Ava. Deixe-me amá-la ainda.

Capítulo 26

No QUARTO DO OUTRO lado do corredor, minha avó estava sonhando profundamente. Em seu sonho, ela estava de volta à Manhatine de Beauregard, no apartamento com a pia de porcelana rachada na cozinha e a cômoda onde, em algum momento do passado, o bebê Pierette havia dormido. Seus três irmãos estavam sentados à sua espera ao redor da mesa de madeira, seus rostos e corpos inteiros e intactos — o rosto de René novamente belo, o batimento cardíaco de Margaux dentro da sólida caixa torácica e Pierette balançando seus amarelos cabelos brilhantes.

René levantou-se e envolveu Emilienne em seus braços, erguendo-a em seguida do chão com facilidade e colocando-a sentada na cadeira entre suas irmãs.

— Estávamos esperando por você — Margaux gesticulou para os dois maços de cartas dispostos no meio da mesa. — Nenhum de nós consegue lembrar como se joga besigue.

— Não dá para jogar besigue com quatro jogadores — Emilienne respondeu. — Vocês estão querendo dizer pinochle.

Pierette franziu o nariz.

— Qual a diferença?

Emilienne embaralhou as cartas, admirando-se com a agilidade de seus dedos, na rechonchuda pele das mãos. Pausando sua jogada, enrolou um cacho de seu cabelo ao redor do dedo, apreciando o preto que os anos tinham desbotado para o grisalho primeiro e, depois, para o branco. Nos pés, havia um par de sapatos pretos com cordão e na cabeça, recém-pintado com papoulas vermelhas, um chapéu cloche.

— Nunca gostei desse chapéu — Pierette refletiu.

— Acho que eu gostava mais de você como pássaro — Emilienne respondeu, e os quatro caíram na risada.

Emilienne despertou. No escuro, mal conseguia distinguir os contornos em seu quarto: a foto de casamento desbotada escorada no criado-mudo, a cadeira rosada com pelos de gato emaranhados na lateral e o homem sentado na cadeira, o rosto tão belo quanto fora um dia.

— Nenhum de nós consegue lembrar como se joga besigue — René disse.

— Acho que você quer dizer pinochle — Emilienne puxou a corda de metal da luminária ao lado da cama e a luz enviou um brilho suave pelo cômodo.

— Quero?

— Sim, acho que sim — Emilienne levantou-se da cama e chacoalhou os cabelos escuros do coque que não usaria mais em sua nuca. Deslizou a mão no cotovelo de René, apertando-o de leve com dedos jovens e ágeis.

— Estávamos esperando que você tocasse uma música para nós naquele seu cravo — ele disse enquanto a conduzia para fora do quarto.

— Ah, é? Bem, eu adoraria.

• • •

Espiei pelo corredor, perplexa ao encontrá-lo vazio. Eu não tinha ouvido alguém ali fora? Arrastei-me para passar pela minha porta, e cada passo se anunciava com um longo e chorado rangido. Parei e ouvi os sons noturnos da casa: o ronronado de um dos gatos adormecidos sob minha cama, o farfalhar suave dos pelos compridos nas patas de Trouver enquanto o cão corria em seus sonhos. Havia o distante zumbido do refrigerador lá embaixo e o leve ronco de minha mãe no quarto do outro lado do corredor.

Um brilho difuso iluminou o corredor vindo debaixo da porta do quarto de minha avó. Caminhei naquela direção. Virei a maçaneta lentamente. Piscando com a luz, vi Emilienne enrolada em sua cama de dossel. Os olhos dela estavam fechados, seus cabelos brancos espalhados nos travesseiros e seus lábios levemente separados, como se estivesse esperando para falar.

Inclinei-me e encostei em seu rosto, decidida a não respirar até sentir sua respiração em minha bochecha. Após alguns momentos de esforço, finalmente respirei e encostei a testa em sua bochecha fria.

Ninguém ocupava o terceiro piso de nossa casa desde os dias de Fátima Inês. Acreditava-se que o cômodo lá de cima tivesse havia muito tempo pertencido a ela e que seu fantasma espantava todos daquele piso. Descobri a verdade por trás desse mito quando entrei no cômodo com passos cautelosos e trêmulos. Não foi o fantasma de Fátima Inês quem me saudou.

Pássaros empoleirados em vigas, cada um inclinando a cabeça curiosamente enquanto eu caminhava entre a malconservada cama de dossel, a penteadeira e o cavalo de balanço. Seus ninhos repousavam ao longo das vigas; seus excrementos cobriam o chão. Eles piavam uns para os outros em uma língua que apenas eles compreendiam. Olhei ao redor para aqueles pássaros estranhos, seus corpos grandes e negros de corvo e suas minúsculas cabeças brancas de pombas, notando que nunca havia visto tal ave. Não no céu sobre minha casa. Nem nas árvores de meu quintal. E nem na sala de Nathaniel Sorrows. Aqueles eram os pássaros de Fátima Inês — os próprios descendentes das pombas que tinham escapado de suas gaiolas para cruzar com os corvos. De alguma forma, eram mais resistentes do que todos os outros pássaros da vizinhança. Isso foi o que achei de mais estimulante em relação a eles.

Os pássaros ficaram em silêncio quando abri a porta que dava acesso à frágil sacada e coloquei o pé do lado de fora. Dava para ver toda Seattle sob um punhado de estrelas. A lua cheia lançava uma luz prateada e brilhante no chão abaixo. Meus pés descalços começaram a arder de frio e eu olhei para baixo na direção da casa ao lado.

A casa de Marigold Pie estava abandonada e vazia. Tinham encontrado Marigold em um dos quartos do piso superior, e sua aparência lembrava um pouco a de uma Bela Adormecida do tamanho de uma baleia com migalhas de biscoito velho espalhadas pelo travesseiro. Quando finalmente acordou, Marigold, que não tinha a intenção de perder peso, juntou-se a um circo que excursionava por Seattle. Passou o resto de seus anos como a amada Mulher Gorda do parque de diversões em uma barraca entre o Homem das Facas e Errol, o menino com o casco fendido. Ela costumava me enviar cartões-postais de suas viagens. Mais tarde, por ocasião de sua morte, Marigold me deixou em testamento o diário de Nathaniel, encontrado no quintal de sua casa na noite de meu ataque. Levei anos até abrir suas páginas e ainda mais tempo para lê-las.

Talos de ervas altas e roxas gradualmente tinham acabado com o quintal de Marigold Pie. Agora, em dezembro, o aroma da lavanda, doce como o mel, estava enfim forte o suficiente para encobrir o horrendo fedor dos pássaros encontrados apodrecendo por toda a casa. Tudo o que restou de Nathaniel Sorrows foi um permanente campo de flores roxas, uma marca preta no concreto e um gosto amargo no fundo da garganta todas as poucas vezes em que o nome dele foi mencionado.

Um carro virou na Pinnacle Lane e eu o observei subir até a entrada da garagem dos Cooper. Duas figuras saíram do carro. A maior era inegavelmente Zeb Cooper, o que significava que a outra só podia ser Rowe.

Sorri sem querer. Sorri mesmo com todas as minhas apreensões e reservas, mesmo com toda a aflição anterior e qualquer aflição futura, sorri porque Rowe tinha voltado. Era verdade o que ele havia escrito para mim. De repente, o enfadonho fardo de meu ataque não parecia tão pesado enquanto eu me lembrava de outra coisa que ele havia escrito:

Você não tem que carregar isso sozinha.

— Está tudo bem agora, hum?

Virei-me para ver uma imagem transparente se movendo entre os pássaros. Estava usando a capa verde com capuz que uma vez escondera suas espessas sobrancelhas e seus lábios rachados dos vizinhos desconfiados — a mesma capa que eu tinha usado para esconder minhas asas de mim mesma.

E, com isso, o fantasma de Fátima Inês despediu-se de seus pássaros e lentamente desapareceu na noite.

Capítulo 27

À BEIRA DO RESERVATÓRIO da cidade, no ponto mais alto da vizinhança — por uma diferença mínima, a colina no final da Pinnacle Lane era o segundo mais alto —, havia uma pequena casa branca. Escondida por um bosque de carvalhos, a casa um dia fora ocupada por um velho e sua esposa. Eles passavam os dias de outono colhendo folhas de cinco pontas nas cores laranja, dourada e vermelha das águas paradas do reservatório e ligavam o rádio quando jovens amantes visitavam o isolado lugar, sorrindo um para o outro enquanto fechavam as cortinas à noite.

Da janela do sótão da pequena casa branca dava para ver todo o bairro, motivo pelo qual havia quem dissesse que Jack Griffith tinha comprado a casa. De pé sob a mureta, Jack conseguia espiar até o outro lado das calmas águas do reservatório, até onde Viviane Lavender tinha uma vez assistido à lua desaparecer, onde meses antes um grupo de adolescentes céticos conhecera o mito no qual nunca acreditaram. Dali, Jack conseguia enxergar todas as contribuições da pequena Fátima Inês das Dores e de seu irmão capitão da marinha: o correio, a farmácia, o prédio de tijolos da escola de ensino fundamental, a igreja luterana. Conseguia enxergar a padaria de Emilienne, onde os clientes entravam para comprar o pão da manhã de uma descendente de nativos americanos que ficava atrás do balcão, onde os aromas de canela e baunilha suspensos no ar confortavam até mesmo as almas mais rabugentas. Conseguia enxergar a nova delegacia de polícia e as fileiras de casas idênticas que tinham surgido depois da guerra. E conseguia ver, no final da Pinnacle Lane, uma casa da cor de violetas azuladas. Tinha uma varanda revestida de branco e uma torre com a cúpula em forma de cebola. Os quartos do segundo piso tinham gigantes janelas salientes. No topo havia um terraço cuja varanda ficava de frente para a baía de Salmon.

Gosto de pensar que, quando olhou para cima naquele momento, Jack Griffith viu na sacada que se equilibrava precariamente, no terraço sobre a casa dos Lavender, um vulto rodeado por um bando de pássaros peculiares cantando uma rara canção que só eles pareciam entender. Gosto de pensar que ele me viu, as pontas soltas de minhas longas ataduras e os cachos confusos e delicados de meus cabelos esvoaçantes, a saia de minha camisola soprando com ondas melódicas. Gosto de pensar que ele observou enquanto eu subia na proteção da frágil sacada, os dedos do pé empoleirados no peitoril e os dedos das mãos segurando levemente o parapeito atrás de mim. Talvez ele tenha notado, com velada ironia, que nunca antes alguém havia se assemelhado mais a um anjo. Gosto de pensar que ele se admirou com o volume de faixas que se desataram completamente e caíram no chão e com o par de asas branquíssimas que se desdobraram de meus ombros e se abriram, largas e fortes, sobre minha cabeça.

Mais do que tudo, gosto de pensar que Jack Griffith, meu pai, sorriu quando soltei as mãos do parapeito atrás de mim e, estendendo minhas asas para o céu salpicado de estrelas, voei noite adentro.

Agradecimentos

Sinto-me incrivelmente feliz por de ter o apoio de um grupo de pessoas sem as quais este livro não teria sido nada além de um mundo fictício que eu visitei durante intervalos de conversa:

Bernadette Baker-Baughman, extraordinária agente e superdeusa literária, que acreditou em Ava desde o início. Não há palavras suficientes para descrever como me sinto uma mulher de sorte por ser representada por uma estrela como você.

Minha editora, Mary Lee Donovan, cuja dedicação e estímulo insondáveis me ajudaram a transformar este livro no que ele é hoje. Sou muito grata a toda a família Candlewick e Walker Books por seu árduo trabalho — principalmente Sherry Fatla, Gill Evans, Sarah Foster, Angela Van Den Belt, Tracy Miracle e Angie Dombroski. Um agradecimento muito especial a Pier Gustafson, por seu incrível trabalho na árvore genealógica e a

Matt Roeser, pelo desenho da capa. É muito mais lindo do que qualquer coisa que eu poderia ter imaginado. Quero também agradecer muito ao extraordinário Chandler Crawford, por ajudar a apresentar Ava ao mundo, bem como a Gretchen Stelter, Nick Harris e Christine Munroe, pelo incansável entusiasmo e discernimento.

É claro que nada disso teria sido possível sem o amor e o apoio constantes de minha família e de meus amigos. Muito obrigada a Andrea Paris, por me convidar para ir à casinha branca de seu pai, que ficava no reservatório, quando estávamos na oitava série. A beleza daquele lugar nunca me abandonou. Agradeço a David Seal, por me contar que eu já era uma escritora quando eu lhe disse que era isso que eu queria ser, e a Whitney Otto, por acreditar que este meu pequeno livro era algo que valia a pena ler. Liz Buelow, minha primeira leitora, por sua genialidade, honestidade e por todas aquelas sessões de *brainstorm* tarde da noite, regadas a sushi e saquê.

Agradeço às minhas meninas — Anna, Annelie, Carissa, Duffy, Maren, Megan, Nova, Reba, Raquel e Stephanie —, que me conhecem melhor do que qualquer pessoa e me amam incondicionalmente. Vocês são as pessoas mais belas e surpreendentes que conheço. Sou grata por vocês existirem. A meus maravilhosos alunos, obrigada por me fazerem rir e por pensarem que sou legal embora todos saibamos que não sou. Vocês são as luzes da minha vida. Aos meus pais, obrigada por me permitirem crescer e me tornar uma adulta com muita imaginação (para não dizer um pouco delirante). Isso só me fez bem. Minha irmã, Nichele, obrigada por sempre me dizer a verdade, e obrigada também à minha sobrinha de três anos, Kaeloni, que nunca perdoaria sua tia por não incluí-la nos agradecimentos de seu primeiro livro.

E, por fim, ao meu talismã, por estar certo o tempo todo. Não consigo me lembrar exatamente do que você disse, mas juro que me lembro de todo o resto. *Tenho saudades.*